Sternstunden mit dir

W0388498

© privat

Evelyn Uebach ist in Hilchenbach im Siegerland aufgewachsen. Geschichten waren schon ihr Element, bevor sie selbst lesen und schreiben lernte. Die Liebe zu ihnen führte sie in die Buchbranche, wo sie eine Ausbildung zur Medienkauffrau Digital und Print sowie ein Studium der Buchwissenschaft und Germanistik abschloss. Neben dem Schreiben arbeitet sie mittlerweile auch als Lektorin in einem kleinen Verlag an Herzensprojekten.

EVELYN UEBACH

Sternstunden mit dir

CARLSEN

Wir produzieren nachhaltig

- Klimaneutrales Produkt
- Papiere aus nachhaltigen und kontrollierten Quellen
- Hergestellt in Deutschland

FSC
www.fsc.org
MIX
Papier | Fördert gute Waldnutzung
FSC® C083411

CARLSEN-Newsletter: Tolle Lesetipps kostenlos per E-Mail!
Unsere Bücher gibt es überall im Buchhandel und auf carlsen.de.

Originalausgabe
Oktober 2022
Copyright © 2022 Carlsen Verlag GmbH, Hamburg
Umschlagbild: shutterstock.com © Gleb Guralnyk / GoodStudio / Nadia Grapes / Lana Sham
Umschlaggestaltung und -typografie: formlabor
Lektorat: Stefanie Liske
Herstellung: Karen Kollmetz
Satz: Pinkuin Satz und Datentechnik, Berlin
ISBN 978-3-551-32076-6

Es war einmal ... vor 8 Wochen

»Jahaa, ich bin sofort da!« Ich kann den Lichtschalter nicht finden und taste mich deshalb im Dunkeln die teppichgepolsterten Treppenstufen hinunter. *Viel zu spät kommen und dann Sturm klingeln wie der ungeduldigste Mensch auf der Welt – wie ist die denn drauf?*

Alle anderen sind schon abgeholt worden, und jetzt hat wohl auch die Mutter der Zwillinge es endlich hergeschafft.

Im Flur falle ich fast über einen am Boden liegenden Kinderstiefel. Durch die Milchglasfenster in der Haustür dringt gedämpftes Licht herein.

Ich greife nach der Klinke, ziehe die Tür auf und stolpere vor Überraschung erst mal zwei Schritte zurück.

Das ist ... nicht Linns und Leonies Mutter.

Der Schein der Straßenlaterne fällt auf einen Jungen mit dunklem Haar. An seiner Seite baumelt ein Turnbeutel. Obwohl es klirrend kalt ist, steht seine Jacke offen, und er atmet schnell.

»Jona???«

Es ist seltsam mit den Leuten, die man nur aus bestimmten Zusammenhängen kennt. Lehrer, die plötzlich an der Supermarktkasse stehen; Nachbarn, denen man im Urlaub begegnet, oder ... Jona aus meiner Klasse, der aus unerfindlichen Gründen bei einem Kindergeburtstag klingelt.

Wir starren einander an, und er blinzelt ein paar Mal – als wäre er sich nicht sicher, ob diese Gestalt mit den langen hellblonden Haaren vor ihm einer Parallelwelt entsprungen ist. Vielleicht trägt die Tatsache, dass ich ein mir viel zu großes altes Hemdkleid mit Papageiendruck von meiner Mutter trage, dazu bei. War trotzdem eine gute Wahl; es hat im Laufe der Party nämlich sowohl Fanta als auch einen ordentlichen Spritzer Flüssigkleber abbekommen.

»Ki ... hey. Was machst du denn hier?«, fragt Jona und betrachtet jetzt stirnrunzelnd ... meinen Mund?

»Geburtstag feiern ... Also nicht meinen. Annetts. Sie wird acht.« So ganz gefangen hab ich mich noch nicht wieder. »Ihre Mutter ist eine Freundin meiner Familie. Sie hatte gefragt, ob ich helfen kann.«

»Ah, cool. Ich bin wegen meinen Schwestern hier.«

»Schwestern?« *Sehr intelligente Rückfrage.*

»Linn und Leonie. Sorry, hab zu spät gelesen, dass ich sie holen soll. War noch beim Schwimmtraining.«

Er hört sich irgendwie ziemlich abgekämpft an. So habe ich ihn noch nicht erlebt. Aber für gewöhnlich reden wir auch nicht wirklich miteinander. Sonst hätte ich vielleicht gewusst, dass er der große Bruder der Zwillinge ist.

»Kein Problem, komm doch rein«, sage ich und halte die Tür weiter auf.

»Danke. Meinst du, ich kann ein Glas Leitungswasser kriegen? Hab meine Flasche vergessen und verdurste ein bisschen.«

»Sicher.«

Er tritt in den Flur und streift sich die Schuhe von den Füßen. Von oben klingt Mädchengelächter zu uns herunter.

»Du scheinst sie bei Laune gehalten zu haben«, stellt Jona fest, während er die Jacke an die Garderobe hängt.

»Wir geben euch noch fünf Minuten!«, rufe ich nach oben. Annett, Linn und Leonie sitzen immer noch mit Feuereifer an ihren Window-Color-Bildern und ich wette, sie sind froh, wenn ich noch etwas mehr Zeit für sie rausschlage. Ich gehe voran in die Küche und knipse das Licht an. »Die zwei sind total süß und unkompliziert.«

Jona lacht, aber auch das klingt müde. »Das würdest du nicht sagen, wenn du sie länger als einen Nachmittag kennen würdest.«

Ich nehme ein Glas aus dem Schrank und komme mir reichlich seltsam vor – allein mit ihm, in einem Haus, in dem keiner von uns beiden wohnt. Das Rauschen des Wassers füllt das Schweigen zwischen uns.

Er nimmt das Glas entgegen und trinkt es in einem Zug aus.

»Mehr?« Ich strecke die Hand wieder danach aus, um es noch mal vollzumachen, und als er es mir reicht, streifen sich unsere Finger. Fast lasse ich es ins Spülbecken fallen. Ich glaube, trotz all der Zeit, die wir schon im selben Raum verbracht haben, haben wir uns niemals auch nur flüchtig berührt. Das winzige bisschen Haut kribbelt wie verrückt.

Das ist nur Einbildung, chill mal, es war nur eine Glasübergabe!

»Du hast da übrigens blaue Farbe am Kinn«, sagt Jona.

»Na super«, murmele ich und versuche, sie wegzureiben. Dahin hat er also eben geguckt.

»Nein, nicht da, warte ... Darf ich?«

Er macht im selben Moment einen Schritt nach vorn wie ich, sodass wir zusammenprallen.

»Ups, sorry.« Er weicht einige Zentimeter zurück und fährt dann mit dem Daumen über die Stelle an meinem Kinn, die ich nicht erwischt habe.

Ich müsste mal schlucken. Luft holen. Was sagen? Aber wie geht das alles noch mal?

»Siehst du?« Jona zeigt mir zum Beweis seine blaue Daumenkuppe und tritt ans Spülbecken, um die Farbe abzuwaschen.

Endlich beschließt mein Körper, sich wieder auf Atemzufuhr einzustellen. Ich räuspere mich. »Du wirkst, als wäre heute nicht dein Tag gewesen.« Mit einem möglichst nichtverlegenen Lächeln nehme ich die Abdeckhaube von dem Teller auf der Arbeitsfläche. »Willst du vielleicht ein Stück?«, frage ich und deute auf den letzten Rest Regenbogentorte.

Jonas Gesicht hellt sich ein bisschen auf. »Ja, mein Tag war mies, aber er wird gerade besser.«

Er sieht nicht das Tortenstück an, sondern mich.

»Da«, sage ich wie ein kleines Kind und deute auf die Besteckschublade.

Bravo, weiter so, Ki! Da, da, da – dada.

»Da sind Gäbelchen drin«, schaffe ich beim zweiten Anlauf herauszubringen.

Jona grinst schief und holt dann gleich zwei aus der Schublade. »Teilen wir?«

Ähhhm.

»Zwei Bissen nehm ich.«

»Deal.«

Wir setzen uns an den Küchentisch.

Jona macht eine einladende Geste mit der Hand, und ich trenne die Spitze vom Tortenstück mit der Kuchengabel ab und schiebe sie mir in den Mund. Ich kaue langsam und sehe zu, wie Jona in derselben Zeit das halbe Stück verputzt.

Mein Hirn ist damit beschäftigt zusammenzukratzen, was ich über ihn weiß. Viel ist es nicht. In der Schule ist er eher mittelgut, in Physik allerdings der Einzige, der was checkt. Mir fällt niemand ein, der so gar nicht mit ihm klarkommt. Mal ganz davon abgesehen, dass er in unserer Sportumkleide auffällig oft Thema ist. Eingeklinkt habe ich selbst mich da nie. Sich für zu beliebte Jungs zu interessieren, halte ich für selbstzerstörerisch. War jedenfalls bis gerade so.

Echt jetzt? Wird Zeit, dass du die Mädels runterholst, meinst du nicht?

Der Wunsch meiner inneren Stimme erfüllt sich schon im nächsten Moment von selbst: Kinderfüße trampeln die Stufen herunter.

Wie ertappt springe ich vom Tisch auf, als Linn und Leonie in die Küche gestürmt kommen.

»Jona!«, rufen sie gleichzeitig, und es klingt, als hätte man ein und dieselbe Stimme auf zwei Tonspuren übereinandergelegt. Da sie heute genau das gleiche Outfit und ihre braunen Haare offen tragen, sind sie auch sonst ziemlich schwer zu unterscheiden.

Die eine hüpft neben mich und strahlt ihren Bruder an, während die andere ihm die Folie mit ihrem noch trocknenden Fensterbild unter die Nase hält. »Erkennst du, was das ist? Erkennst du's?«

Jona schluckt das letzte Stückchen Torte runter und betrachtet das Bild – Leonies, wie ich jetzt sehe – eingehend. »Eine Geschenkepackelfe«, rät er.

»Genau! Die kommt im Dezember an mein Fenster. Oder

an deins, wenn du willst. Bei den Augen hat Ki mir geholfen! Vielleicht sollte sie dir auch mal helfen, die von deinen Comicfiguren sind noch nicht so gut.«

»Autsch.« Jona legt sich theatralisch eine Hand ans Herz, bevor er wieder zur Elfe und dann zu mir schaut. »Aber ja, ziemlich gelungen!«

Jetzt werde ich auch noch rot. Wegen eines Kompliments für ein Kinderkunstwerk. Oh. Mann.

Annett und ihre Mutter sind jetzt auch im Türrahmen aufgetaucht.

Jona steht auf und geht hin, um zu gratulieren. Leonie heftet sich rechts und Linn links an seine Seite, und da mich gerade niemand weiter beachtet, nutze ich die Chance, um mein Handy hervorzuholen. Ich muss mit meiner besten Freundin teilen, was hier gerade passiert ist.

Valeska, bei mir hat's gefunkt! Ziemlich heftig. Mit Jona. JONA.

»Dann bis morgen.«

Ich zucke zusammen. Vor lauter Getippe hab ich nicht bemerkt, wie Jona wieder zu mir gekommen ist, um sich zu verabschieden.

»Ja, bis morgen.« Ich schaffe es nicht, seinen Blick zu halten, und senke meinen. Oh, da ist ein roter Fussel von meinem Flauschpulli an seinem dunklen Sweater hängen geblieben. Muss bei unserem kleinen Zusammenstoß passiert sein. Ich traue mich nicht, ihn darauf hinzuweisen.

Vielleicht gefällt mir auch nur die Vorstellung zu gut, dass er etwas von mir mit nach Hause nimmt.

Als alle in den Flur gehen, vibriert mein Handy. Valeska hat geantwortet.

Bist du dir sicher??? Jona?

»Tschüss, Ki!«, ruft Linn oder Leonie und dann auch die andere noch mal.

Ich schaue schnell um die Ecke, um ihnen noch zu winken. Ihr Bruder wirft mir einen letzten langen Blick zu, und ich würde alles für seine Gedanken geben.

Kaum ist die Tür zugefallen, fliegen meine Finger wieder über mein Handydisplay.

Ja. Jona.

Diese Projektmappe gehört:

Kimara Moorbrink

Inhalt:

Mission Wintermärchen

Projektziel A: Beziehung
Mit wem? Jona Weinreich
Wann? baldmöglichst & 4ever
Wie? vergleiche Step 1–10 in dieser Mappe

Projektziel B: superromantische Advents- und Weihnachtszeit
Mit wem? siehe oben
Wann? ergibt sich aus Projektziel A
Wie? vergleiche Couple Goals in dieser Mappe (15 Stück, Reihenfolge variabel)

Mission Wintermärchen: Step 1

Verfasst am: 12. November
Gehört zu: Projektziel A
Aufgabe: Ankündigung, dass mein Singlestatus bald endet
Beteiligte: ich und der Rest meiner Familie
Erfüllungstermin: Sonntag, 1. Advent, Abendessen
Erfüllungsort: zu Hause

Anmerkungen:
Der Countdown läuft! Wenn ich heute Step 1 erledige, gibt es kein Zurück mehr. Das ist auch ehrlich gesagt der Sinn der Sache. Wenn ich nämlich meiner Familie gegenüber verkünde, dass ich bald einen Freund haben werde, wäre es megapeinlich, einen Rückzieher zu machen. Zusätzlich dazu, dass ich Projektziel A & B unbedingt erreichen muss, damit ich nicht an unerwiderter Liebe zugrunde gehe. Dramatisch, ich weiß, aber so fühlt es sich an.

Noch geht's mit der Aufregung, aber spätestens, wenn ich bei Step 4 bin … puh! Ich bin wirklich vollkommen okay damit, dass ich diejenige sein werde, die aktiv den ersten Schritt macht (oder eher die ersten Schritte – Plural, es sind immerhin zehn!), aber Mut wird mich das schon kosten. Kann schließlich auch total danebengehen, und was dann? Jona und ich sehen uns jeden Tag in der Schule, und es könnte extrem unangenehm für mich werden, wenn … Nein, Schluss mit den Zweifeln! Mein Plan ist bombensicher und so gut ausgefeilt, dass gar nichts schieflaufen *kann.* Ich habe ewig drangesessen und alles durchdacht.

Es heißt doch immer, man soll an sich selbst glauben. Also tu ich das. Ich bin ziemlich cool und schlau und talentiert. Jona wäre ja komplett blöd, wenn er mir einen Korb gibt. Ende der Diskussion (mit mir selbst).

Ich schweife ab. Also: Heute Abend, Esszimmertisch. Papa, Mama, Daphne und meine Neuigkeiten.

Kapitel 1

»Ich möchte euch bald jemanden vorstellen«, sage ich und pike ein Mozzarella-Bällchen auf, um es mit meinem letzten Stück Tomate zusammen zu essen.

Ziemlich genau in vierzehn Tagen, füge ich in Gedanken hinzu.

»Jemand Besonderen?«, fragt meine Mutter und wirft dabei meinem Vater, der ihr gegenübersitzt, diesen Blick zu, der sagt: Haben wir nicht eine süße, niedliche, unglaublich knuffige Tochter?

Etwas sagt mir, dass sie mich schon an meinem ersten Lebenstag auf diese Art angesehen hat. Es ist in gewisser Weise ein Mutter-zu-Baby-Blick.

Ich verdrehe die Augen.

»Ist es Jona?« Meine zwar zwei Jahre jüngere, aber den Blick sehr viel seltener bekommende Schwester streicht sich gerade eine hauchdünne Schicht Frischkäse aufs Brot.

Und das ist genau der Grund, warum niemand Daphne süß findet – *sie* macht immer nur Ärger. Wie jetzt gerade. Ich meine, hallo? Das wäre meine Enthüllung gewesen, und zwar erst in zwei Wochen!

»Wie kommst du denn darauf?«, frage ich etwas genervt.

Die Blicke meiner Eltern switchen inhaltlich zu: Oh, oh, gleich fetzen sich unsere Mädels ...

»Laaaass mich überlegen«, sagt Daphne und trinkt erst

mal einen großen Schluck Hafermilch. »Vielleicht, weil du ihn ständig erwähnst?«

Tu ich das? Ich dachte, nur in meinem Kopf. Na ja, gut, und manchmal krakele ich unsere Namen auf meinen Block, wenn ich an den Hausaufgaben sitze. Sie sehen eben schön aus zusammen. Moment ...

»Daphne, hast du meinen Collegeblock genommen?«

»Nee, ich brauchte nur ein einziges Blatt. Meiner war leer, und wir sollten mindestens zwei Seiten schreiben für Deutsch.«

Grrr! Schwestern.

»Besorg dir einfach mal vernünftige Hefte. Oder benutz die Rückseiten.«

»Wer ist denn Jona?«, fragt meine Mutter, und sein Name aus ihrem Mund ist gerade etwas zu viel für mich.

»Niemand«, murmele ich. Damit dürfte ich die Untertreibung des Jahrhunderts, nein, des Jahr*tausends* gebracht haben.

Mist, das kommt dann aber komisch, wenn ich ihn demnächst mitbringe. Das muss ich sofort richtigstellen. Sonst sagt meine Mutter zur Begrüßung noch so was zu ihm wie: *Hallo, Jona, schön, dich kennenzulernen! Ki meinte letztens, du wärst eigentlich niemand Besonderes.*

»Also ... Jona ist in meiner Klasse«, erkläre ich. »Ich habe ihn garantiert schon erwähnt.«

»Sag ich ja.« Daphne grinst.

Ich zermartere mir das Hirn, was ich noch Unverfängliches über ihn sagen könnte. Das Problem ist, dass ich sehr schnell ins Schwärmen gerate, wenn ich von ihm spreche, und das wäre mir vor den dreien dann doch etwas peinlich. Andererseits hatte ich mir vorgenommen, Klartext zu reden.

»Ich finde ihn gut und er mich, denke ich, auch, und deswegen sind wir quasi dabei, ein Paar zu werden.«

Geht doch! Jetzt wissen sie's.

»Träum weiter«, nuschelt Daphne mit vollem Mund. »Nicht deine Liga.«

Manchmal nervt es, dass sie an derselben Schule ist wie ich. Mir wäre es lieber, sie wüsste noch gar nicht, wer Jona ist.

Aber ich lasse mich nicht provozieren. Auch wenn ein kleiner Teil von mir befürchtet, dass sie recht hat.

Doch seit dem Funken-sprüh-Abend ist alles anders. Ich frage mich immer noch, wie ich davor so blöd sein konnte. Valeska macht sich gern drüber lustig, dass ich mich »blitzverliebt« habe. Ich selbst glaube eher, ich war vorher einfach unaufmerksam und hätte schon viel früher darauf kommen können, dass Jona und ich zusammengehören. Es passt einfach, ich spüre das.

»Das ist doch super!«, meldet mein Vater sich etwas zu begeistert zu Wort.

Meine Mutter fängt an zu nicken und hört gar nicht mehr damit auf.

Okay, sieht so aus, als könnte hier niemand wirklich was mit meinem Plan anfangen. Das war eine Schnapsidee.

»Kann ich bitte mal die Butter haben?«, frage ich meinen Vater, und zum Glück ist das unangenehme Gespräch damit beendet.

Daphne fängt an, um zusätzliches Weihnachtstaschengeld zu betteln, weil sie beim Shoppen irgendein Kleid gesehen hat, das sie für unseren Besuch bei Oma und Opa am 1. Weihnachtsfeiertag unbedingt braucht. Denen wäre es wohlgemerkt auch egal, wenn sie in Jeans und Hoodie käme. Ich vermute, dass sie irgendwo eingeladen ist, vielleicht bei dieser Paola, die in einer dieser protzigen Villen am Ortsrand wohnt. Die sehen aus, als wären sie dafür gebaut, direkt am Strand zu stehen, obwohl das Meer von hier aus immer noch zwanzig Minuten mit dem Auto entfernt ist. Wenn man Kiel und Lübeck auf der Landkarte mit einer Linie verbinden würde, lägen wir – mit einem kleinen Schlenker – ziemlich genau in der Mitte. Aber auch das rechtfertigt keine Strandschlösser.

Während wir zu Ende essen, gehe ich in Gedanken noch mal alles für morgen durch: Da geht es dann weiter mit Step 2 *und* 3.

Kaum ist der Tisch abgeräumt, verziehe ich mich in mein Zimmer. Heute Nachmittag habe ich angefangen, es winterlich zu dekorieren. Mein Scherenschnitt-Dorf klebt jetzt am Fenster, darüber trudeln die Schneeflocken, die ich in liebevoller Detailarbeit gebastelt habe. An meiner Wand hängen die beiden goldenen Sterne mit den warm leuchtenden Lämpchen, unterstützt von den selbst gemachten Lichterketten am Bücherregal und überm Bett. Jetzt, wo es draußen dunkel ist, wirkt das alles richtig heimelig. Meine Arbeit hat sich echt gelohnt und das Ergebnis kann sich sehen lassen!

»Wie willst du das denn anstellen?«, ertönt Daphnes Stimme hinter mir, und ich zucke vor Schreck zusammen. »Das mit Jona?«

Ich drehe mich zu ihr um. »Als ob ich das ausgerechnet dir verraten würde. Wieso interessiert dich das überhaupt?«

Sie lehnt sich an den Türrahmen und streicht sich den Pony aus dem Gesicht, den sie gerade rauswachsen lässt und dem noch genau die paar Millimeter fehlen, damit er hinterm Ohr bleibt. Ihre Haare sind eine ganze Spur dunkelblonder als meine, gerade jetzt im Winter, und sie trägt sie nur knapp schulterlang. Meine dagegen fallen fast bis zur Hüfte, und abgesehen davon, dass sie die Angewohnheit haben, gern mal irgendwo hängen zu bleiben, hab ich sie gern so lang.

»Na ja, vielleicht muss ich den armen Kerl am Ende ja noch vor dir warnen«, sagt sie. »Er hat ja keine Ahnung, was für eine Dramaqueen es auf ihn abgesehen hat.«

»Nett«, entgegne ich, und sie wirft mir einen Luftkuss zu.

Ich verkneife mir den Kommentar dazu, dass von uns beiden definitiv sie die Dramatischere ist. Ich bin mit Abstand die Vernünftigere – aber auch gefühlsbetont-kreativ, und das ist doch eigentlich eine ziemlich gute Mischung, oder nicht?

»Außerdem muss ich erst noch abchecken, ob er gut genug für meine Schwester ist«, erklärt Daphne. »Und ob ich mit ihm klarkomme – immerhin würde er dann ständig hier rumhängen.«

Ich hole die Schachtel mit meiner kleinen Elch-Sammlung vom Bett. Die wollen alle noch platziert werden. Als Erstes nehme ich den kleinen grauen aus Kunststein heraus, den mit der Nikolausmütze und dem Schal. Fensterbank? Kommode? Nachtschränkchen!

»Entscheide dich mal, Daphne – willst du jetzt mich vor ihm schützen, ihn vor mir oder dich vor ihm?«

Als Nächstes findet die weich beflockte Kunststoff-Elchfamilie ein schönes Plätzchen vor meinen Fantasy-Büchern auf dem Regal.

»Na, alles?!«

»Misch dich einfach ausnahmsweise mal nicht ein, ja? Die Welt dreht sich auch weiter, wenn du nicht überall dazwischenfunkst – möglicherweise sogar reibungsloser.«

»Haha.«

Ich greife mir die beiden Holzelche mit dem weißen Fell und gehe zu Daphne, um sie ihr in die Hände zu drücken. »Kannst du die auf die Anrichte im Flur bringen? Da machen sie sich bestimmt gut.«

Sie wirft mir noch einen langen, vielsagenden Blick zu, bevor sie den Deko-Auftrag ausführt.

Oh Mann. Hoffentlich hält sie sich raus.

Mission Wintermärchen: Step 2

Verfasst am: 12. November
Gehört zu: Projektziel A
Aufgabe: meine beste Freundin für den Plan gewinnen
Beteiligte: Valeska & ich
Erfüllungstermin: Montag, 28. November
Erfüllungsort: Schule

Anmerkungen:
Bisher habe ich noch niemandem etwas von meiner Projektmappe erzählt. Aber eine Person werde ich einweihen: Valeska. Sie ist erst im Frühjahr neu an unsere Schule gekommen, und es war Freundschaft auf den ersten Blick. Wir können praktisch die Gedanken der jeweils anderen lesen und vertrauen uns blind.

Bei den ganzen Schritten, die ich noch vor mir habe, brauche ich dringend Support. Jemanden, der mich motiviert und mich zur Vernunft bringt, wenn ich kurz vorm Durchdrehen bin. Und seien wir ehrlich: Dazu wird es bei dieser Mission mit Sicherheit früher oder später kommen. Jona ist es nun mal absolut wert, dass man wegen ihm durchdreht.

Valeska wird wie schon so oft mein Fels in der Brandung sein. Während ich manchmal einfach zu viel auf einmal will und mich leicht in Dinge hineinsteigere, behält sie immer einen kühlen Kopf und prüft meine Ideen auf Logik und

Durchführbarkeit. Wenn sie meine schönen Steps und Couple Goals absegnet, sind sie so gut wie erreicht!

Ich bin wirklich gespannt, was sie zu meinem Plan sagen wird. Entweder sie wird ihn feiern – oder mich für verrückt erklären.

Kapitel 2

Wahrscheinlich bekomme ich wegen Jona bald eine Nackenstarre. Nachdem ich ihn während der Doppelstunde Mathe immer wieder beobachtet habe, zieht es schon ein bisschen in den Schultern. Das Gute ist, er sitzt am Fenster, weshalb mein Starren also immer auch als Blick in die Ferne gedeutet werden könnte. Leider ist es aber dieselbe Reihe, in der auch mein Platz ist, weswegen ich eben immer den Kopf zur Seite drehen muss – und er schaut nie zurück. Wieso schaut er nie zurück? Spürt er meine Blicke nicht?! Wenn er nicht herschaut, denkt er auch nicht an mich, oder? Ob er sich überhaupt bewusst macht, dass wir uns im selben Raum aufhalten? *Ich* kann jedenfalls an nichts anderes denken.

Als es zur Pause klingelt, schiebt Valeska mir ihr Heft rüber, in das sie ein paar Zahlen übereinandergeschrieben hat, die mir nichts sagen: 5, 3, 1260, 0 zu 20 000.

»Hä?«, frage ich.

Ihre goldblonden Locken tanzen, als sie den Kopf über mich schüttelt. »Falls du das fürs Protokoll brauchst: 5-mal hat er sich gemeldet, 3-mal ist er drangekommen, 1260-mal hat er geatmet, ausgegangen davon, dass er das 14-mal in der Minute tut, und 0-mal hat er gedacht: ›Boah, Ki ist so heiß!‹, während du umgekehrt bei 20 000-mal liegst.«

»Ich will gar nicht, dass er das denkt«, kontere ich. »Sondern, dass er mich für mein umwerfendes Wesen liebt, klar?«

»Umwerfende Wesen? Das seid ihr zwei wirklich!«, kommt es plötzlich von hinter uns, und schon steckt Manuel den Kopf zwischen uns und knufft mir mit der Faust gegen die Schulter, bevor er Valeska einen Kuss auf die Lippen drückt. Sie legt ihm die Hand in den Nacken und zieht ihn näher, und hinten im Klassenraum johlen ein paar Nervensägen.

Ich schaue taktvoll weg und tausche schon mal meine Mathe- gegen die Englischsachen.

Die beiden sind unfassbar süß zusammen, aber ein bisschen komisch ist es trotzdem noch, sie so zu erleben. Manuel und ich sind schon seit dem Kindergarten Freunde, Valeska und ich zwar viel weniger lange, aber es fühlt sich nicht so an.

»Ich muss leider noch zum Klauber und nach meinem Nachschreibtermin für Deutsch fragen«, höre ich Manuel sagen und atme innerlich auf. Ich hatte mich schon gefragt, wie ich ihn in der Pause für eine Weile loswerden soll. Sosehr ich ihn auch mag – ich weiß, er würde meinen Plan albern finden. Außerdem hoffe ich, dass er bald mal wieder mehr mit seinen anderen Freunden rumhängt statt immer nur mit uns. Wenigstens, solange Jona noch nicht in mich verliebt ist und ich ständig meine Interpretation des berühmten fünften Rads am Wagen zum Besten geben darf. Ich bin mir außerdem nicht sicher, ob Manuel inzwischen darüber hinweg ist, dass Jona beim letzten Theaterstück ihrer AG die Rolle bekommen hat, die er gern gehabt hätte. Er ist da, glaube ich, etwas in seinem Stolz gekränkt.

Eine Hand landet am vorderen Rand meines Tisches, und ich weiß schon, zu wem sie gehört, bevor ich aufblicke. Jona steht neben meinem Stuhl und stützt sich lässig ab, während er irgendwas zu Max sagt, der am Nebentisch rechts von Valeska und mir sitzt und gerade seine Brotbox aus dem Rucksack zieht.

Ich höre nicht zu, worum es geht, weil ich zu sehr abgelenkt bin von Jonas Nähe. Seine Hand ist viel größer als meine. Ich könnte jetzt etwas Wahnwitziges tun und meine Hand einfach auf seine legen. Mühsam beherrsche ich mich und linse stattdessen so unauffällig wie möglich zu ihm hoch, während ich mir mein Hausaufgabenheft vom Tisch angle und mich mehr oder weniger daran festklammere. Über Jonas Ohr kringeln sich seine braunen Haare auf äußerst süße Weise, und ohne Witz, wie schön kann ein Lachen bitte sein?

»Was meinst du, Ki?« Jetzt wendet er sich mir zu, und ich erstarre.

»Was meine ich wozu?« Ich staune darüber, dass ich es schaffe, stotterfrei zurückzufragen.

»Max meint, mein Pulli gehört in die Tonne.« Er öffnet seine dunkelgrüne Sweatjacke, damit ich den Pullover darunter bewundern kann. Ein Elch mit Bommelnase grinst mir entgegen. Wenn das kein Zeichen ist!

Ich lehne mich zurück und tue so, als würde ich eine fachfrauliche Einschätzung vornehmen. »Es wäre aus tierschutzrechtlichen Gründen daneben, ihn in die Tonne zu werfen«, sage ich dann. »Außerdem mag ich Elche.«

Diesmal kann ich das gleich darauffolgende schöne Lachen nicht nur hören, sondern auch in seinen haselnussbraunen Augen sehen. »Siehst du?«, ruft er Max zu und grinst dabei fast ebenso breit wie der Elch auf seiner Brust. »Ich sag dir, der ist so uncool, dass er schon wieder cool ist!«

Er geht aus dem Raum und ich bemühe mich, ihm nicht hinterherzugucken.

»Wow«, sagt Valeska neben mir. »Du bist hart an der Grenze zum Unerträglichen, wenn du mich über ihn vollsülzt, aber im direkten Umgang dafür überraschend cool. Glückwunsch, da war nicht das winzigste Signal für eine Ohnmacht aus Verknalltheitsgründen.«

Ich stehe auf und deute eine Verbeugung an.

»Seine Fingerabdrücke sind jetzt jedenfalls auf deinem Tisch, Ki-Chérie – möchtest du sie nicht sichern und ebenfalls dem Protokoll hinzufügen?«

Ich schubse sie im Spaß, und sie schubst zurück.

»Vielleicht ist das aber auch gerade das Problem«, sage ich, als wir zur Garderobe gehen. »Mein Cool-Sein, mein ich. Er nimmt gar nicht wahr, dass ich ihn mag. Aber ich hab vor, das zu ändern.«

Valeska schlingt sich ihren lilafarbenen Flauschschal um den Hals und mummelt sich dann in die weiße Winterjacke mit der Kunstfellkapuze. »Da bin ich ja mal gespannt.«

Ich schließe den letzten Knopf meines Mantels und erkläre ihr auf dem Weg nach draußen den Plan für mein Real-Life-Wintermärchen.

»Oha, *fünfundzwanzig* Punkte? So was kann auch nur dir einfallen.« Sie stößt die Tür zum Schulhof auf. Kälte schlägt uns entgegen und friert mir fast augenblicklich die Nase ein. Das sind allerhöchstens Temperaturen um den Nullpunkt.

»Es sind nur zehn Punkte plus fünfzehn Couple Goals – also alles nicht so komplex, wie es klingt.«

»Trotzdem. Willst du es nicht etwas mehr dem Zufall überlassen?«, fragt Valeska. »Warum bittest du ihn nicht einfach um ein Date und schaust, was passiert? Ich meine, was, wenn deine Planerei die Romantik total ruiniert?«

Wir steuern die Bank an der kleinen, im Moment recht kahlen grünen Insel in der Mitte des Hofs an. Setzen können wir uns zwar zu dieser Jahreszeit nicht, aber es ist unser Stammplatz, und wenn wir ihn nicht jeden Tag sichern, schnappen die Fünftklässler ihn uns weg.

»Ich habe ja nicht die Romantik geplant, sondern will nur die bestmöglichen Voraussetzungen schaffen, damit sie überhaupt zustande kommt.«

Valeska nickt langsam, nicht ganz überzeugt, aber überzeugt*er*.

»Was, wenn du ihn nicht rumkriegst und dann die ganze Advents- und Weihnachtszeit über deprimiert bist?«

Rumkriegen ist kein Wort, das ich mag. Und deprimiert auch nicht, wo wir schon dabei sind.

»Ich hab ein gutes Gefühl«, sage ich. »Dieses Jahr war von Anfang an der absolute Wahnsinn – vielleicht das beste Jahr meines bisherigen Lebens. Ich durfte mit deiner Mom und dir im Sommer nach London, was einfach nur ein Traum war. Letztens dann der erste Platz beim DIY-Wettbewerb mit meinem Papierschloss. Und das sind nur zwei Beispiele, warum ich eigentlich nur Glück hatte. Nicht zu vergessen, dass ich dieses Jahr die beste Freundin der Welt gefunden habe.«

»Awww!«, macht Valeska und drückt mich ganz fest. Mit den dicken Jacken ist es ein bisschen, als würden zwei Marshmallows sich umarmen.

»Ich hoffe einfach, dass von diesem Glück noch etwas übrig ist für mein Wintermärchen mit Jona«, sage ich. »Wenn ich es jetzt nicht versuche, werde ich es vielleicht nie tun. In dem Fall müsstest du weiter mein *Hart-an-der-Grenze-zum-Unerträglichen*-Gesülze aushalten. Möglicherweise noch *sehr* lange.«

Sie lacht. »Du hast gewonnen! Wie kann ich helfen?«

Mission Wintermärchen: Step 3

Verfasst am: 12. November
Gehört zu: Projektziel A
Aufgabe: in dieselbe Projektwochengruppe kommen wie Jona
Beteiligte: ich (und indirekt Jona)
Erfüllungstermin: Montag, 28. November
Erfüllungsort: Schule

Anmerkungen:
Die Projektwoche der Schule ist der Schlüssel. Sie geht nach dem zweiten Adventssonntag los. Da Jona in der Theater-AG ist, wird er auf jeden Fall den Workshop mit dem Typen vom Stadttheater gewählt haben. Deshalb habe ich mich ebenfalls dafür eingetragen. Es soll ein kleines Stück eingeübt und am Ende der Woche aufgeführt werden, eine romantische Komödie. Schauspieler, die Liebespaare spielen, kommen ja häufiger mal zusammen, jedenfalls in Hollywood. Vielleicht funktioniert das in der Schule auch, wer weiß. Wenn Jona und ich die Hauptrollen kriegen, könnte das meinem Plan einen ordentlichen Schubs in die richtige Richtung geben. Nur seine soziale Ader könnte ein Hindernis sein. Nachdem Jona dieses Jahr schon seinen großen Auftritt in der Theater-AG hatte, lässt er sicher jemand anderem den Vortritt, und ich selbst habe zugegebenermaßen noch nie geschauspielert.

Aber ich stelle mir vor, dass es gar nicht so anders als Basteln ist (man hat praktisch sich selbst, seinen Körper und seine Stimme als Material), und darin bin ich schließlich unangefochtene Expertin.

So oder so, ich muss in die Gruppe kommen, in der Jona ist; darauf baut ein Großteil meines Plans auf.

Gewählt haben wir letzte Woche schon, Erst-, Zweit- und Drittwunsch. Am liebsten hätte ich zur Sicherheit gespickt, was er angegeben hat, aber dafür sitzt er einfach zu weit weg, und Eray neben ihm wäre kein guter Informant gewesen. Der hätte es Jona sofort gesteckt.

Ich werde so erleichtert sein, wenn die Listen endlich aushängen und ich unsere Namen auf derselben finde! Denn wenn wir in verschiedenen Gruppen landen, sehen wir uns in der ganzen Woche gar nicht, und das wäre richtig, richtig übel. Aber ich will mal nicht vom Schlimmsten ausgehen. Das wird schon!

Kapitel 3

Gefühlt die halbe Schule drängt sich bereits vor dem Schwarzen Brett im Neubau, als Valeska und ich es in der zweiten Pause dorthin schaffen. Herr Ziebolz hat uns leider zu spät gehen lassen, und ich drehe fast durch vor Anspannung. Was, wenn sich zu viele für den Theaterworkshop beworben haben? Dann haben sie bestimmt ausgelost, wer reinkommt – und ich bin ein chronischer Losglück-Pechvogel.

Ich versuche, mich schon mal vorab damit zu trösten, dass ich, falls es meine Zweitwahl geworden ist, wenigstens mit Valeska zusammen lateinamerikanische Tänze lernen kann. Leider konnte ich sie absolut nicht zum Schauspielern überreden, und wäre Manuel nicht gewesen, der meiner besten Freundin einfach keinen Wunsch abschlagen kann und dieselbe Reihenfolge von Kursen gewählt hat wie sie, wäre sie bestimmt ein bisschen sauer auf mich. Am liebsten möchte ich natürlich beides – die Woche mit ihr verbringen *und* mit Jona. Und ja, ihn als Tanzpartner zu haben, wäre sogar noch genialer als mein jetziger Plan. Nur, dass er diesen Kurs unter Garantie nicht gewählt hat und mir nichts eingefallen ist, wie ich Schicksal spielen und ihn dort landen lassen könnte.

»Darf ich mal?« Ich schiebe mich ein Stück weiter nach vorne und lasse meinen Blick an den Zetteln entlanggleiten, um die richtige Überschrift zu finden. *Nein, nein, nein, nein – da! Theaterworkshop.*

Direkt vor dem Blatt dreht sich gerade einer aus der Zehnten um und geht, sodass ich blitzschnell nachrücken kann. Ich fahre mit meinem Zeigefinger über dem Glas die Liste entlang.

Kimara Moorbrink. Mir fällt ein Riesenstein vom Herzen. Doch dann rollt gleich ein neuer drauf – denn Jonas Name ist nirgends zu finden.

Hinter mir beschwert sich ein Typ, dass er nichts sehen kann und ich mal Platz machen soll, aber ich ignoriere ihn. Ein zweites und drittes Mal gehe ich alle Teilnehmer durch. Jona ist immer noch nicht dabei und taucht auch nicht auf, als ich die Augen fest zusammenkneife und wieder öffne.

Das ist eine Vollkatastrophe. Das Ende vor dem Anfang.

Ich atme tief durch und sammle mich. Nein, so leicht gebe ich mich nicht geschlagen, kommt gar nicht infrage! Dann muss ich eben noch wechseln, und wenn ich Jonas Workshopleiter oder -leiterin totnerven muss, damit ich das darf. Ich hab schon Schwierigeres geschafft.

Valeska steht bereits strahlend neben dem Gewühl, und ich bahne mir meinen Weg zu ihr, um mich mitzufreuen, dass es mit ihrem Erstwunsch geklappt hat, und sie dann zu bitten, mir bei der Suche nach Jonas Namen zu helfen. Systematisch gehen wir alle anderen Listen durch.

Jona steht auf keiner.

Es ist wie verhext.

»Vielleicht wurde er vergessen«, vermutet Valeska.

Es wäre schon ziemlich merkwürdig, wenn ausgerechnet Jona vergessen worden wäre, ausgerechnet hierbei, wo es so darauf ankommt.

Blöd, dass ich niemanden als Sprachrohr habe. Ich selbst

kann ihn ja schlecht fragen, was er in der Projektwoche machen wird. Obwohl ich schon seit Wochen ständig an ihn denken muss – unterhalten tun wir uns eigentlich nie. Die kleine Elchpulli-Geschmacksfrage heute Morgen war schon viel mehr Interaktion, als wir sonst miteinander haben. Würde ich also jetzt ganz gezielt fragen, in welchem Workshop er gelandet ist, wäre die Situation direkt so aufgeladen, und ich käme bestimmt total aufdringlich rüber. Valeska kann ich auch nicht vorschicken, genauso wenig wie Manuel, denn in beiden Fällen wäre es leicht zu erraten, dass eigentlich ich die Information haben will, und womöglich auch, weshalb. Im Gegensatz zu Valeska finde ich mein Wintermärchen sogar *sehr* romantisch, aber ich bin mir nicht ganz sicher, wie Jona das sehen würde, wenn er zu früh davon erfährt.

»Versuch doch mit der Brennbauer zu reden«, schlägt Valeska vor. »Die hat ja die Zuteilung gemacht. Sag doch einfach, dass du als Klassensprecherin mal nachfragen möchtest, ob er übersehen wurde.«

Ein besonders guter Vorwand ist das zwar nicht, aber wahrscheinlich der leichteste Weg, um meinen Plan zu retten.

Und Frau Brennbauer mag mich, weil ich zwei Mittagspausen in der Woche freiwillig in ihrer Chor-AG verbringe. Mit etwas Glück wird sie nicht länger darüber nachdenken, wie mir auffallen konnte, dass Jona bei keiner der Aktivitäten eingetragen ist. Anlügen möchte ich sie echt nicht – behaupten, dass Jona mich gebeten hat nachzuhaken, geht daher auch nicht.

Ich werfe einen schnellen Blick auf meine Armbanduhr. Es sind noch zehn Minuten von der Pause übrig. Wenn ich nicht jetzt gleich zum Lehrerzimmer gehe, werde ich heute wahrscheinlich keine Gelegenheit mehr bekommen, und ich muss die Sache so schnell wie möglich klären, allein schon für mein inneres Gleichgewicht.

Valeska geht ihren Freund suchen, ich mache mich auf den Weg.

Das Lehrerzimmer liegt am Ende eines langen Gangs, hinter Sekretariat, Krankenzimmer und diversen Stufenleiterbüros. Zwei Referendarinnen kommen mir entgegen, und ich nutze die Gelegenheit, um nach Frau Brennbauer zu fragen. Eine der beiden ruft sie netterweise für mich heraus.

»Ki, was kann ich für dich tun?«, fragt sie sofort und lächelt mich fröhlich an. Sie ist die einzige Lehrerin, die meinen Spitznamen benutzt.

»Ich ... Wegen der Projekttage ...« Mir wollen nicht die richtigen Worte einfallen. So ein Mist, ich hätte mir meine Ausrede vorher zurechtlegen sollen! »Jona Weinreich aus meiner Klasse ...« Wieder breche ich ab. Ja, was ist mit Jona? Er steht auf keiner der Listen, was ich weiß, weil ich es wie eine Irre mehrfach überprüft habe, und das ist ein Problem, weil ich mit ihm glücklich werden will? Ganz schlecht.

»Ah, brauchst du auch eine Freistellung?«, fragt Frau Brennbauer. »Nimmst du mit Jona an diesem sozialen Projekt teil?«

Ratter, ratter, ratter. Er hat sich freistellen lassen? Für ein soziales Projekt? Ich habe keine Ahnung, worum es geht, aber es gibt nur eine einzige richtige Reaktion: »Genau, vielen Dank!«

»Das finde ich toll, dass du dich ebenfalls engagieren willst – auch wenn es gut gewesen wäre, du hättest mir schon früher Bescheid gegeben. Jetzt muss ich schauen, ob jemand auf deinen Platz nachrücken kann.«

»Tut mir leid«, murmele ich. »Ich habe erst jetzt von der Aktion erfahren.« Wortwörtlich.

»Na ja, nicht schlimm, das kriegen wir hin. Hast du die Bescheinigung von der Leitung und die Erlaubnis von deinen Eltern für mich?«

»Äh ... Reicht morgen? Ich wusste ja nicht, ob es überhaupt noch möglich ist.«

»Na klar, keine Panik.«

Die habe ich aber – wenn auch aus einem ganz anderen Grund. Wie soll ich jetzt herausfinden, woran ich da seit gerade eben so dringend teilnehmen will? Wäre wahrscheinlich nicht so brillant, sie das zu fragen. Also bedanke ich mich und gehe.

Den ganzen restlichen Schultag über bin ich hibbelig und bekomme kaum was vom Unterricht mit, weil ich zig verschiedene Pläne mache, wie ich bis morgen Bescheinigung und Erlaubnis für was-auch-immer liefern kann.

Wie so oft ist am Ende Valeska meine Rettung. An der Bushaltestelle hält sie mir ihr Handy unter die Nase. Jona hat bei Instagram einen Beitrag geteilt, und auf dem Bild sind die wichtigsten Infos zusammengefasst, von denen ich nicht wusste, wie ich bloß an sie rankommen soll.

Jona hilft bei der *Aktion Adventsgefühle* mit, die von der *Mut & Miteinander GmbH*, einer gemeinnützigen Organisation unserer Stadt, organisiert wird.

»Adventsgefühle«, witzelt Valeska. »Seh ich das falsch oder passt das perfekt zu deinem Plan?«

»Das siehst du absolut richtig.« Ich bin schon dabei, nach

der richtigen Ansprechperson zu googeln. Und apropos »perfekt«: Mir kommt da gerade so eine Idee, die mit Valeskas Geburtstag am 2. Dezember und meinem Step 10 zu tun hat … Heute Abend muss ich unbedingt mein Projektmappenblatt grundüberarbeiten!

Mission Wintermärchen: Step 4

Verfasst am: 12. November
Gehört zu: Projektziel A
Aufgabe: bei der Nikolausaktion für Romantik sorgen
Beteiligte: Jona und ich
Erfüllungstermin: Dienstag, 29. November (weil der Nikolaustag dieses Jahr in die Projektwoche fällt, wo es mit der Umsetzung schwierig würde, haben wir die Aktion ein wenig vorgezogen)
Erfüllungsort: Schule

Anmerkungen:

Es hat ziemlich viele Vorteile, Mitglied der Schülervertretung zu sein. Was meine Pläne in Bezug auf Jona betrifft, ist es aktuell vor allem der, dass ich Nikolausbotin sein werde.

Die Aktion haben wir letztes Jahr erst ins Leben gerufen, und sie ähnelt im Grunde der zum Valentinstag. Nur werden dabei statt Herzzetteln und Rosen natürlich Schoko-Nikoläuse verschickt. Neben meinen Freunden bekommt diesmal auch Jona einen. Zwar anonym, aber dafür persönlich von mir überreicht. Ich werde ihn sehr vielsagend anlächeln, wenn ich den kleinen rot-weiß gekleideten Kerl vor ihm auf den Tisch stelle, und mich dann an einem kleinen Flirt versuchen. Die Aktion wird sozusagen erste romantische Vibes zwischen uns herstellen.

Mein Outfit wird sicher auch helfen – das ist so unglaublich, dass es Jona einfach umhauen muss. Eigentlich finde ich es ja total bescheuert, wenn man versucht, jemanden durch die Klamottenwahl zu beeindrucken – aber bei Verkleidungen ist das was anderes. Die können einer Situation genau die richtige Atmosphäre geben.

Zum Verteilen der Schoko-Nikoläuse werden wir SVler nämlich kostümiert sein – und natürlich gehe ich nicht als Nikoläusin, sondern als Engel. Mit Flügeln und Goldhaarreif samt Heiligenschein und allem Drum und Dran. Jona wird mich gar nicht *nicht* bemerken können. Und dann wird er sein Herz an dieses engelsgleiche Wesen vor ihm verlieren (sollte das bislang noch nicht passiert sein – was es vermutlich leider nicht ist, weil ich das sonst hätte merken müssen).

Unvergessliche Auftritte? Da bin ich Expertin!

Kapitel 4

Ich überprüfe meinen Look noch mal im Spiegel über dem kleinen Waschbecken an der Tür vom SV-Raum. Hm, vielleicht hätte ich das mit dem Goldlippenstift doch lieber sein lassen sollen, und wie ich den ganzen Glitter später wieder aus meinen Haaren kriegen soll, ist mir ein Rätsel. Die habe ich letzte Nacht im Bett extra geflochten getragen, damit sie sich engelstypisch wellen. Sie sahen heute Morgen dann teils leider eher etwas zerknautscht und ungleichmäßig aus, weil ich beim Flechten zu ungeduldig war, und davon sollte der Goldglitter eigentlich ablenken, aber ... ich weiß nicht. Immerhin steht mir das weiße Kleid aus Pannesamt echt gut – soweit das überhaupt möglich ist –, und die fette goldfarbene Schleife an dem breiten Band, das ich als Gürtel verwende, ist zuckersüß. Nicht zu vergessen das Highlight: meine puscheligen Flügel.

»Hier ist dein Beutel«, sagt Sabina hinter mir, und als ich mich zu ihr umdrehe, sieht sie zum Glück nicht abgeschreckt aus. Engel-Ki kann sich also trotz leicht missglückter Frisur und etwas übertriebenem Make-up unter die Leute wagen.

Sabina selbst ist auch gar nicht soo viel weniger glitzrig unterwegs.

»Tolle Ohrringe!«, sage ich und nehme meinen Sack mit den Verteil-Nikoläusen entgegen.

»Danke.« Sie schnipst gegen eines der silbernen Flügelchen, die zwischen ihren schwarzen Haaren hervorlugen. »Darf ich mir vielleicht noch deinen Lippenstift leihen?«

Ehrlich gesagt bin ich erleichtert darüber, dass ich nicht als einzige Goldlippe herumlaufen werde, und hole ihn schnell für sie aus meiner Tasche.

Gleich werden wir loslegen. Sicherheitshalber checke ich noch einmal, ob der Nikolaus für Jona auch wirklich in meinem Beutel gelandet ist. Als Erkennungszeichen habe ich ihm eine winzige dunkelblaue Fliege gebastelt, mit der er überraschend elegant aussieht. Auf ein Briefchen, wie es viele andere dazulegen, habe ich verzichtet, und bloß ein Stück Post-it mit Tesa untendrunter befestigt, auf dem steht: *»Für Jona. Alles, worauf die Liebe wartet, ist die Gelegenheit.«*

Das ist ein Zitat, das Miguel de Cervantes zugeschrieben wird, dem Autor von *Don Quijote,* und gestern Abend erschien mir das noch hochgradig herzerweichend. Im Moment bin ich etwas unsicher, ob ich damit nicht genauso zu dick auftrage wie mit dem Lippenstift ... Aber jetzt ist keine Zeit mehr, um es noch gegen etwas anderes auszutauschen. Ich werde damit leben müssen, wenn Jona einen Kitschschock erleidet.

Schnell verdränge ich alle möglichen Peinlichkeiten, zu denen Step 4 führen könnte, und konzentrierte mich auf das Positive: Wenn ich es schlau anstelle, kann ich bei meiner Begegnung mit Jona auch schon die *Aktion Adventsgefühle* ins Spiel bringen.

Gestern Nachmittag habe ich online noch mal genauer recherchiert und war schnell richtig begeistert von der Idee, mich als Freiwillige zu melden. Bei dem Ganzen geht es darum, in der Adventszeit Aktionen und Events für Kinder aus einkommensschwachen Familien anzubieten. Und ich kann schließlich echt gut mit Kindern – was nicht zuletzt daran liegt, dass Daphne in ihrem Verhalten stetig zwischen einer Drei- und Dreizehnjährigen inklusive aller Altersstufen dazwischen schwankt. Ich tue gern was Gutes, ich meine, wer nicht? Dass Jona Helfer ist, ist so gesehen eigentlich mehr das Sahnehäubchen auf dem superschokoladigen Kakao.

Im nächsten Schritt habe ich dann die Aktionsleiterin Frau Lobwalder angerufen, mich vorgestellt und meine vorher sorgfältig geplante Bewerbungsansprache vorgetragen. Das wäre allerdings gar nicht nötig gewesen. Als ich die arme Frau in einer dringend nötigen Atempause endlich zu Wort kommen ließ, sagte sie mir, dass sie sich über jede Hilfe freuen. Coolerweise hatte ich mich trotzdem nicht umsonst so bemüht, denn sie hat kurzerhand beschlossen, dass ich meine eigenen Bastelgruppen leiten darf.

Nun geht es für mich zwar nicht mit Jona auf die Bühne, aber ich bekomme mehr und mehr das Gefühl, dass dieser spontane Plan B sogar *noch* besser werden könnte.

Eine kleine Stolperfalle gibt es da allerdings noch: Jona soll auf keinen Fall denken, ich stalke ihn oder so – aber er muss sich ja fragen, wie um alles in der Welt ich zufällig bei genau demselben Projekt wie er gelandet bin. Am besten wäre es vielleicht, ihn einfach vorzuwarnen. Ich denke da an ein »Übrigens, Jona, wir sehen uns in der Projektwoche bei diesen Kinderaktionen! Hab gehört, du machst da auch mit?«.

Wie er selbst wohl darauf gekommen ist?

»So, alle bereit?«, reißt mich in diesem Moment Lucille, unsere Schülersprecherin, die sich heute in einen Weihnachtsmann mit Rauschebart verwandelt hat, aus meinen Gedanken.

Alle vierzehn Engel und anderen Weihnachtsmänner nicken.

Wir ziehen in drei Gruppen los. Sabina und ich übernehmen bei unserer die Führung und geben die Route durch die Schule vor. Wir haben im Voraus einen Raumbelegungsplan für die dritte Stunde bekommen und fast aus jeder Stufe ist eine Klasse dabei. Ich habe extra drum gebeten, dass Daphnes Klasse einer der anderen Gruppen zugeteilt wird. So, wie sie zurzeit drauf ist, würde sie mich eh nur peinlich finden und sicher einen blöden Kommentar abgeben.

Ramon hat eine Box mitgebracht, auf der Remixe von Weihnachtsklassikern laufen, die teils etwas merkwürdig klingen, und die beiden Jungs hinter ihm haben zusätzlich zu ihren Nikolausbeuteln auch noch Kekse im Gepäck, von denen jede Klasse, die wir besuchen, welche bekommen soll. Wir beginnen bei der 5C, wo wir freudig empfangen werden. In der 6A wirken alle geradezu erleichtert über unser Auftauchen – offenbar unterbrechen wir hier eine schnarchlangweilige Bio-Stunde. Frau Freiser-Mecken ist dafür bekannt, nicht den lebhaftesten Lehrstil zu haben, und zeigt gerade etwas nicht besonders gut auf Folie Kopiertes auf dem Uralt-Overheadprojektor. Dass der nicht längst ausrangiert wurde ...

In der 6B kommen mir fast die Tränen, als Sabina ganze zwanzig Nikoläuse für Annalena hervorzaubert. Die ist seit letztem Jahr schulbekannt, weil sie auf dem Schülerparkplatz von einem Oberstüfler angefahren wurde und einen Hüftschaden davongetragen hat. Jeder aus der Klasse hat ihr einen Nikolaus geschickt, und sie strahlt mit der Lichterkette, die durch die weihnachtlich geschmückte Klasse gespannt ist, um die Wette.

Als wir schließlich unseren Klassenraum erreichen, bin ich versucht, Sabina den Nikolaus für Jona in den Beutel zu schmuggeln. Was habe ich mir nur dabei gedacht, den selbst zu übergeben?

Bleib cool, sage ich mir, aber ich fürchte, ich bin jetzt schon ein Engel mit äußerst rosigen Wangen.

Zuerst bringe ich Beata drei Nikoläuse an ihren Platz, die darauf ziemlich stolz zu sein scheint. Valeska und Manuel bekommen natürlich welche voneinander und von mir – ihre für mich gibt mir Ramon. Sie haben sie mit einem mit Herzchen bedruckten Band zu einem Pärchen zusammengebunden, was mich zum Lachen bringt und kurz davon ablenkt, dass ich mich langsam mal zu Jona bewegen muss. Sonst bleibt er als Letzter übrig, und alle warten auf mich und schauen zu.

Für seinen Sitznachbarn Eray habe ich auch einen, den hole ich als Erstes raus.

»Wow, Ki«, zieht der mich auf. »Du bist aber ein wirklich ... *goldiger* Engel.«

»Danke, ich gebe mein Bestes«, erwidere ich und krame in meinem Beutel und krame und krame, um den Moment noch etwas hinauszuzögern. Okay, let's go!

»Für dich hab ich drei«, sage ich zu Jona und lege sie viel hastiger, als ich vorhatte, vor ihn auf den Tisch. Eigentlich sollte er zuerst die beiden anderen kriegen, und dann wollte ich mit einer Art Ach-ja-da-war-doch-noch-was-Show meinen besonders hervorheben, in dem ich ihn als Letzten überreiche. Mein Hirn hat einen Kurzschluss, und ich nehme ihm meinen Nikolaus wieder weg.

»Äh, Ki, der gehört mir.«

»Bist du ... sicher? Ich habe da gerade kein Schild ...«

»Da steht *Für Jona* unten dran, das konnte ich schon in den kurzen zwei Sekunden erkennen, die du mir mit ihm gegönnt hast.«

Ich drehe den Nikolaus auf den Kopf und starre auf das Zettelchen. »Tatsächlich.«

»Kann ich ihn wiederhaben? Nicht, dass ihm schlecht wird, wenn er kopfsteht. Und er schmilzt noch, wenn du ihn so festhältst.«

Verzweifelt warte ich darauf, dass mein Verstand wieder anspringt. »Sorry, ich war nur kurz ... gerührt von dem Zitat, das die Absenderin ... oder der Absender ... oder ... also von dem Zitat, das da draufsteht. Obwohl es andererseits ... eigentlich voll daneben ist. Also dämlich irgendwie ...«

»Zeig mal her«, sagt er und wedelt mit der ausgestreckten Hand, die er mir schon seit mehreren Sekunden entgegenhält.

Also hatte er das Zitat noch gar nicht gelesen.

Ich lasse den Nikolaus abrupt los, als unsere Finger sich bei der Übergabe für einen Moment berühren, ein Déjà-vu-Erlebnis zur Glasübergabe. Glücklicherweise hat Jona ihn schon gepackt – sonst hätte Mr Schoko sich am Ende noch an der Tischplatte den Schädel eingeschlagen.

Jona und Eray studieren die Aufschrift mit fachmännischen Gesichtern, Ersterer hebt eine Braue, Letzterer grinst breit.

»Definitiv von Charlotte«, urteilt Eray. »Ich hab's dir ja gesagt!«

Keine Ahnung, wer Charlotte ist, und keine Ahnung, ob ich es gut finden soll, dass meine Tarnung offenbar so perfekt ist.

»Weißt du zufällig, ob der von ihr ist?«, fragt Jona mich,

und leider klingt es, als würde die Vorstellung ihm gefallen. »Charlotte Wegner aus der Parallelklasse?«

»Das ist alles anonym«, sage ich und merke selbst, dass ich wie eine belehrende alte Omi klinge. »Jedenfalls, wenn kein Name drangeschrieben wurde.«

»Ich weiß. Hab schließlich selbst einen verschickt.«

Er hat auch einen verschickt. An jemand anderen als mich. Etwa an Charlotte?

»Den da?«, frage ich und zeige auf Erays Nikolaus.

»Nope.«

Schade.

Ich möchte noch irgendwas sagen, doch mir will nichts Geistreiches einfallen – so gar nichts. In einer hilflosen Geste schüttele ich meine Haare nach hinten, und es regnet Gold.

»Ki? Nichts gegen dich, aber könntest du jetzt weitergehen? Du beglitzerst mich.«

Jetzt reicht's aber!

Ich stütze meine Hände links und rechts von seinen auf den Tisch, beuge mich vor und sehe ihm direkt in die Augen. Oh, sind die auf einmal nah, und das Braun wirkt dadurch noch viel, viel intensiver. Was wollte ich …? Ach ja! »Ich habe dir gerade Schokolade samt einem Liebesgeständnis gebracht – ich habe also jedes Recht, dich zu beglitzern!«

Demonstrativ schüttele ich meine Haare noch einmal. Glitter rieselt auf seine Nikoläuse und seine Finger hinab und bleibt in seinem dunklen Haar hängen.

Zum Glück trägt Jona es mit Fassung. Er schaut zwar ernst, aber seine Mundwinkel zucken. »Guter Punkt.«

Sein Blick streift meinen Goldmund, nur zufällig, aber das interessiert meinen Puls null.

»Dann guten Appetit«, sage ich fröhlich, solange ich noch genug Luft dafür habe, und deute auf Erays Nikolaus und Jonas Drillinge. So würdevoll wie möglich stolziere ich zu meinem nächsten Empfänger und richte im Gehen meine Flügel.

Mission Wintermärchen: ~~Step 6~~ jetzt Step 5

Verfasst am: 13. November
Gehört zu: Projektziel A
Aufgabe: bei den ersten Theaterworkshop-Proben Jonas Aufmerksamkeit auf mich ziehen
Beteiligte: Jona und ich
Erfüllungstermin: erste Projektwochentage (ab 5. Dezember)
Erfüllungsort: Schule

Anmerkungen:
Wenn der Workshop erst mal losgeht, werden sich mir mit Sicherheit ganz viele Wege eröffnen, um Jonas womöglich noch schlummernde Gefühle für mich zu wecken. Da ist Improvisation gefragt – passt ja zum Theater.

Das Wichtigste werden all die kleinen Momente sein – Blicke, die sich wie zufällig treffen; Worte, die zu Aufhängern für kurze, von Mal zu Mal länger werdende Gespräche werden. Das alles soll auf Step 8 zusteuern, wo es dann um unser erstes Date gehen wird.

Diese Anbahnungsphase stelle ich mir total schön vor. Es gibt so unendlich viel, was ich über Jona noch nicht weiß – und er nicht über mich. Das ist ein bisschen wie Ermittlungsarbeit: Durch Fragen und Beobachtung ergründet man, wie der andere ist, was er mag und nicht mag, fühlt und denkt –

bis man eines Tages sagen kann, dass man einander richtig gut kennt. Klar, wir werden uns nicht in allem einig sein und auch das eine oder andere voneinander erfahren, was uns weniger gut gefällt. Aber der andere Teil wird überwiegen, davon bin ich überzeugt.

Über die Möglichkeit, dass Jona nicht auf meine Kennlernversuche eingeht oder sie sogar abblockt, möchte ich wirklich nicht nachdenken.

Ich werde einfach vorsichtig anfangen und sehen, was passiert. Und wenn *nichts* passiert, lasse ich mir etwas einfallen, wie ich ihn neugierig auf mich machen kann. Auch wenn ich meine Macken habe, bin ich doch im Großen und Ganzen jemand, den man unbedingt kennenlernen sollte. Denke ich. Hoffe ich.

Im Moment ist die Frage aller Fragen, ob Jona das auch so sieht.

Kapitel 5

Fünfzehn Minuten zu früh betrete ich den kleinen Saal im Jugendzentrum, wo das heutige Treffen für die *Aktion Adventsgefühle* stattfinden soll. Der Anblick, der sich mir bietet, entlockt mir einen unwilligen Laut, und plötzlich schauen mich alle, die schon da sind, an, inklusive Jona.

Die »Verfrühung« war beabsichtigt, damit ich auf jeden Fall schon einen Platz habe, wenn er eintrudelt.

Meine Hoffnung war, Jona mit meinem Auftauchen so sehr zu überraschen, dass er sich zu mir setzt. Aber er *hat* bereits eine Sitznachbarin.

»Hallo«, murmele ich in die Runde, die bisher aus vier anderen Jugendlichen zuzüglich Jona und der Unbekannten sowie einer Frau in den Fünfzigern besteht – das muss Frau Lobwalder sein, mit der ich schon am Telefon gesprochen habe.

Ein mehrstimmiges Echo meiner Begrüßung kommt zu mir zurück.

Ich gehe um das Hufeisen aus Tischen herum und ziehe den Stuhl zu Jonas noch freier Seite nach hinten, bevor mich der Mut verlässt.

»Was machst du denn hier?«, fragt er.

Das klingt jetzt nicht unbedingt wie ein Schön-dich-zu-sehen …

»Helfen«, sage ich. Das muss fürs Erste reichen. Ich nehme

das andere Mädchen in Augenschein. Auf der linken Seite ihres Scheitels sind die Haare weißblond, auf der anderen rosarot. Sie trägt einen übergroßen Pullover mit einer Kakaotasse drauf, die ein Gesicht und zwei statt einem Henkel hat, die sie zu einer Umarmung ausbreitet.

»Du bist nicht Charlotte«, stellt sie fest.

Also ist *sie* selbst auch nicht Charlotte.

»Nein, das ist nur Ki aus meiner Klasse«, erklärt Jona.

»Nur Ki?« Das ist mir so rausgerutscht. Aber ehrlich, wie meint er das denn?

Wenigstens lächelt er mich jetzt kurz an. »Die einzig wahre Ki«, korrigiert er. »Um nicht zu sagen: die unvergleichliche, brillante Ki. Zufrieden?«

»Halbwegs.« Wieso reden wir immer nur auf diese irgendwie viel zu kumpelhafte, ironische Art miteinander? So kann ich nicht arbeiten.

»Ich bin Leila«, stellt sich das Kakaotassenmädchen vor. »Würde es dir was ausmachen, dich hierher zu setzen?« Sie klopft auf den Platz zu ihrer Rechten. »Jona wartet da noch auf jemanden.«

Er. *Autsch.* Wartet. *Ächz.* Auf. *NEIN!* Jemanden.

Ich grabe die Schneidezähne in meine Unterlippe.

»Nee, tu ich überhaupt nicht, ist schon gut«, murmelt Jona, dem Leilas Offenbarung merklich peinlich ist.

»Ach, ist doch kein Problem«, sage ich und klinge wirklich, als würde es mir nichts ausmachen. Ich nehme meine Tasche, die ich schon auf dem Tisch abgesetzt hatte, und gehe zum Stuhl neben Leila, um mich wie ein Sack Kartoffeln daraufplumpsen zu lassen. Das hier fängt ja super an …

Schlecht gelaunt krame ich Mäppchen und Block hervor,

will zu einer freien Seite blättern und schlage dann hastig die allerletzte auf – inständig hoffend, dass Leila meine *Jona+Ki*-Verzierungen nicht gesehen hat. Das hätte mir gerade noch gefehlt. Zu meinem Glück ist sie auf ein paar Neuankömmlinge konzentriert und hat dabei ihre Hand auf Jonas Schulter gelegt. Ich betrachte für einen Moment ihre Finger mit den blau lackierten Nägeln auf seinem schwarzen Pulli. Ist da doch was zwischen den beiden? Sie wirken so vertraut miteinander.

Hinter zwei Jungs, die vielleicht so siebzehn oder achtzehn sind, ist eine Braunhaarige auf Stiefeln mit hohen Absätzen in den Raum stolziert und knipst jetzt ein perfektes Lächeln an.

Sei bitte nicht Charlotte, sei bitte nicht Charlotte!

Aber mein inneres Flehen ist völlig umsonst. Dieses Lächeln gilt nämlich niemand anderem als Jona.

»Das ist Charlotte«, bestätigt Leila leise. »Witzigerweise waren wir in derselben Grundschulklasse – und jetzt hat sie es auf meinen besten Freund abgesehen.«

Ich beuge mich ein Stück vor und greife mir einen meiner Stifte, damit ich nicht so aussehe, als würde ich beobachten, was passiert.

Jona lächelt zurück und hebt leicht die Hand.

So ein vorweihnachtlicher Mist!

Sie kommt zu uns herüber, und er löst den Blick keine Sekunde lang von ihr.

»Ich weiß noch nicht, was ich davon halten soll, aber ich glaub, aus den beiden wird was«, wispert Leila mir verschwörerisch zu, und ich zucke zusammen. »Sie hat ihm bei so 'ner Aktion sogar einen Nikolaus mit Liebesgruß geschickt.«

»Ist nicht wahr!«, rutscht es mir heraus. Zum Glück nimmt Leila es nicht wörtlich.

»Süß, oder?«

In meinem Kopf arbeitet es: Denkt Jona das nur oder hat er Charlotte gefragt? Hat sie gelogen und schmückt sich mit fremder Nikolaus-Schoki? Zutrauen würde ich es ihr sofort.

Sie setzt sich nicht neben Jona, und ich höre Leila leise aufseufzen – ob vor Ungläubigkeit oder heimlicher Erleichterung, ist schwer zu sagen. Stattdessen wählt Charlotte den Platz Jona direkt gegenüber, von wo aus sie ihm die ganze Zeit bedeutungsvolle Blicke zuwerfen kann. Wieso bin ich nicht auf diese Idee gekommen? Jetzt kann ich auch nicht mehr aufstehen, um mich auf den nun doch freien Platz neben Jona zu setzen. Das sähe komisch aus. Obwohl ich es Charlottes wegen gern tun würde – quasi als stumme Kampfansage.

»Ich glaube, wir sind vollzählig«, sagt Frau Lobwalder und deutet dann auf mich. »Wir haben heute noch jemand Neuen mit an Bord – Kimara wird uns vor allem als Bastelleitung unterstützen. Willkommen im Team! Leila und Jona erzählen dir später sicher gern, was wir in unseren ersten beiden Treffen schon besprochen haben.«

Die beiden nicken.

Sehr gut – währenddessen kann Jona jedenfalls nicht vergessen, dass ich auch noch da bin.

»Super, danke. Ich freu mich total, dabei zu sein«, sage ich. Allein schon, weil es in dieser Runde offenbar eine Person gibt, die mir mein Wintermärchen gern stehlen würde – wenn nicht sogar zwei.

Frau Lobwalder geht mit uns durch, was alles schon steht und was bis wann noch erledigt werden muss. Am Ende der

Projektwoche wird es einen großen Adventsbasar geben, auf dem wir verkaufen wollen, was gebacken und gebastelt wurde. Obwohl schon einiges an Bastelangeboten zusammengekommen ist, ist noch eine riesige Auswahl an Möglichkeiten für mich übrig. Mitmachen können Kinder von sieben bis zwölf. Es gibt schon ein Team, unter dessen Anleitung Baumschmuck und Kerzen gestaltet werden sollen; eine Seniorin, die heute nicht dabei sein kann, möchte außerdem Serviettentechnik anbieten. Als die schon fast fertige Liste rumgeht, trage ich als Ideen für meine Gruppen Basteln mit Papier (Sterne und Weihnachtskarten) ein und für eine zweite Adventsgestecke.

Zum Schluss geht Frau Lobwalder gemeinsam mit uns durch, was an Material bereits besorgt wurde und was uns noch fehlt.

Ein Mädchen namens Kristin meldet sich und sagt, dass ihre Tante Floristin ist. Über sie können wir die Sachen für meine Adventsgestecke bekommen. Die Kosten übernimmt, wie Frau Lobwalder erklärt, *Mut & Miteinander* als Träger der Aktion.

»Mein Mann und ich haben schon einiges besorgt, Oskar und seine Eltern übernehmen netterweise den Lebensmittelkauf für die Backzutaten …« Sie nickt einem der Jungen zu. »… und Jona hat sich bereit erklärt, im Bastelbedarf zu holen, was wir sonst noch brauchen. Scheren, Kleber und so weiter stellt uns die örtliche Kirchengemeinde zur Verfügung – die haben ein Lager im Gemeindehaus.«

Charlotte meldet sich. »Ich kann Jona gern begleiten – da kommt ja jetzt doch einiges zusammen, das kann er unmöglich alles allein schleppen.«

»Das ist ein sehr nettes Angebot«, sagt Frau Lobwalder. »Aber du bereitest ja schon das Weihnachtsmarkt-Singen und die Basar-Flyer vor. Kimara, kannst du dir vorstellen, Jona beim Basteleinkauf zu unterstützen? Du weißt schließlich am besten, was du für deine eigenen Aktionen brauchst.«

Ich vermeide es, zu Jona zu schauen, weil ich Angst habe, dass er möglicherweise enttäuscht ist.

Vorsichtshalber öffne ich meinen Kalender auf dem Handy und tue so, als müsste ich checken, wie es zeitlich die nächsten Tage aussieht bei mir. Ich will ja nicht verzweifelt wirken. »Klar, mach ich gern! Ich könnte am … eigentlich immer.« Klang das jetzt doch ein bisschen verzweifelt? Oder noch schlimmer: hobbylos?

»Cool«, sagt Jona, und wenn eine Stimme ein Gesicht haben könnte, hätte seine ein Pokerface.

Charlotte wirft mir einen giftigen Blick zu, wendet sich aber schnell wieder ab. Die ist wohl zu dem Schluss gekommen, dass von mir keine ernst zu nehmende Gefahr droht.

Na, das werden wir noch sehen.

Mission Wintermärchen: ~~Step 7~~ jetzt Step 6

Verfasst am: 13. November
Gehört zu: Projektziel A
Aufgabe: einen zuckersüßen Flirt beginnen, der unser Zusammenkommen vorbereitet
Beteiligte: Jona und ich
Erfüllungstermin: Projektwoche (5. bis 9. Dezember)
Erfüllungsort: Schule

Anmerkungen:

Okay, die Aufgabe klingt, wenn ich es mir so überlege, erschreckend klinisch. Als würde mein Plan sich in einem OP-Saal abspielen: Dr. Liebe, geben Sie mir bitte mal die Zange, ich muss dem Patienten hier am offenen Herzen einen Flirt einsetzen.

In Wahrheit will ich eigentlich etwas ganz Simples: Jona soll zu erkennen geben, dass er mich mag. Beziehungsweise weit mehr als mögen könnte.

Deswegen habe ich ehrlich gesagt auch ein bisschen Angst, diesen Schritt zu initiieren. Was, wenn er gar nicht darauf anspringt oder alles, was ich sage, ins Alberne zieht? Hieße das dann, er hat kein Interesse an mir? Oder nur, dass ihm das Flirten nicht liegt?

Wir haben noch nie mehr als vier, fünf Sätze miteinander gewechselt, und wenn ich mich an diese kurzen Gespräche zurückerinnere, sticht klar hervor, dass wir immer nur herumwitzeln. Ist das ein gutes Zeichen? So à la Was-sich-liebt-das-neckt-sich? So habe ich es leider nie interpretiert.

Und selbst wenn es in diese Richtung ginge ... Ich möchte schöne Worte und vielsagende Gesten, bedeutungsvolles Schweigen und aufgeladene Momente, in denen die Luft zwischen uns zu knistern scheint.

Aber wie um alles in der Welt bekommt man das hin?

Ich werde es erst mal langsam angehen und vorsichtig testen, wie Jona reagiert, wenn ich einen etwas anderen Ton anschlage. So schlecht ist unser Gewitzel vielleicht am Ende gar nicht – wenigstens kann ich mich jederzeit wieder dorthin retten.

»Hast du mich etwa gerade angeflirtet, Ki?«

– »Was? Iiiiiich doch nicht! Bild dir mal nichts ein.«

Nein, hoffentlich kommt es dazu nie! Ich hoffe so sehr, dass er mitspielt und das zwischen uns endlich DAS ZWISCHEN UNS wird.

Kapitel 6

Charlotte weiß es wahrscheinlich noch nicht, aber sie und ich stehen jetzt als Gegnerinnen im Ring.

Eigentlich ist es auch für Step 7 viel zu früh, weil die Projektwoche schließlich noch nicht mal begonnen hat, und außerdem habe ich keine Ahnung, wie man jemanden anflirtet, der bereits von jemand anderem angeflirtet wird. Aber ein schlechtes Gewissen werde ich wegen Charlotte ganz bestimmt nicht haben!

Wenigstens ist das Glück auf meiner Seite, denn am Ende des Planungstreffens sollen wir alle mit unseren »Aufgabenpartnern« die letzten organisatorischen Dinge klären. Und was wäre für mich flirtgeeigneter als Organisationsfragen?

Ich beobachte, wie Charlotte mit einem Augenrollen zu Oskar und Kristin geht, um über die finale Songauswahl für den Projektkinderchor zu beraten. Leila geht zu Frau Lobwalder, weil sie noch etwas wegen der Räumlichkeiten für den Basar besprechen wollen, und ich nutze die Gelegenheit und rutsche einen Platz weiter. Ich setze mich bewusst seitlich auf den Stuhl, sodass meine Knie fast Jonas Oberschenkel berühren.

»Wir gehen also Material kaufen?«, frage ich überflüssigerweise. Ich brauche eben erst mal ein bisschen Warmlaufzeit.

»Tun wir. Ich hatte an Samstag gedacht. Passt das für dich?«

Ich nicke. »Ehrlich gesagt kenne ich die besten Bastelläden in der Gegend.« Hm, das deutet nun wirklich überhaupt nichts von dem an, was ich in dieses Gespräch legen möchte: wie sehr ich mich drauf freue, mit ihm zusammen loszuziehen, und wie süß und interessant ich bin – genau wie er.

»Super«, sagt Jona auch bloß.

Zugegeben, was Besseres wäre mir an seiner Stelle auch nicht dazu eingefallen.

Gerade will ich, die Stimme meiner Vernunft ignorierend, zu einem Monolog über Bastelkram ansetzen, als er fragt: »Wie bist du eigentlich auf die Aktion gekommen? Ich hätte drauf gewettet, dass du in der Projektwoche definitiv was Kreatives machst.«

»Mit Kindern zu basteln ist so ziemlich das Kreativste, was geht, oder nicht?« Ich gratuliere mir selbst zu dem Ausweichmanöver. »Frau Brennbauer hat mich darauf gebracht«, schiebe ich dann aber doch noch nach. Stimmt ja ... irgendwie.

»Ah, ja, sie wirkte total begeistert und hat versprochen, auf dem Basar später ordentlich zuzuschlagen ...«

Gut, hört sich an, als wäre das Thema damit erledigt.

»Wir sollten vielleicht Notizen machen, was wir alles brauchen«, schlägt er vor. »Darf ich?« Er zieht meinen Block zu sich heran, und ich schlage gerade noch rechtzeitig mit der flachen Hand drauf, bevor er ihn aufschlagen kann.

»Du kannst doch nicht einfach meinen Block nehmen!«

Er schiebt ihn zurück zu mir. »Okay, okay. Ganz ruhig. Stehen da deine Weltherrschaftspläne drin, oder was?«

Und endlich bekomme ich die Kurve. Ich zucke lässig mit den Schultern. »Vielleicht ist er auch nur voller Herzen, in denen ein Name steht, den ich dir nicht verraten möchte.«

Geschafft! Der dauerbelustigte Ausdruck in seinen Augen weicht Neugier.

»Das glaub ich dir nicht.«

Da schwang eine unausgesprochene Frage mit, die mir den Mut gibt, daran anzuknüpfen. »Dass ich in jemanden verliebt sein könnte?«

Ich lasse ihn nicht aus den Augen und registriere jede kleinste Regung – die Art, wie er das Kinn zwei, drei Millimeter hebt, seine ganz leicht zusammengezogenen Brauen, die anzeigen, dass es hinter seiner Stirn arbeitet.

»Wenn du es wärst«, sagt er, »dann wüsste es die ganze Schule.«

Überrumpelt, wie ich bin, falle ich fast aus meiner Rolle, kann mich aber gerade noch zügeln. Sollte das hier so weitergehen, werde ich am Ende trotz abgesagtem Theaterworkshop toll schauspielern können. »Wieso das?«, frage ich ohne den winzigsten Hauch der Empörung, die ich empfinde. »Woher würdest zum Beispiel *du* das wissen wollen?«

»Na ja, du bist ein extrem direkter Mensch. Gäbe es jemanden, den du so sehr magst, dass du seinen Namen in Herzen schreibst ... Ich schätze, noch bevor du das tust, würdest du ihm deine Gefühle gestehen.«

Ich schüttele den Kopf, und das kleine Lachen ist nicht gespielt – es hat sich von selbst perfekt in der Gesprächspause platziert. »*Niemand* würde das einfach so machen. Du etwa?«

»Natürlich nicht. Aber ich bin auch nicht besonders direkt.«

Gut zu wissen.

»Du bist doch immer so zielstrebig«, fügt er hinzu. »Ich

hätte gedacht, du würdest noch am Tag, an dem du dich verliebst, das erste Date klarmachen.«

Ich schlage meinen Block recht weit hinten auf – so kann ich sicher sein, dass es zwei völlig leere Blätter trifft. »Apropos …«, sage ich und streife unversehentlich-versehentlich sein Bein, während ich mich auf der Sitzfläche Richtung Tisch drehe. Kurz löst das leider bei mir selbst eine Ladehemmung aus, weshalb es eher ein Apropoooooos wird. »Was machst du morgen nach der Schule? Bei einer heißen Schokolade lässt sich so ein Großeinkauf viel besser planen.«

* * *

»Und er hat Ja gesagt?« Valeska grinst und nimmt einen Nachschlag von dem Apple Crumble mit Zimt, den wir zusammen gemacht haben und jetzt genüsslich im Esszimmer verspeisen.

»Ihm blieb ja auch kaum was anderes übrig. Und ich glaube nicht, dass er es als richtiges Date versteht.« Ich seufze tief. »Vielleicht hätte ich einfach den blöden Block aufschlagen sollen, um jeden Zweifel auszuräumen.«

Valeska muss lachen. »Stell dir das vor! Da hätte ich zu gern sein Gesicht gesehen!«

Ich gönne mir noch einen Klecks Sahne auf meinem Crumble-Rest.

»Bist du dir sicher, dass sowohl diese Leila als auch Charlotte was von Jona wollen?«, fragt Valeska. »Ich habe irgendwie das Gefühl, du siehst gerade überall Gefahren lauern, die deinen Plan zerstören könnten.« Sie deutet mit der Gabel auf mich. »Wenn du mich fragst, solltest du genau so handeln, wie er dich eingeschätzt hat: Sag geradeheraus, was du empfindest. Vielleicht war es ja sogar eine indirekte Aufforderung.«

Ich seufze noch einmal. »Nein, ich glaub nicht, dass er was von meinen Gefühlen ahnt.«

Valeska sieht mich an, als würde sie sich fragen, mit was für einem hoffnungslosen Fall sie da eigentlich befreundet ist. »Na schön, dann lass uns überlegen, wie du das ändern kannst. Oder hast du das *Un*date etwa auch durchgeplant?«

Ist ja gut, ich habe mittlerweile verstanden, wie wenig sie von meiner strukturierten Vorgehensweise hält.

»Nein, habe ich nicht. Soll ich mir ein paar platte Anmachsprüche überlegen oder was schwebt dir vor?«

Valeska schüttelt heftig den Kopf. »Entspann dich mal. Fixier dich nicht so auf das, was noch nicht da ist. Du musst mehr Zeit mit ihm verbringen, und eure kleine Besprechung ist eine super erste Gelegenheit dazu – genau wie euer gemeinsamer Einkauf. Achtung, ich werde jetzt kurz ein paar Dinge sagen, die abgedroschen klingen, aber sie stimmen, okay? Sei du selbst. Hör ihm zu und lern ihn besser kennen. Wenn es sein soll, wird es auch passieren.«

»Das klingt wirklich sehr abgedroschen. Du hast leicht reden – du brauchtest gar nicht viel tun, weil Manuel von Anfang an total verknallt in dich war.«

»Hör auf, dich so verrückt zu machen, ja? Jona wäre dumm, wenn er nicht genauso verknallt in dich wäre.«

Ich will mich gerade bei ihr bedanken, weil sie einfach einer der liebsten Menschen ist, die ich kenne, als Daphne ins Zimmer geschlurft kommt und sich an der Keksdose auf dem Fenstersims bedient. »Er wäre dumm, wenn er sich nicht rechtzeitig vor dir in Sicherheit bringt«, gibt sie ihre äußerst nette Einschätzung zum Besten. »Und Ki kann sich gar nicht verrückt machen, weil sie es schon ist.«

Ich glaube, das hier ist gerade einer dieser Momente, in denen Valeska froh ist, Einzelkind zu sein. Jedenfalls guckt sie so.

»Daphne glaubt, Jona ist nicht meine Liga«, erkläre ich.

Meine Schwester bricht einen Keks in der Mitte durch, schiebt sich die eine Hälfte zwischen die Zähne und sagt ein paar Momente später mit Krümelmund: »Daphne *weiß*, dass er nicht deine Liga ist.«

»Und ich dachte immer, Familienmitglieder supporten einander«, sagt Valeska.

Ich winke ab. Daphne ist eben in einer Phase, in der sie unsere Familie komplett uncool findet. Geht hoffentlich irgendwann vorbei. Ihre Hilfe brauche ich in Sachen Jona sowieso ganz sicher nicht.

»Charlotte hat ihn mehr verdient«, befindet Daphne und verschlägt mir damit nun tatsächlich völlig die Sprache.

Die zweite Kekshälfte verschwindet zwischen ihren Lippen und sie aus dem Esszimmer.

»Was hast du mit Charlotte zu schaffen?«, ruft Valeska ihr an meiner Stelle hinterher, aber sie antwortet nicht mehr.

Ich will wirklich optimistisch bleiben, aber … irgendwie werde ich das Gefühl nicht los, erledigt zu sein.

Mission Wintermärchen: ~~Step 5~~ jetzt Step 7

Verfasst am: 13. November
Gehört zu: Projektziel A
Aufgabe: mich beim Lichterzug neben Jona mogeln und die Romantik wirken lassen
Beteiligte: Jona und ich
Erfüllungstermin: Tag des Lichterzugs (logisch, oder?)
Erfüllungsort: Schule

Anmerkungen:

Der Lichterzug soll sozusagen die elegante Fortsetzung von der Nikolausaktion werden. Er hat an unserer Schule Tradition und ist vage vom schwedischen Luciafest inspiriert. Am Morgen bleiben die Lichter im Gebäude erst mal aus, und zwei ausgewählte Klassen ziehen in weißen Gewändern mit Kerzen durch die Flure und bringen Lichter in die Unterrichtsräume.

Wie es der Zufall will, gehört unsere Klasse dieses Jahr zu den Glücklichen. Ich werde also einen zweiten Auftritt als engelhafte Gestalt haben, nur ohne Flügel diesmal und dafür mit einer Kerze in den Händen, die einen vorteilhaften Schein auf mein Gesicht werfen wird.

Während des Zugs wird nicht gesprochen, und nach dem horrormäßigen Gesang vom letzten Jahr hat die Schulleitung entschieden, dass es nur noch besinnliche Instrumentalmusik vom Band gibt. Damit hätten wir auch noch den passenden Soundtrack. Also alles in allem beste Voraussetzungen für einen romantischen Moment zwischen Jona und mir!

Ich werde innerhalb dieser andächtigen Prozession nämlich ein kleines Überholmanöver starten und dann wie zufällig neben ihm hergehen, nein, *-schweben*!

Mein Anblick wird ihn nicht mehr loslassen, denn ich werde ein Bild der Anmut abgeben und etwas Sanftes, aber gleichzeitig Starkes ausstrahlen. (Haha, so schwülstig sollte das gar nicht klingen! Live wird das viel besser als so platt aufgeschrieben :D) Und dann werde ich mich »aus Versehen« ein bisschen zu hektisch bewegen bzw. einmal zu tief ausatmen, wodurch meine Kerze erlöschen wird. Zum Glück hat Jona ja auch eine, an der ich sie wieder entzünden kann. Wobei unsere Blicke sich treffen und tief ineinander versenken werden. Vielleicht – ich meine, träumen darf ich ja wohl, und wer weiß, ob wir uns bis dahin nicht schon etwas nähergekommen sind – werden wir sogar Hand in Hand weitergehen.

Ganz ehrlich? Ich glaube nicht, dass diese Schule je einen stimmungsvolleren Lichterzug gesehen hat oder noch sehen wird als den diesjährigen ...

Kapitel 7

Ich sollte an Tagen wie heute keine Mütze mehr tragen, egal, wie kalt es wird. Meine Haare sind fürchterlich elektrisch aufgeladen, und jedes einzelne möchte am liebsten zur Decke wandern. Kurz spiele ich ernsthaft mit dem Gedanken, die Mütze beim Lichterzug einfach aufzubehalten. Allerdings ist sie knallrot. So sehr möchte ich dann doch nicht aus der Masse Weißgewandeter hervorstechen. Diese Umhänge hatte ich irgendwie auch schicker in Erinnerung – die haben eher was von Arztkitteln …

Beim Anstehen fürs Kerzen-Anzünden in der Aula, wo sich jeder einzeln sein Licht holt, warte ich neben Manuel und Valeska und sehe mich unauffällig und zunehmend verzweifelt nach Jona um. Ich kann ihn nirgends entdecken. Wo steckt er?

Nervös zupfe ich an dem Papierkränzchen meiner cremefarbenen Kerze herum.

»Was ist eigentlich in letzter Zeit mit Ki los?«, höre ich Manuel meiner besten Freundin zuraunen.

»Vorweihnachtsfieber«, sage ich. »Nichts weiter.«

Es ist nur noch eine Frage der Zeit, bis er mich durchschaut. Hätte er nicht immer noch einen rosaroten Filter in der Optik, der ihn ausschließlich auf Valeska fixiert bleiben lässt, wüsste er längst Bescheid, so gut, wie er mich kennt. Na gut, das ist vielleicht nicht ganz fair. Immerhin hat er gerade nachgefragt.

Wir rücken Schritt für Schritt vor und erreichen endlich Herrn Ziebolz. Er hält die dicke Kerze, an der wir unsere schmalen, langen Kerzen nacheinander entzünden können.

Ein paar Minuten später haben alle Lichtbringer ihre Flämmchen und warten auf weitere Anweisungen.

Die Lampen im hinteren Teil der Aula werden ausgeschaltet, und wir bilden alle gemeinsam ein wunderschönes Adventsfunkelmeer aus Kerzenschein.

Herr Ziebolz erläutert noch mal kurz den Weg durchs Gebäude und bittet uns, ruhig und geordnet zu gehen. Am liebsten würde ich erst mal zurückbleiben, damit ich Jona nicht übersehe, aber wir sind mitten in der Menschentraube und können unmöglich einfach im Weg stehen bleiben oder uns an den Rand durchkämpfen – nicht mit brennenden Kerzen in den Händen und mit Manuel, der keine Ahnung hat, warum wir uns nach hinten fallen lassen sollten.

Also laufe ich erst mal neben meinen besten Freunden her. Wieso musste ich mir für mein Wintermärchen auch unbedingt das hier aussuchen – viele Menschen, alle in Weiß, die im Halbdunkeln umhergehen? Es hätte sicher andere Möglichkeiten gegeben. Solche, bei denen ich nicht ewig umherschwirren müsste, um Jona überhaupt erst zu finden.

Aber es hilft ja alles nichts – jetzt stecke ich in der Sache drin und werde sie auch zu Ende bringen.

Während wir den Flur entlangziehen, stelle ich mich immer wieder auf die Zehenspitzen, um über die Köpfe hinweg Ausschau zu halten. Doch Jona kann ich nirgends entdecken.

Die Ersten des Zugs halten nun vor einem Klassenraum an, und wie in einem umgekehrten Dominoeffekt kommen auch alle anderen zum Stehen.

Das ist meine Chance!

»Ich geh ihn suchen«, murmele ich Valeska zu, die natürlich weiß, was ich für diesen Vor-der-heißen-Schokolade-mit-Jona-Morgen geplant habe.

Sie nannte die Idee *melodramatisch*, und auch jetzt lacht sie nur kopfschüttelnd.

Während ich mich mit leisen Sorrys am Rand der Schlange vorbeischiebe, geht mir auf, dass es merkwürdig kommt, wenn ich jetzt so plötzlich neben Jona auftauche. Daraufhin könnte auch meine ausgehende Kerze, die ich an seiner wieder anzünden möchte, eeeeetwas inszeniert wirken. Es könnte *alles* etwas inszeniert wirken. Vielleicht gleicht das gerade nötige Improvisieren das ja aus – hoffentlich.

Da! Ich kann Erays schwarzen Haare sehen, in die er über dem Ohr eine Zackenlinie reinrasiert hat, die besonders cool sein soll. Wo er ist, kann Jona nicht weit sein.

Ich beschleunige meine Schritte und bin fast bei Eray angekommen, da passieren zwei Dinge gleichzeitig: Ich erkenne, dass Jona nicht bei seinem Kumpel ist, und will kehrtmachen – und der Zug setzt sich wieder in Bewegung.

Mein Schrei gellt durch den Flur, als die Kerze meines Hintermanns meinen Ärmel in Brand steckt. Um mich herum geht ein kleiner Tumult los, nur ich stehe wie angewurzelt da, wissend, dass ich jeden Moment komplett in Flammen stehen werde.

»Ki!« Eray reißt mir den weißen Kittel runter, wirft ihn zu Boden und trampelt darauf herum.

Ich sehe unter Schock zu, dann fällt mein Blick wie in Trance auf meine Kerze am Boden, die mir aus den Händen geglitten und zum Glück im Fallen ausgegangen ist. Na toll. Ich hätte gerade fast mich selbst und die Schule abgefackelt.

»Alles in Ordnung dahinten?«, ruft Herr Ziebolz von der Spitze des Zugs.

»Ja, alles okay!«, antwortet Eray und legt dann eine Hand auf meine Schulter.

Er pustet seine Kerze aus, schnappt sich meine schnell vom Boden und kickt den angekokelten Umhang zur Seite, damit niemand drüber stolpert. Als Nächstes fasst er zögernd nach meinem Ellbogen und wirkt erleichtert, als ich neben ihm weitergehe. Noch immer etwas überfordert von der Situation setze ich einen Fuß vor den anderen.

Beim nächsten Stopp tritt Eray näher zu mir und raunt, laut und dicht genug an meinem Ohr, um die Musik zu übertönen: »Warum bist du eigentlich am halben Zug vorbeigerannt?«

Verschiedene Antwortmöglichkeiten schießen mir durch den Kopf: Weil ich Katastrophen-Ki bin. / Um mehr von den rührenden Momenten mitzubekommen, wenn das Licht in die Klassen getragen wird. / Tanze eben gern aus der Reihe.

»Ich war auf der Suche nach Jona«, versuche ich es mit der Wahrheit – die ich dann noch etwas modifiziere: »Wegen einer Sache, die wir noch für die Projektwoche klären müssen.«

»Muss ja was Ultradringendes sein.«

»Hm.« *Frag bitte nicht weiter nach, ich bin gerade nicht in der Lage, mir eine Geschichte für dich auszudenken.*

»Er ist heute nicht da, hat einen kleinen Family-Notfall, um den er sich kümmern muss.«

»Psssscht!«, zischt eine der jüngeren Schülerinnen hinter uns.

Sie hat recht, wir verstoßen gerade gegen das Redeverbot und ruinieren die andächtige Atmosphäre. Aber ich *muss* einfach wissen, was mit Jona ist, jetzt erst recht.

»Was Ernstes?«, frage ich Eray einen Tick leiser.

Ob Jona dann überhaupt zu unserem Vielleicht-Date kommen kann? Wo ist er gerade und geht es ihm gut?

»Nein, er musste nur mit einer seiner Schwestern zum Arzt. Ohrenschmerzen. Es konnte sonst keiner mit ihr hin.«

Die Arme! Und armer Jona. Das kann doch nicht sein, dass er deswegen schwänzen muss?

»Ist gerade etwas chaotisch bei ihm daheim«, fügt Eray hinzu.

Ich weiß nicht, was konkret er damit meint, aber wenn Jona Stress zu Hause hat, möchte ich für ihn da sein. Ihn unterstützen und dafür sorgen, dass er trotzdem eine wunderschöne Adventszeit hat – mit mir.

»Wir wollten uns heute Nachmittag zum Planen zusammensetzen«, sage ich. Ob Jona seinem besten Freund davon erzählt hat? Und wenn ja, wie hat er es genannt? »Dann schreib ich ihm besser mal – falls wir das verschieben müssen.«

Eray wirft mir einen seltsamen Blick zu, und ich kann die Emotion darin so gar nicht einordnen. Ist es Skepsis? Genervtheit?

»Ich glaube nicht, dass er das verpassen wird.«

Er legt einen Zahn zu, und ich beschließe, dass es ein guter Zeitpunkt ist, um zu Valeska und Manuel zurückzukehren.

Mission Wintermärchen: Step 8

Verfasst am: 13. November
Gehört zu: Projektziel A
Aufgabe: das erste Date
Beteiligte: Jona und ich
Erfüllungstermin: variabel, je nach Gelegenheit
Erfüllungsort: Café

Anmerkungen:
Ein Date im Café – eigentlich ziemlich einfallslos, oder? Aber ich habe lange darüber nachgedacht und bin am Ende wieder darauf zurückgekommen. Ich wollte einen Ort, der gemütlich ist und stimmungsvoll, aber nicht draußen in der Winterkälte. All die romantischen Outdoor-Unternehmungen, die man zu dieser Jahreszeit machen kann, kommen später dran. Erst mal brauche ich ausgiebig Zeit, um im Warmen mit Jona ... warmzuwerden (haha), das heißt: zu reden. Da besteht ziemlich großer Nachholbedarf. Nachdem ich nicht mal was von Linn und Leonie wusste, wird es höchste Zeit, ein paar Basics über ihn in Erfahrung zu bringen. Wobei ich natürlich aufpassen muss, nicht in die Rolle der Interviewerin zu fallen. Ich bin leider nicht die Allergeduldigste und würde ihn am Ende noch mit Fragen bombardieren.

Was er wohl von mir wissen wollen wird? Und was ist, wenn wir irgendwann nicht mehr wissen, worüber wir reden sollen? Ich rede gern und höre genauso gern zu, aber in Face-to-Face-Situationen mit Menschen, die ich noch nicht so gut kenne, bin ich manchmal etwas zu laut und betont fröhlich. Das ganze Szenario mit jemandem, in dessen Gegenwart meine Gedanken wilde Pirouetten drehen, ist eine Premiere. Und leider bin ich für mich selbst deshalb fast genauso schrecklich unberechenbar wie Jona.

Mir bleibt also nichts anderes übrig, als die Dinge einfach auf mich zukommen zu lassen … Ist vielleicht auch gar nicht das Schlechteste.

Kapitel 8

Die gute Nachricht des Tages: Ich bin schon bei Step 8 angekommen. Die weniger gute: Valeskas Geburtstag – mein neues Datum für Projektziel A – rückt näher, und es sieht leider ganz so aus, als hätte ich mit meinen zehn Schritten bis zum Zusammenkommen mit Jona doch viel zu knapp kalkuliert.

Ich weiß ja nach wie vor nicht mal, ob er unser Date als Date betrachtet. Mein Bauchgefühl sagt Nein, aber wieso hat er dann nichts dagegen gesagt, dass wir ins Café gehen? Das wäre für ein paar Erklärungen und Absprachen zur Aktion doch eigentlich nicht nötig?! Oder denkt er sich gar nichts dabei und will bloß die heiße Schokolade, die ich vorgeschlagen habe?

Soll ich mich heute aus der Deckung wagen und klarstellen, dass es ein Date ist? Dafür würde sprechen, dass Charlotte jeden Tag ihren nächsten Zug machen kann und ich schneller sein muss. Dagegen spricht die Möglichkeit, es damit voll zu vermasseln. Sollte er mich (noch) nicht auf die Art mögen wie ich ihn, dann gibt er mir vielleicht keine Chance, wenn ich ihn mit meinem Geständnis überrumple. Für den Fall, dass er erst noch erkennen muss, wie schön es wäre, in mich verliebt zu sein, sollte ich mich wohl besser zurückhalten.

Hoffentlich hat er unser Date nicht vergessen! Ich habe mich nicht getraut, ihn vorsichtshalber noch mal anzuschreiben.

Ich checke die Uhrzeit auf meinem Handy und gehe etwas schneller. Es wäre schön, wenn er zuerst da ist, aber verspäten will ich mich auch nicht.

Als ich meine halb erfrierenden Hände in den kuscheligen Taschen meiner Jacken vergrabe, streifen meine Finger links einen kleinen Gegenstand. Was ist das denn?

Verwundert ziehe ich das Ding heraus und bleibe abrupt stehen.

Auf meiner Handfläche sitzt eine kleine Eisbärenfigur. Sie hat schwarze Knopfaugen und trägt einen roten Schal mit weißen Punkten um den Hals.

Wie süß!, kreischt es in meinem Kopf, parallel zu: *Wie seltsam!*

Ich durchsuche meine Taschen noch mal genauer – und stoße auf ein gefaltetes Stück Papier. Mit gerunzelter Stirn klappe ich es auf und blicke auf eine getippte Nachricht.

Als ich den gesehen hab, musste ich irgendwie an dich denken. Er wollte zu dir. Ich kann ihn verstehen.

Mein Herz überschlägt sich ein paarmal, um dann in meinen Bauch hinunterzurutschen und dort ein ungutes Gefühl auszulösen.

Das gehört nicht zum Plan.

Ich wünschte, es könnte dazugehören. Aber als ich heute Morgen aus dem Haus gegangen bin, waren meine Taschen definitiv noch leer, das weiß ich genau. Was bedeutet, Bärchen und Zettel wurden mir in der Schule zugesteckt. Wo Jona heute nicht war.

Mit meinem Handy mache ich einen schnellen Schnappschuss von dem Bärchen mit Botschaft und sende ihn an Valeska, zusammen mit dem Emoji, das vor Panik blau anläuft und sich mit weit aufgerissenen Augen und Mund patschehändig an die Wangen fasst. Dann atme ich tief durch und lasse das Handy samt zweifelhaftem Geschenk in meiner Handtasche verschwinden. Ich muss mich jetzt ganz auf Jona konzentrieren.

Entschlossen marschiere ich weiter und nach etwa hundert Metern hinein ins *Café Kränzchen.* Fast schon *zu* entschlossen, denn so schwungvoll, wie ich hereingefegt komme, nehme ich beinahe den Schirmständer mit, der direkt neben der Tür steht.

Jona sitzt an einem Zweiertisch am Fenster.

»Hey«, sage ich atemlos und streife meine Jacke ab. Nach einigem Hin und Her habe ich mich zu diesem Anlass für mein Lieblingsstrickkleid mit dem Wellenmuster in allen nur denkbaren Blautönen entschieden und es mit einer gerippten dunkelgrauen Thermoleggins sowie einem breiten rüschigen Taillengürtel kombiniert. Nichts, was ich nicht auch im Alltag tragen würde, aber trotzdem datetauglich.

»Hi. Wow, hast du dich heute nur von Energieriegeln ernährt?« Leider wirkt Jona von meinem Anblick wenig beeindruckt. »Oder sind das noch die Nachwirkungen von deiner Kollision mit der Steckdose?« Er deutet vage auf meine Haare.

Mein Spiegelbild in der Fensterscheibe verrät mir, dass sie schon wieder elektrisch aufgeladen sind und in alle Richtungen abstehen – obwohl ich die Mütze extra zu Hause gelassen habe.

»Tja, halt dich besser von mir fern, sonst bekommst du einen gewischt.« Ich beiße mir auf die Zunge. Na, super! So sollte man ab heute am besten jedes Date beginnen. Aber bitte genau *so.* Ich bin schon hart gestraft mit mir selbst.

Wenigstens lacht er jetzt, so richtig, mitsamt Augen und Grübchen.

»Du könntest zur Abwechslung auch ruhig mal was Charmantes zu mir sagen«, schlage ich vor und bin froh, dass ich in seinen Ohren bestimmt nur gespielt resigniert klinge.

Er reibt sich die Schläfe, als müsse er nachdenken. »Okay, ich versuch's ...« Mit leicht schief gelegtem Kopf schenkt er mir einen Blick, der mich, wäre er nicht nur gespielt, wegschmelzen lassen würde. Ehrlich gesagt schafft er es auch so fast schon.

»Du bist die stürmischste Person, die ich kenne – auf eine gute Weise. Und du hast wirklich schöne Haare. Wenn du mir das nicht verboten hättest, würde ich sie gern mal anfassen.«

Hör auf, mit mir zu spielen, Jona!

Ich drehe den Spieß um und erwidere seinen Blick so lange und intensiv, bis sein Amüsement in Unsicherheit umschlägt. Dann mache ich eine abwägende Geste mit der Hand. »Die Jury sagt, sechs von zehn Punkten. Du solltest härter trainieren.«

Er stützt die Ellbogen auf den Tisch. »Glaubst du etwa, du bist charmanter als ich?«

Die Chance kann ich unmöglich verstreichen lassen. Lange nachdenken muss ich auch nicht. Es gibt genug Punkte, die ich aufzählen könnte.

»Ich mag den Klang deiner Stimme«, sage ich. »Deine Ausstrahlung, überhaupt deine ganze Art. Und wie du lächelst.«

Vielleicht bilde ich mir das ein, aber seine Wangen erscheinen mir etwas rosafarbener als eben noch.

Ich zögere kurz, das zu erwähnen, mache es dann aber doch, weil er ruhig wissen soll, dass ich das eine oder andere von ihm mitbekomme: »Und du bist ein toller großer Bruder. Eray hat mir gesagt, du musstest heute Morgen mit einer von deinen Schwestern zum Arzt?«

Er beißt sich auf die Lippe. »Du hast mit Eray geredet?«

»Na ja, du hast beim Lichterzug gefehlt, und da hab ich ihn gefragt, wo du bist.«

Jona nickt langsam.

»Kommt wohl häufiger vor, dass du Linn und Leonie irgendwo hinbringen oder abholen musst?«

Wieder ein Nicken. »Mom ging's nicht gut.«

»Oh, das tut mir leid. Und euer Vater?«

Erst jetzt bemerke ich, dass er angefangen hat, mit seinen Fingern gegeneinanderzutrommeln. Ich hätte das Thema doch nicht anschneiden sollen.

»Mein Vater arbeitet zurzeit in China. Der Vater der Zwillinge lebt mit seiner neuen Familie in der Nähe von München. Und Moms Lebenspartner ist ... nicht so hilfreich. Hat zurzeit eine Art Identitätskrise.«

»Das ... oh.«

Die Bedienung – ein junger Mann in einer dunkelroten Schürze, auf der auf Brusthöhe in Weiß das Café-Logo prangt – bringt ein Tablett, auf dem zu meiner Verwunderung schon zwei Tassen stehen.

»Danke«, sagt Jona, als der Mann eine davon vor mir und eine vor ihm absetzt. »Ich hoffe, du magst deinen Kakao immer noch mit Haselnussaroma?«

»Woher ...?«

»Exkursion nach Eisenach. Alle haben 'nen normalen bestellt und du hast extra danach gefragt. Und ja, manchmal merke ich mir die seltsamsten Details.«

Ich bin gerade einfach sprachlos, dass er sich überhaupt Details über *mich* merkt. Das ist schön.

»Danke jedenfalls«, sage ich und hebe die Tasse, um damit in seine Richtung zu prosten.

»Gern, geht auf mich.«

Also ist es ein Date, oder? Ich grinse so breit, dass es richtig in den Wangen zieht.

Jona beginnt, mir davon zu erzählen, was für die *Aktion Adventsgefühle* im Voraus alles schon geplant wurde. Besonders gut finde ich, dass alle Einkünfte, sowohl die von dem *Mut & Miteinander*-Stand auf dem Weihnachtsmarkt als auch jene aus den Basarverkäufen für soziale Projekte verwendet werden sollen. Außerdem gibt es eine tolle Wunschzettelaktion. Ich werde meine Eltern überzeugen, da auch mitzumachen und einem Kind seinen Weihnachtswunsch zu erfüllen.

Am letzten Adventswochenende soll es zum Abschluss eine komplett gesponserte Übernachtungsfahrt ans Meer geben, wo Jona selbst auch als Betreuer mitfährt.

»Sind da noch Plätze frei?«, will ich sofort wissen.

»Da musst du mal Leila fragen, sie hilft, die Fahrt zu koordinieren.«

Leila also. Ein guter Vorwand, um mich mal mit ihr zu unterhalten und herauszufinden, wie sie zu Jona steht.

»Super, gibst du mir ihre Nummer? Ich würde mich echt freuen, wenn ich noch mitfahren kann.«

»Ja, würde mich auch echt freuen!«

So süß wie gerade hat Kakao mit Haselnussaroma noch nie geschmeckt.

Mission Wintermärchen: Step 9

Verfasst am: 14. November
Gehört zu: Projektziel A
Aufgabe: Joker
Beteiligte: variabel
Erfüllungstermin: variabel
Erfüllungsort: variabel

Anmerkungen:
Vorsichtshalber baue ich für mich selbst einen Joker in meinen Plan ein. Wer weiß, was Unvorhergesehenes passiert und welcher Schritt dann nötig wird?

Logischerweise kann ich jetzt noch nicht viel dazu festhalten. Ich setze ihn chronologisch mal direkt vor den allerletzten Schritt – denn ist es nicht so, dass man kurz vorm Erreichen des Ziels meist noch mal alle Kräfte mobilisieren muss? Fest steht: Ich *werde* alles geben. Jona ist es wert!

Nachtrag (Mittwoch vor Projektwoche, 19:47 Uhr):
Es ist so weit: Mein Joker kommt, ganz wie erwartet, kurz vorm Finale von Projektziel A, zur Anwendung. Die Aufgabe besteht darin, mit Leila zu reden. Ich muss sie besser kennenlernen, um einzuschätzen, ob sie ein Problem werden könnte. Und vielleicht weiß sie auch, was da zwischen Jona und Charlotte läuft oder - hoffentlich - nicht läuft.

Natürlich habe ich nicht vor, mir meine Adventszeit durch Intrigen gegen Konkurrentinnen zu versauen. Aber Argumente zu finden, warum ich die Richtige für Jona bin und keine andere, ist auf alle Fälle sinnvoll.

Außerdem muss ich dringend noch mal mit Valeska besprechen, was sie wegen Step 10 für mich tun kann …

Kapitel 9

Leila wartet am Markt auf mich und lächelt mir entgegen. Ihre knalligen Haare leuchten zwischen all den gedeckten Winterfarben – dem Grau des Platzes, den blattlosen braunen Ästen der Bäume, den beigen und schwarzen Mänteln der Passanten.

Zuerst hatte ich überlegt, Leila einfach bei einem Anruf auszufragen, aber dann habe ich ihr doch geschrieben, ob sie Donnerstagnachmittag Zeit hat, einen kleinen Spaziergang zum See zu machen.

Keine Ahnung, ob sie sich darüber gewundert hat – sie hat jedenfalls ohne Weiteres zugesagt.

Valeska denkt, Leila findet mich vielleicht einfach sympathisch. Aber trotzdem ist sie so unsicher wie ich, ob die Vertrautheit zwischen ihr und Jona nicht vielleicht doch mehr bedeutet.

Mein gestriges Treffen mit Jona haben wir natürlich gemeinsam durchanalysiert und uns darauf geeinigt, dass es wenigstens eine »Verabredung mit Date-Vibes« war. Jona hat sich leider für den Rest unseres Treffens nur noch auf die Aktionswoche konzentriert, und nachdem ich mit meiner Frage zu seinen Eltern so ein Pulverfass geöffnet hatte, war ich nicht mutig genug, es noch mal mit persönlicheren Themen zu versuchen. Zwei Lichtblicke gibt es aber: Zum einen steht bald schon unser gemeinsamer Einkauf an, zum anderen hat Jona sich mit den Worten verabschiedet, dass wir uns ja vorher noch auf Valeskas Geburtstagsparty morgen Abend sehen. Er kommt also. Zum Glück – sonst hätte ich Step 10 zum zweiten Mal umplanen müssen!

Später werde ich noch bei ihr vorbeischauen, damit wir die Vorbereitungen durchsprechen können – natürlich vor allem die allgemeinen und nicht nur die, die Jona und mich betreffen – ist ja schließlich ihr Geburtstag und ich habe nicht vor, sie an ihrem Ehrentag zur Nebendarstellerin zu machen.

»Hi«, begrüßt mich Leila, als ich sie erreiche.

»Hi – schön, dass du Zeit hast.«

Wir schlendern nebeneinander die Königsstraße entlang und dann Richtung Schlossgarten und See. Dabei erzählt sie mir, dass es knapp hundert Anmeldungen für die Aktionen gibt – sowohl aus unserem Städtchen als auch den umliegenden Orten. Rund die Hälfte der Kinder fährt mit zum Wochenende am Meer.

»Ich habe schon mit Frau Lobwalder gesprochen – es wäre total super, wenn du auch als Helferin mitfährst. Der Basar ist ja dann schon durch, aber vielleicht könntest du auf dem Ausflug noch etwas mit den Kindern basteln, was sie behalten oder zu Weihnachten verschenken können.«

»Wie wäre es mit Lichtertüten? Einfach, aber schön! Und Schneekugeln wären cool, oder?«

»Wow, ja, das klingt doch gut!«

Finde ich auch. Doch sosehr mich ihre Begeisterung über meine Ideen auch freut, muss ich jetzt dringend etwas rausfinden. »Du, darf ich was Blödes fragen?«

»Klar. Ich bin gespannt, wie blöd es wird!«

»Charlotte ... Fährt die auch mit?«

Leila schmunzelt – etwa, weil sie es lustig findet, dass ich nach ihr frage? Oder weil Charlotte nicht mitfährt und sie darüber aus einem Grund, der mit J beginnt, froh ist?

»Nee, sie hat das zwar sehr bedauert, aber ist da schon familiär verplant. Ich vermute ja, sie wurde von ihren Eltern gezwungen, bei der Aktion mitzumachen. Denen ist Image das Wichtigste.«

Wir gehen am Schloss vorbei zur Seepromenade.

Ich suche nach einer unverfänglichen Überleitung, mit der ich mich weiter zu dem vortasten kann, was ich noch unbedingt wissen möchte, finde aber keine. Also muss es der direkte Weg sein.

»Jona und du ... Kennt ihr euch schon lange?«

Sie lacht. »Wusst ich's doch! Um deine Frage zu beantworten: Lange genug, um die Art Blick zu kennen, mit der du zur Planungsrunde gekommen bist.«

Jetzt weiche ich *ihrer* Art Blick aus und schaue über den See. »Hast du etwas zu Jona gesagt?«

»Sehe ich aus wie seine Nachhilfelehrerin in Sachen Liebe?«

Nein, leider mehr wie seine potenzielle Fast-Freundin.

Leila schüttelt den Kopf. »Ich kenne ihn seit dem Kindergarten und kann dir versichern, er hat bis heute nicht wirklich kapiert, wie viele Mädchen auf ihn stehen.«

Wie ermutigend.

»Sehr viele?«, rate ich.

»Sagen wir, du bist nicht die Erste, die über mich rauszufinden versucht, ob er interessiert ist.«

Das klang jetzt fast schon etwas genervt. Hm, soll ich ihr das abnehmen? Dass sie die »Türsteher-BF« ist – und nie was anderes für Jona sein wollte?

»Das finde ich auch allein raus, danke. Ich wollte dich nicht bitten, mir zu helfen. Es kam mir nur so vor, als würdet ihr euch ganz gut kennen.«

Zu gut, für meinen Geschmack.

»Bestimmt bist du nur seinetwegen bei der Aktion dabei«, mutmaßt sie, als hätte ich gar nichts gesagt.

»Hey, das ist jetzt eine ziemlich fiese Unterstellung!« Und zu meiner Schande eine nicht ganz unberechtigte. Aber eben nur *nicht ganz*. Hätte ich unabhängig von meinen Wintermärchenplanungen davon erfahren, wäre ich auch sofort dabei gewesen.

»Du denkst, Charlotte wurde von ihren Eltern zur Teilnahme verdonnert, aber *ich* bin hinter Jona her?«

»Ich denke, ihr seid beide hinter ihm her.«

Nachdem Leila mehr als deutlich gemacht hat, wie sehr es sie nervt, sich in Jonas Liebesleben einzumischen, kann ich jetzt schlecht fragen, wem von uns sie bessere Chancen ausrechnet.

»Könnte stimmen«, lenke ich ein. »Aber lass uns endlich von was anderem reden. Was machst du so, wenn du dich gerade nicht mit einer von Jonas Verehrerinnen rumschlagen musst?«

Mein abrupter Themenwechsel lockert die Stimmung merklich auf, ihr fröhliches Grinsen ist zurück.

Leila beginnt, von Street Art zu schwärmen und von der Katzenzucht ihrer Familie, bevor sie mich mit Fragen zu meiner Bastelleidenschaft löchert. Und spätestens da kann ich sie überhaupt nicht mehr als mögliche Feindin sehen.

* * *

»Vielleicht hätte ich doch nicht die ganze Klasse einladen sollen.«

Valeska freut sich schon ewig auf ihre Sweet-Sixteen-Party, aber je näher der Tag rückt, desto nervöser kommt sie mir vor. Ich glaube, sie hat ein bisschen das Gefühl, damit etwas beweisen zu müssen. Dabei mögen sie alle auch so – bei ihr kann man gar nicht anders.

»Einige haben doch sowieso schon abgesagt«, beruhige ich sie. »Und das waren vor allem die, die du eh nicht sooo dringend zum Mitfeiern brauchst.«

»Glaubst du, dein Eisverehrbär ist aus unserer Klasse? Was, wenn er auch kommt?«

»Verschon mich bitte mit dem.«

Ich habe beschlossen, nicht mehr darüber nachzudenken. Eigentlich wollte ich das Bärchen loswerden, habe es dann aber doch in meinem Schmuckkasten versteckt. Da kann es mich nicht ablenken und Winterschlaf machen. Auch wenn Eisbären das für gewöhnlich gar nicht tun.

»Na gut.« Valeska betrachtet die Liste mit den gesammelten Ideen für die Party, auf der sie sogar die möglichen Konflikte notiert hat, die zwischen bestimmten Gästen hochkochen könnten. In dem Punkt ist sie wie ich: Sie will auf alles vorbereitet sein. »Wegen Jona ... Wenn du schon nicht Flaschendrehen spielen willst – was zugegeben ein Klischee, aber meiner Meinung nach die einfachste Möglichkeit wäre, einen Kuss von ihm zu bekommen –, wie wäre es dann, wenn ich ihn bitte, etwas früher da zu sein und mit dir die Trauben-Käse-Spieße vorzubereiten? Ihr könntet euch dann damit füttern. Wäre doch ganz der Style deines Plans, oder?«

Wieso bloß habe ich das Gefühl, dass sie mich nicht ganz ernst nimmt?

»Bahn irgendwas in der Richtung an, und ich werde dich *an deinem Geburtstag* mit einem Spieß ohne Traube und Käse erstechen.«

»Okay, okay. Also nur der kleine Trick beim Wichteln und diese Sache mit dem Gartenhaus?«

»Ja, bitte.«

»Kriegen wir hin.«

Dafür bekommt sie eine Umarmung. Immerhin wird sie mich auf ihrer eigenen Party verkuppeln – beziehungsweise Kuppelhilfe beim Selbstverkuppeln leisten. Ich kenne niemanden sonst, der das für mich machen würde.

Mission Wintermärchen: Step 10

Verfasst am: ursprünglich am 14. November, aufgrund unvorhergesehener Ereignisse komplett umgeplant am 28. November
Gehört zu: Projektziel A
Aufgabe: Beziehungsbeginn
Beteiligte: Jona und ich
Erfüllungstermin: Valeskas Geburtstag (2. Dezember)
Erfüllungsort: Garten von Valeskas Familie

Anmerkungen:
Ich stelle mir vor, dass Valeskas Sechzehnter in ein paar Jahrzehnten sofort in meinem Kopf aufpoppen wird, wenn es um die »goldenen alten Zeiten« geht. Es wird aus so vielen Gründen einer dieser besonderen Tage werden, an die man sich für immer erinnert. Zuallererst natürlich deshalb, weil die beste Freundin nur einmal im Leben sechzehn wird, zweitens wegen der legendären Party, und drittens, weil Jona und ich an diesem Tag zusammenkommen werden.

In der Ursprungsfassung meines Plans hatte ich für diesen wichtigsten aller Schritte zu Projektziel A den Abend unserer Projektwochen-Theateraufführung vorgesehen. Doch nachdem das mit dem Workshop nichts geworden ist, hatte ich die noch viel bessere Idee mit Valeskas Geburtstag. So werden Jona und ich schon eine ganze Woche früher ein Paar und haben dadurch mehr von Projektziel B. Heißt allerdings auch, ich muss mich ordentlich ins Zeug legen, weil ich weniger Zeit habe, das »vorzubereiten«. Ich bin aber zuversichtlich! Die Gelegenheit könnte nicht besser sein: Sie bietet eine feierliche Atmosphäre und passt natürlich perfekt dazu, dass ich mich auch auf einem Geburtstag in Jona verliebt habe.

Da Valeska die ganze Klasse eingeladen hat, werden außerdem direkt einige mitbekommen, wenn Jona und ich was miteinander anfangen – und zum Rest spricht es sich dann automatisch rum. Die Reaktion unserer Klasse hat mir anfangs ganz schön Bauchschmerzen bereitet. Ich wollte unbedingt vermeiden, dass Jona und ich eines Morgens Händchen haltend ins Klassenzimmer kommen und so eine große Sache draus gemacht wird. Na ja, kommen wir zurück zum Vorgehen … Valeska weiß natürlich schon Bescheid. Wir haben unter anderem ein Weihnachtswichteln unter den Gästen geplant, und ich werde dem Zufall ein kleines bisschen auf die Sprünge helfen, sodass ich Jona bewichteln darf. An dieser Stelle lasse ich mir noch offen, was ich ihm schenken werde. Wenn mein Plan aufgeht, werde ich genug Zeit haben, um ihn bis Weihnachten so gut kennenzulernen, dass ich etwas Superschönes und Persönliches basteln kann. Sollte dagegen der Worst Case eintreten – dass wir noch nicht zusammenkommen –, muss ich mich richtig reinhängen und mir als Geschenk etwas einfallen lassen, was romantisch genug ist, um damit doch noch sein Herz zu erobern.

Aber erst mal hoff ich natürlich das Beste.

Dazu, wie genau wir zusammenkommen, kann ich im Voraus schlecht ins Detail gehen – das würde dann doch zu künstlich. Nur die Anbahnung habe ich geplant. Die Party findet hauptsächlich im Wintergarten statt. Irgendwann, wenn sich die Gelegenheit bietet, wird Valeska Jona nach draußen in den wunderbar weihnachtlich lichtergeschmückten Garten schicken – zum Gartenhaus, um irgendwas zu holen (da fällt ihr bestimmt was Glaubhaftes ein). Ich werde ihm unter einem weiteren Vorwand folgen, und wenn wir in dieser Winternacht zum ersten Mal unter vier Augen sind, werde ich ihm meine Gefühle gestehen und ihn bitten, mein Freund zu werden. Nur ein Verrückter würde in so einer Situation Nein sagen, oder? Goodbye, Leben ohne Jona – Welcome, Liebesglück!

Kapitel 10

Unter der Decke des Wintergartens strahlen die sternförmigen Lichterketten um die Wette mit den auf allen Regalen und in allen Ecken verteilten Windlichtern. Der Geschenketisch biegt sich förmlich unter der Last all der Päckchen, die Valeskas Gäste für sie mitgebracht haben, und besonders der Gewürzkuchen ist ein Traum. Manuel hat eine Playlist zusammengestellt und nimmt als DJ noch Songwünsche für zwischendurch entgegen.

Es hat ein Weilchen gedauert, bis alle eingetrudelt waren, und danach gab es erst mal ein wahres Festessen – Valeskas Eltern haben einen richtigen Partyservice dafür engagiert. Es gab Brotkörbe mit verschiedenen Dips, zwei Käseplatten, gefüllte Blätterteigtaschen, Mini-Quiches und Tiramisu-Desserts in kleinen Gläsern. Eigentlich ist es ein Wunder, dass ich überhaupt noch Platz für Gewürzkuchen habe.

Ich habe Jona, der schräg gegenüber von mir sitzt, während des Essens immer wieder verstohlen beobachtet und frage mich, wie wir ihn nur von Eray und Niklas loseisen sollen. Die sind heute Abend fast wie siamesische Drillinge.

»Jetzt wird gewichtelt!«, verkündet Valeska. Sie trägt ein nachtblaues Kleid mit langen Ärmeln und versprüht pure Geburtstagsfreude.

Das Wichteln – langsam wird's ernst. Bevor es im Anschluss an unser selbst entwickeltes Partyspiel geht, zu dem unter anderem ein Quiz sowie Karaoke-Duelle gehören, werde ich am Gartenhaus alles auf eine Karte setzen.

Beim Planen meines Wintermärchens habe ich gedacht, ich würde mir Jonas Gefühle heute schon viel sicherer sein. Dass es eindeutig knistern würde, auch von Jonas Seite aus, und ich das Ganze nur noch würde entzünden müssen. Stattdessen werde ich ihm nun sagen, was ich empfinde – ohne zu wissen, ob er meine Gefühle erwidert. Allein das ist schon gewagt. Ihm dann auch noch die alles entscheidende Frage zu stellen ... Was, wenn ich ihn damit komplett verschrecke? Auslachen wird er mich vermutlich nicht, aber es gibt so viele andere mögliche Reaktionen, die mich gerade fast durchdrehen lassen. Was, wenn er mir sagt, dass aus uns niemals was wird? Und / oder rumerzählt, wie die durchgeknallte Ki versucht hat, seine Freundin zu werden?

»Ki geht mit dem Zettelbeutel rum«, sagt Valeska.

Dankbar für die Ablenkung von meinen Panikgedanken stehe ich auf und hole besagten Beutel aus dem Wohnzimmer hinter dem Wintergarten. Sicherheitshalber sehe ich mich noch mal um, ob ich unbeobachtet bin, bevor ich den mit einem kleinen grünen Punkt markierten Zettel für mich selbst herausziehe. Den mit Jonas Namen drauf. Ich schiebe ihn mir in die Hosentasche und gehe wieder zu den anderen, um sie reihum in den Beutel greifen zu lassen. Als ich etwa bei der Hälfte angekommen bin, fängt Valeska meinen Blick auf und nickt fragend Richtung Garten. Sie will wissen, ob ich bereit für die nächste Stufe bin. Ich nicke knapp. Jetzt oder nie.

»Ki?«, fragt plötzlich Duygu zu meiner Rechten. »Ich war gerade telefonieren und hab noch keinen Zettel – hast du noch einen übrig? Ach nein, warte!« Sie bückt sich und pflückt einen Zettel vom Boden. »Der ist wohl rausgefallen, den nehm ich einfach, okay?« Sie hält den zusammengefalteten Zettel hoch. »Oder hat den jemand von euch verloren?«, fragt sie in die Runde.

Alle schütteln die Köpfe.

Ich kann mich gerade noch davon abhalten, *»Ich!!!«* zu schreien. Denn da ist unverkennbar ein kleiner grüner Punkt auf ihrem Wichtelzettel. Wie doof bin ich eigentlich? Wieso habe ich nicht besser aufgepasst? Meine Hosentaschen sind nicht besonders tief. Da war das ja praktisch vorprogrammiert. Aber wenn ich jetzt was sage, könnte Jona auffallen, dass ich ihn mir absichtlich zugewichtelt habe. Das wäre eher unromantisch. Vielleicht war die ganze Idee doch nicht so genial.

Also beiße ich die Zähne zusammen, verteile weiter – an Eray, Niklas, Jona und den Rest, bis nur noch ein Zettel für mich übrig ist.

Ich schaue nach. Na gut, dann also Luna. Und warum schenke ich Jona nicht einfach so was? Hätte ich mir von Anfang an vornehmen sollen!

»Also bitte dran denken«, sagt Valeska. »Bis spätestens Montag nach dem 3. Advent persönlich oder anonym übergeben. Und jeeeetzt wird's gleich spannend.« Sie trommelt zur Untermalung mit dem kleinen Löffel gegen ihr Tiramisu-Gläschen. »Aber wir müssen kurz noch ein paar Vorbereitungen treffen. Marie, Duygu und Luna, könnt ihr bitte helfen, das restliche Essen in die Küche zu bringen? Manuel kümmert sich um die Technik, die wir brauchen. Ein paar von euch andern Jungs können gern die Tische zur Seite schieben, damit wir Platz haben. Und Jona, würdest du kurz ins Gartenhaus gehen und die Getränke holen, die ich direkt hinter der Tür abgestellt habe?«

Alle folgen ihren Anweisungen, und ich beeile mich, Jona durch die Wintergartentür zu folgen. Auf dem Weg schnappe ich mir wie geplant den kleinen Schlüssel fürs Gartenhäuschen vom Haken, den Valeska zu erwähnen »vergessen« hat.

Draußen sind es höchstens zwei Grad, und dummerweise habe ich *wirklich* vergessen, dass ich, wenn schon keine Jacke, zumindest Schuhe brauchen könnte. Aber jetzt bleibt keine Zeit mehr, sie zu holen. Nicht, wenn ich Jona rechtzeitig am Gartenhaus abpassen will, bevor er schon zurückkommt. Also laufe ich auf meinen Kuschelsocken raus. Gut, dass noch kein Schnee liegt!

Ich werfe nur einen kurzen Blick hinüber zu der springenden LED-Rentier-Familie vorne am Zaun und eile dann den von kleinen Weihnachtstannen aus Leuchtspiralen gesäumten Steinweg entlang. »Jona, warte! Du brauchst den Schlüssel!«

Er ist bereits beim Gartenhaus angekommen, hat sich bei meinen Worten zu mir umgedreht, und ich bleibe vor ihm stehen.

Wo soll ich nur anfangen? *Ach übrigens – ich laufe dir nicht nur zufällig dauernd nach – woll'n wir ein Paar sein?*

Jona nimmt mir den Schlüssel aus der Hand. »Perfekt, danke.«

Er wendet sich wieder der Gartenhaustür zu und schließt sie auf. »Gut, dass du da bist, das ist etwas viel zum Tragen für einen.«

Ich trete näher und spähe an ihm vorbei. Die Weihnachtsgartendeko beleuchtet das Innere der kleinen Hütte nur notdürftig, aber es sieht ganz so aus, als hätte Valeska hier Sekt kaltgestellt. Hat sie also trotz des Verbots ihrer Eltern welchen geholt!

Jona will sich nach den Flaschen bücken, da kriege ich endlich meinen Einsatz: »Können wir kurz reden?«

Er dreht sich wieder zu mir und stützt die Hand am Türrahmen ab. »Jetzt? Worüber denn?«

»Über ... mich. Äh, dich. Ich meine ... Die Party ist ganz cool so weit, oder?« Am liebsten würde ich mich selbst schütteln. Ich werde niemals wieder einen Plan machen, in dem mein Text fehlt! Selbst wenn er auswendig gelernt klingen würde – wenigstens würde ich ihn dann überhaupt rausbringen.

»Ja, sehr cool«, sagt Jona und betrachtet mich dabei irgendwie forschend. »So groß hab ich meinen eigenen Geburtstag noch nie gefeiert.«

»Echt nicht? Dabei ist Mai doch ein toller Monat dafür.«

Er verschränkt fröstelnd die Arme vor dem Körper und lächelt. »Nicht ganz so gut wie August.«

Er weiß, wann ich Geburtstag habe. Ich weiß, warum ich es bei ihm weiß, aber warum er bei mir? Noch so ein Detail, das bei ihm hängen geblieben ist? Oder hat er es sich bewusst gemerkt, so wie ich mir alles Mögliche über ihn?

»Na ja, im Mai steht der Sommer noch bevor«, sage ich und gebe mir dann einen Ruck. »Du, was ich dir sagen wollte, hat aber eigentlich nichts mit unseren Geburtstagen zu tun ... Es ist so, dass ich ...«

»Jona!«, brüllt da eine Mädchenstimme von der Tür, und dann rennen zwei Gestalten vom Wintergarten aus den Weg entlang auf uns zu.

»Jona!«, ruft jetzt auch die andere Person. Sie rennt eher unbeholfen, weil sie High Heels trägt, und ich erkenne sie am Klang, noch bevor ich sie richtig sehe: Es ist Daphne. *Daphne.*

Ich stehe fassungslos da und lasse den einzig möglichen Schluss zu: Meine Schwester und ihre Freundin crashen gerade Valeskas Party. Schlimmer noch: Sie crashen mein Zusammenkommen mit Jona.

»Wir müssen dir etwas geben!«, stößt Daphne schwer atmend hervor. »Ich bin Daphne – und das ist Paola. Wir kommen im Auftrag von ihrer Schwester.«

»Charlotte schickt euch?«

Jonas Frage will im ersten Moment keinen Sinn ergeben, doch dann fällt bei mir der Groschen. Paola hat eine Schwester – Jona fragt nach Charlotte – Daphne ist die beste Freundin von Paola. Na super. Ich sollte mich in Zukunft vielleicht mehr dafür interessieren, mit wem Daphne befreundet ist. Diesen Schock hier hätte ich mir gern erspart.

»Ja. Der ist für dich«, sagt Paola und hält Jona einen lavendelfarbenen Briefumschlag hin.

Charlotte lässt ihm nicht ernsthaft einen Liebesbrief überbringen, oder? Aber egal, wie ich es drehe und wende: Es sieht ganz danach aus.

Jona nimmt ihn entgegen und deutet damit auf Daphnes High Heels. »Sei besser vorsichtig – meine Mom ist mit genau solchen mal fies gestürzt.«

Wie konnte es passieren, dass mein Liebesgeständnis im Thema Stöckelschuhunfälle endet? Ach ja, wegen meiner Schwester, die mit der Feindin unter einer Decke steckt.

»Daphne«, knurre ich. »Du hast hier nichts verloren. Ihr beide haut jetzt auf der Stelle wieder ab. Ich bring euch zur

Tür.« Ich fasse jede an einem Arm, was sie jetzt, wo sie ihr Ziel erreicht haben, widerstandslos hinnehmen, und bugsiere sie Richtung Ausgang. Jona lasse ich schweren Herzens mit Charlottes Brief zurück.

Mission Wintermärchen: »Die Geschenkexpedition«

Verfasst am: 15. November
Gehört zu: Projektziel B
Couple Goal: gemeinsames Geschenkeshopping
Beteiligte: Jona und ich
Erfüllungsort: in der Stadt

Anmerkungen:
Ich tippe mal darauf, dass Jona nicht so wahnsinnig gern shoppen geht. Aber Geschenke kaufen macht doch eigentlich jedem Spaß, oder? Ein wenig durch die Läden ziehen und stöbern – mit ein paar Ideen im Kopf, aber auch offen für Spontanfunde –, und das zusammen mit jemandem, mit dem man extrem gern zusammen ist ... Ich würde sagen, das klingt nach dem perfekten Nachmittag.

Natürlich ist es in der Vorweihnachtszeit immer ziemlich voll und oft etwas zu trubelig, um entspannt zu sein, aber da Jona und ich nun mal so spät zusammengekommen sein werden (irgendwie komisch, meine Couple Goals im Futur II zu betrachten! :D), geht's eben nicht früher.

Ich bin gespannt, wen er so alles beschenkt und was er für wen aussucht. Oder gehört er vielleicht zu den Superorganisierten, die schon übers Jahr hinweg Geschenke sammeln? In dem Fall bräuchte er dann nur noch als mein Berater mitzukommen.

Am Ende wäre es natürlich auch in Ordnung für mich, falls er Geschenkeshopping wider Erwarten hassen sollte. Ich mag ihn ja nicht wegen der Dinge, die er mag oder nicht mag. Was für ein schöner Satz, oder?

Wie auch immer … Falls Jona also keine abgrundtiefe Abneigung gegens Shoppen hat, würde ich dieses Couple Goal supergern mit ihm erreichen (haha, klingt, als wäre der Geschenkekauf voll die Herausforderung – aber manchmal ist er das ja wirklich). Ich finde, man kann einen Menschen ziemlich gut kennenlernen, indem man sich ansieht, was er verschenkt. Und natürlich dadurch, was er sich wünscht …

Kapitel 11

Nervös checke ich die Uhrzeit auf meinem Handy. Jona sollte jetzt jeden Moment hier sein. Ich lasse meinen Blick am Schaufenster des Bastelbedarfs entlanggleiten und spüre wie immer dieses freudige Kribbeln. Dass ich gleich mit Jona die Regalreihen unsicher machen werde, verstärkt das noch um ein Vielfaches. Hoffentlich schmirgelt mir da nicht einfach der Puls weg!

Obwohl mir nach dem Zwischenfall mit Daphne und Paola so mulmig war, dass ich nur am Sekt genippt habe, fühle ich mich, als hätte ich einen Kater.

Auf der Party hat sich natürlich schnell rumgesprochen, was die beiden Jona übergeben haben. Leider hatte Niklas sie ins Haus gelassen, weil er nicht wusste, dass sie nicht eingeladen waren. Jona wurde mit Fragen zu dem mysteriösen Brief gelöchert, hat aber geschwiegen wie ein Grab. Ich hab mich bemüht, den Rest der Party zu genießen, doch was meinen Plan angeht, war der Abend gelaufen.

Egal – neuer Tag, neues Glück.

Dass ich heute Morgen nach meiner Übernachtung bei Valeska auf dem Heimweg einen weiteren kleinen Eisbären in meiner Jackentasche gefunden habe, wird mich nicht durcheinanderbringen. Auch wenn er noch so süß ist – mit einem kleinen Herzen, das er mir in den Tatzen entgegengehalten hat, und der zugehörigen Nachricht:

Kein Eisbär sollte allein sein. Und du und ich wären auch besser zu zweit.

Mich beunruhigt allerdings, dass beides wahrscheinlich während der Party in meine Tasche gelangt ist. Wobei ich nicht mal das sicher wissen kann. Vielleicht hat der Schmuggel schon früher und wieder in der Schule stattgefunden.

»Hi, Ki.«

Obwohl ich ja auf ihn gewartet habe, fahre ich vor Schreck zusammen, als wäre ich völlig überrascht von Jonas Auftauchen.

»Wieso eigentlich Ki?«, fragt er. »Und nicht Kim oder Kimmy oder Mara? Und Kimara in voller Länger ist doch auch ziemlich schön – bedeutet Schmetterling, oder?«

Ich blinzle ihn etwas überfordert an. »Weeeil ... Ki ist kurz und passt zu mir? Ki wie das englische *key* nur mit i. Wer kann sich schon so originell vorstellen? Hast du etwa ...?«

»... deinen Namen gegoogelt? Schuldig. Direkt, als ich ihn zum ersten Mal gehört hab.«

Was schon ganz schön lange her sein muss. Und er erinnert sich immer noch daran. Zeichen oder kein Zeichen?

»Was ist, gehen wir rein?«, fragt er ohne Überleitung. »Die Einkaufsliste ist richtig lang, wir brauchen bestimmt mindestens 'ne Stunde.«

Ich lächle. »Zum Glück hast du ja mich dabei – ich weiß bei so ziemlich allem, wo es ist. Der Laden ist wie mein zweites Zuhause.«

»Kenn ich«, sagt er. »So eins hab ich auch.«

Wir treten ein, und das Glockenspiel läutet uns eine fröhliche Begrüßung. Im Inneren tummeln sich ungewohnt viele Leute, insbesondere in den Ecken mit dem Weihnachtsmaterial.

»Was ist dein zweites Zuhause?«, frage ich neugierig, während Jona die wirklich sehr lange Liste auffaltet.

»Das Sozialkaufhaus«, antwortet er und scannt dabei mit seinem Blick die notierten Dinge. »Ich arbeite da und kenne jeden Winkel und die coolsten und absurdesten Dinge, die zum Verkauf stehen.«

»Und das schaffst du noch neben der Schule und dem Schwimmen?«, staune ich.

»Das ist keine Arbeit für mich. Nirgendwo sonst kann ich mich so gut entspannen. Außerdem hat dort niemand was dagegen, wenn Linn und Leonie im Lager spielen oder Hausaufgaben machen.«

Also nimmt er seine Schwestern dorthin auch noch mit? Scheint ja fast so, als wäre er die Hauptbezugsperson für die beiden!

»Vielleicht suchen wir zuerst den Serviettenkleber und gehen dann in die Papierabteilung?«, schlägt Jona vor.

Damit wird meine Behauptung, mich hier auszukennen, gleich mal auf die Probe gestellt, denn Serviettenkleber ist ja nun doch recht speziell. Mit meiner Vermutung, dass wir im ersten Stock fündig werden, liege ich dann aber gleich richtig.

»Beeindruckend«, meint Jona, während ich ihm mehrere Tuben in den Korb lege.

»Da drüben sind die ganzen Stifte«, sage ich bescheiden grinsend. »Ein paar ausgefallenere Gel- und Glitzerstifte für mein Kartenbasteln haben wir auch auf der Liste.« Wir schieben uns an einer Mutter mit drei lärmenden Kindern vorbei.

»Mit welchem Stift hat Charlotte denn ihren Liebesbrief geschrieben?«, frage ich und bin stolz, wie unverdächtig-belustigt ich klinge. »Wenn du's mir verrätst, kann ich dir anhand dieses Details sehr viel über ihre Persönlichkeit erzählen.«

Er ist vor den Tuschestiften stehen geblieben und streicht fast ehrfürchtig über die aus den Fächern lugenden Kappen. »Ehrlich gesagt glaube ich nicht, dass der überhaupt von ihr war«, sagt er. »Für wie kreativ und fantasievoll hältst du deine Schwester und Paola?«

Ich brauche einen Moment, um seine Worte zu verarbeiten. »Du denkst, das war ein Streich?«

Er grinst. »Hättest du den Brief gelesen, würdest du das auch hoffen. Charlotte wirkt auf mich jetzt zwar nicht wie eine Romantikerin, aber selbst dafür wäre es eine Katastrophe.«

»Wer wirkt denn schon wie eine Romantikerin?«

Seine Hand landet auf meiner Schulter, und ich drehe den Kopf, um sie anzustarren, während sich meine Welt erst nach einigem Holpern wieder in Bewegung setzt.

»Du zum Beispiel«, sagt er. »Ich mein, du schreibst Namen in Herzen.«

Gut, dass er nicht weiß, dass ich das *wirklich* mache. Und *welche* Namen.

Er nimmt seine Hand weg, um damit nach einem Set gold- und bronzefarbener Gelstifte zu greifen. »Das sieht weihnachtlich aus, oder?« Seine Finger schließen sich um den einzelnen Teststift ein Stückchen weiter rechts, und er zieht die Kappe ab, das Set jetzt unter den Arm geklemmt.

Er schreibt etwas auf den am Regal angebrachten Kritzelblock, auf dem sich schon einige Kunden vor uns verewigt haben. Erst als er die Hand wegzieht, kann ich es lesen. »Und?«, fragt er. »Nehmen wir sie mit?«

Ki, steht da in einem geschwungenen, dickbäuchigen Herzen.

Ich schließe meine Augen und öffne sie wieder.

Steht immer noch da.

»Schreibt gut«, sage ich und nicke viel zu lange.

»Die Expertin hat gesprochen.« Jona legt das Set zusammen mit einem zweiten in unseren Einkaufskorb.

»Jetzt erst mal wieder ins Erdgeschoss«, bestimme ich, und als er die Regalreihe verlässt, tue ich so, als wäre mein Blick an etwas hängen geblieben, was ich mir noch kurz ansehen will, und reiße dann schnell und leise den Testzettel ab. Der muss in meine Projektmappe! Und zuerst durchs Laminiergerät – aber supervorsichtig! Ich schiebe ihn in die Innentasche meiner Jacke und folge Jona nach unten.

Mal im Ernst: Flirtet er aus Versehen mit mir?

Vor den Kartenregalen bleibt er stehen, und als er sich gerade zu mir umdreht, rennt ihn eine Frau um. Mein Unterbewusstsein registriert den Zusammenstoß, instinktiv lasse ich den Korb fallen und strecke die Arme aus – in die Jona geradewegs hineinfällt.

»Oh nein, Entschuldigung! Da hatte ich es mal wieder zu eilig!« Die Dame steht mit geweiteten Augen vor uns und wirkt ehrlich zerknirscht, aber sie interessiert mich gerade nicht die Bohne.

Mit dem Rücken bin ich gegen die Kartenauslage geknallt und es fühlt sich an, als könnte das ein paar blaue Flecke geben. Macht nichts. Nicht, wenn Jona so warm und so nah und so echt ist. Meine Hände liegen an seinen Oberarmen und seine an meinen Seiten.

»Haben Sie sich wehgetan?«, fragt die Umrennerin.

»Nein, alles gut«, sage ich.

Jona zieht mich sanft von den Plexiglasreihen weg. Ist doch besser, jetzt, wo die sich nicht mehr in meinen Rücken bohren.

»Du meine Güte!«, ruft Juri, der freundliche junge Verkäufer, und kommt von der Kasse zu uns herüber. Er hat mich schon öfter beraten, auch bei meinem legendären Papierschloss.

»Wirklich alles in Ordnung, Ki? Das hat ganz schön gekracht.« Jona sieht aus, als würde er mich am liebsten auf Knochenbrüche abtasten, und so schlecht fände ich das jetzt nicht, bringe aber schließlich doch eine Antwort zustande. »Es geht mir super!«

Jona lässt mich zögernd los, und mein Zustand reduziert sich auf ein Super-mit-Rückenschmerz-und-Umarmungssehnsucht.

»Ist bestimmt ein Zeichen, dass ihr zwei in die Hochzeitskarten gefallen seid«, scherzt Juri aufmunternd. Er geht um uns herum und richtet die Schätzchen, die bei dem kleinen Intermezzo in die falsche Richtung gekippt sind. »Schaut mal, die sehen doch fast so aus wie ihr zwei.« Er klappt eine Pop-up-Karte auf, in deren Mitte ein Brautpaar unter einem Rosenbogen aufploppt. Die Figuren sehen uns *wirklich* ähnlich, sogar die Haarfarben stimmen.

»Nehme ich«, sage ich und entreiße Juri die Karte, um mich dann zu bücken, die Sachen im Korb zu ordnen und sie behutsam dazuzulegen.

Juri, Jona und die Unfallkundin werfen sich vielsagende Blicke zu. Wahrscheinlich denken sie jetzt, ich stehe noch etwas neben mir nach dem Schreck.

»Man weiß ja nie«, füge ich schulterzuckend hinzu. »Juri, zeigst du uns, was du an Krepp- und Seidenpapier dahast? Und an Karten- und Gesteckdeko?«

Ich betrachte Jona, der die Karte im Korb betrachtet. Wenn's merkwürdige Gesten braucht, damit er merkt, was mit mir los ist – kein Problem. Vielleicht fange ich ja schon mal an, die ersten Einladungen zu basteln ...

Kapitel 12

»Hey, ist dir das nicht zu schwer, Bastelfee?«

Ich schwinge den tatsächlich recht schweren Beutel mit unserem Einkauf hin und her, als wäre er ein Fliegengewicht. »Nee, geht schon, Bastelzeug wiegt für mich nix.«

Jona lacht und hält mir die Tür zum Jugendzentrum auf, wo die Sachen zwischengelagert werden sollen. Als wir alles zusammenhatten, hat er Herrn Sperlich angerufen, der auch zu den Aktionsorganisatoren gehört und nicht weit vom Laden entfernt wohnt. Der ist dann vorbeigekommen, um uns mit unserer Ausbeute im Auto mitzunehmen. Nach dem Ausladen wird er uns nach Hause bringen – beziehungsweise Jona zum Sozialkaufhaus, wo er heute beim Einräumen helfen will, weil viele Sachen aus einer Haushaltsauflösung gespendet worden sind.

Wir betreten den Lagerraum im Jugendzentrum, und mich trifft fast der Schlag.

»Was für ein Chaos!« Gesellschaftsspiele, Outdoorspielsachen und allerlei mehr stapelt sich im ganzen Raum verteilt. Die Regale biegen sich unter Eimern, aus denen Stifte, Scheren und irgendwelcher Krimskrams hervorlugen. Sie sind dermaßen voll, dass die bereits besorgten Materialien für die *Aktion Adventsgefühle* nicht mehr hineinpassten und kreuz und quer daneben abgestellt worden sind.

Jona lehnt die Bastelpappen vorsichtig an einer freien Stelle gegen die Wand und sieht sich um. »Das fördert doch die Kreativität«, meint er.

»Das fördert allerhöchstens, dass man innerlich auch ganz durcheinander wird.«

Ich liebe Ordnung. Meine eigenen Bastelutensilien sind alle in Boxen und Döschen untergebracht, die wiederum feste Plätze in meiner Kommode haben.

So akkurat wie möglich platziere ich die Tuben mit Serviettenkleber und die Deko für die Weihnachtskarten auf dem ausgetretenen Boden neben einem der vollgestopften Regale.

»Ich seh schon«, sagt Jona hinter mir belustigt. »Ich darf dich niemals in mein Zimmer lassen. Du würdest einen Totalschock erleiden.«

»Nein, nein, keine Sorge, das würde ich sogar gern mal sehen.«

Das würde ich sogar gern mal sehen? Wie klang das denn jetzt?

»Bevor oder nachdem du mich geheiratet hast?« Seine Belustigung hat ein ganz neues Level erreicht.

Ich beschließe, es mit einer neuen Taktik zu versuchen. »Davor bitte. Ich kann mir schließlich nicht sicher sein, ob du meinen Antrag annehmen wirst.«

»So interessant ist mein Zimmer nicht. Stell dir einen Schuhkarton voller umherfliegender Kritzeleien und verstreuter Klamotten vor.«

Ich stelle es mir vor, und obwohl meine Fantasie es extra chaotisch macht, ist es ein Chaos, das ich mögen könnte – weil Jona es verursacht hat.

»Das war jetzt ein mittelmäßig galantes Ablenkungsmanöver«, stelle ich fest.

Ich gehe voran in den Flur zurück und spüre plötzlich

seine Hand an meinem Rücken, ganz kurz bloß, fast nur ein winziger Stups.

»Hat dir denn niemand beigebracht, dass man einen Gentleman nicht durch vage Andeutungen vor den Altar kriegt?«

Ich beiße mir auf die Unterlippe, um zu verhindern, dass das breiteste Grinsen aller Zeiten auf meinem Gesicht landen kann. Jetzt besteht kein Zweifel mehr: Jona flirtet *wirklich* mit mir.

Auf dem Weg zurück zu Herrn Sperlichs Wagen schaut er auf sein Handy, und ich merke sofort, wie seine Stimmung umschlägt.

»Hast du es eilig?«, fragt er nach einem kleinen Seufzen. »Ich müsste erst noch mal nach Hause. Linn hat die Babysitterin auf dem Klo eingesperrt. Hab drei entgangene Anrufe und fünf panisch klingende Nachrichten.«

»Ähhh – hört sich nach einem akuten Notfall an.«

Er winkt ab, beschleunigt aber seine Schritte. »Das ist noch gar nichts. Ich sag's dir – unsere Familie übertrifft niemand, wenn's um Katastrophen geht.«

Herr Sperlich wartet an seinem Auto auf uns. »Ist doch kein Problem!«, sagt er auf Jonas Entschuldigung hin, noch den kleinen Umweg zu ihm nach Hause machen zu müssen. Den konkreten Grund verrät Jona ihm allerdings nicht.

Auf der Fahrt überlege ich fieberhaft, wie ich es hinbekomme, dass Jona mich mit reinnimmt. Ich möchte so gern mehr von ihm erfahren. Die beiden Ideen, die ich dann habe, machen mir schon im Voraus ein bisschen ein schlechtes Gewissen, aber irgendwo muss ich nun mal ansetzen. Schließlich will ich mit Jona zusammenkommen, und je mehr kleine gemeinsame Momente wir haben, desto besser.

»Darf ich kurz bei euch auf die Toilette?«, frage ich zaghaft, als wir schließlich anhalten.

Jona auf dem Beifahrersitz hat sich bereits abgeschnallt und schaut jetzt etwas gequält über die Schulter zu mir. Es ist offensichtlich, dass er mir sein Zuhause nicht zeigen will. Vielleicht ist ihm die Situation mit der eingesperrten Babysitterin auch einfach peinlich.

»Wenn du Linn dazu überreden kannst, den Schlüssel rauszurücken«, sagt er schließlich, bevor er die Autotür aufstößt.

Ach, stimmt ja, da war was. Das hatte ich bei meinem kleinen Vorwand glatt vergessen.

»Es dauert nur fünf Minuten, versprochen!«, ruft Jona Herrn Sperlich zu.

Schnell steige ich aus und folge ihm zum Haus. Die Wohnung seiner Familie liegt am Ende einer steilen engen Treppe.

»Linn!«, donnert Jona, kaum dass er die Tür aufgeschlossen hat. »Was denkst du dir denn?«

Ich bleibe in dem kleinen Flur stehen, in dem es – wahrscheinlich noch von heute Mittag – nach Essen riecht, während er in den Raum rechts von uns stürmt. Es gibt einen Schuhschrank und ein paar nicht zusammenpassende Garderobenhaken, die auf unterschiedlichen Höhen an der Wand befestigt sind und voller Jacken hängen. Auf dem Schuhschrank liegt aller möglicher Kram – Werbeprospekte, ein Taschenschirm und ein paar schrumpelig gewordene Kastanien in einer runden Schale. Ich lege meine kleine Handtasche auf ein freies Plätzchen hinter eine Duftkerze. Dort fällt sie nicht gleich ins Auge. Den Haustürschlüssel habe ich in der Jackentasche und alles andere brauche ich bis übermorgen nicht. Ganz wohl fühle ich mich mit diesem Trick immer noch nicht, aber ich denke, in diesem Fall heiligt der Zweck die Mittel. Später schreibe ich Jona, dass ich meine Handtasche bei ihm vergessen habe, und bitte ihn, sie mir ins Jugendzentrum mitzubringen. Auf keinen Fall möchte ich ihm Umstände machen – er hat schon genug um die Ohren –, aber da er am Montag ohnehin dort den Winterfotoworkshop leitet, ist es keine große Sache. Und wenn wir später zusammen sind, kann ich ihm nachträglich verraten, dass es Absicht war. Vielleicht durchschaut er es ja auch direkt selbst.

»Ich will sie aber nicht rauslassen!«, höre ich Linn im Nebenraum rufen. »Die kann uns nicht leiden und behandelt uns wie Babys!«

Dann kommt sie in den Flur gerannt und bleibt bei meinem Anblick überrascht stehen. Ihr zorniger Gesichtsausdruck wird von einem freudigen abgelöst. »Oh, hallo, Ki!«

»Hi!«

Jona ist ihr gefolgt und gibt mir hinter ihrem Rücken mit einer Geste zu verstehen, dass ich bitte mein Glück versuchen soll.

Also gehe ich vor ihr in die Hocke und lege ihr die Hände auf die Schultern. »Du, ich müsste dringend mal eure Toilette benutzen, aber ich hab gehört, die Babysitterin sitzt da im Bad fest ... und na ja, wenn du den Schlüssel behältst, wird sie für immer hier in der Wohnung bleiben – willst du das etwa?«

Linn macht große Augen und schüttelt den Kopf. Sie wechselt einen bedeutungsschweren Blick mit ihrer Zwillingsschwester, die hinter Jona aufgetaucht ist. Nach einem kurzen, stummen Austausch zwischen den Mädchen nickt Leonie. Ihre Schwester händigt mir daraufhin tatsächlich den Schlüssel aus, den sie in der Bauchtasche ihres unförmigen Hoodies vergraben hatte.

Danke!, formt Jona mit den Lippen.

Ich gebe den Schlüssel an ihn weiter und er befreit die Babysitterin, eine Riesin mit schwarzen Haaren und umso bunteren Klamotten.

»Mir reicht's endgültig!«, höre ich sie schimpfen, nachdem ich mich mit einem »Sorry, darf ich?« an ihr vorbei in das kleine Bad geschoben und die Tür hinter mir geschlossen habe. Schätze, mir droht keine Gefahr, hier nicht wieder rausgelassen zu werden.

»Deine Schwestern sind kleine Monster! Vielleicht solltest du mit denen mal zum Kinderpsychologen – und jemanden finden, der sich langfristig vernünftig um sie kümmert!«

Jonas Antwort ist deutlich ruhiger, sodass ich seine Worte durch die Tür nicht verstehe, wohl aber die Schärfe darin höre.

Als ich wieder in den Flur komme, sind Linn und Leonie den Stimmen nach wieder spielen gegangen, und Jona wartet im Flur auf mich. Die Babysitterin ist weg, stattdessen kommt gerade eine andere – eindeutig schwangere – Frau zur Wohnungstür herein, zusammen mit einem Mann mit Dreitagebart, an dem mir zuerst die sechseckige Brille mit Stracciatella-Muster auf dem Rahmen auffällt.

»Gut, dass ihr da seid«, sagt Jona statt einer Begrüßung. »Schaut ihr jetzt nach den Zwillingen? Ich wollte noch zum Laden.«

»Machen wir«, sagt der Mann und verschwindet ohne ein weiteres Wort hinter der Tür am Ende des Flurs.

Die Frau ist stehen geblieben und betrachtet mich neugierig. Ihre Augen haben den gleichen warmen Braunton wie Jonas. Sie trägt eine Umstandstunika über Leggins und eine fliederfarbene Beanie, unter der blonde Locken hervorquellen. »Jona, willst du uns denn gar nicht vorstellen? Ist das nicht die Kleine, die du letztens –?«

»Mann, Mom! Nenn sie nicht so, das ist nur Ki aus meiner Klasse. Sie wollte hier bloß kurz aufs Klo, okay? Und jetzt müssen wir wieder los, Herr Sperlich wartet.«

Schon wieder *nur Ki aus meiner Klasse*? Muss er das immer so sagen?

Seine Mutter und ich sehen zu, wie Jona angenervt die Wohnung verlässt.

»Er ist zurzeit ein bisschen gereizt«, stellt sie fest. »Aber er hat noch nie ein Mädchen mit hergebracht, also freu ich mich besonders, dich kennenzulernen.« Sie schüttelt mir die Hand. »Ich bin Katja. Mein Freund heißt Lutz.« Sie macht eine Kopfbewegung in Richtung ihres gewölbten Bauchs. »Und das ist Alessio. Ah, und dahinten lugt die kleine Nusspli um die Ecke – steht noch nicht final fest, ob sie wirklich so heißen soll. Passt von der Farbe her ja so gar nicht. Jona meinte, Katzenfutter und -streu seien viel zu teuer, aber wir mussten sie einfach behalten.«

Etwas überfordert von all den Infos schaue ich zu dem Katzenkind, das sich an den Türrahmen hinter uns schmiegt. Es ist schneeweiß und beobachtet mich aus den süßesten graubraunen Augen der Welt. Bestimmt ein Geschenk von Leila – hat sie nicht gesagt, dass ihre Eltern auch Perserkatzen züchten?

»Kimara. Ich freu mich auch«, sage ich etwas verzögert.

»Was für ein schöner Name! Die Zwillinge haben erzählt,

wie schön das Basteln mit dir war – sie können es kaum erwarten, dann –«

»Ki?«, ruft Jona von unten.

»Nun ja, ich will dich nicht länger aufhalten, mein lieber Sohn klingt, als würde er gleich explodieren. Komm doch gern mal zum Essen.«

Die Einladung würde ich am liebsten sofort annehmen, aber das wäre Jona sicher nicht recht. Also bedanke ich mich nur höflich und eile ihm dann hinterher.

Mission Wintermärchen: »Zimtsternliebe & Lebkuchentraum«

Verfasst am: 18. November
Gehört zu: Projektziel B
Couple Goal: zusammen Weihnachtsplätzchen backen
Beteiligte: Jona und ich
Erfüllungsort: in unserer Küche oder bei den Weinreichs

Anmerkungen:
Man kann nie genug Kekse haben, oder? Zwar backen meine Großeltern und meine Familie in der Adventszeit traditionell gefühlt schon an die zwanzigtausend, und Valeska und ich haben uns bereits im Oktober richtig coole Ausstecher für ein Freundinnenbackfest geholt, aber zusätzlich noch mit Jona zu backen, steht trotzdem ganz weit oben auf meiner Liste.

Ich wäre für Zimtsterne, denn seltsamerweise mag die in unserer Familie niemand außer mir. Die haben alle was gegen Zimt – unglaublich, aber wahr.

Richtig gern würde ich mal ein aufwendiges Lebkuchenhaus bauen. Da kann man so viel verzieren und sich dabei so richtig mit buntem Süßkram austoben. Mein Part wäre das Gestalterische – und Jona könnte den Bauplan für unser Häuschen machen – schließlich ist er auch nicht gerade unkreativ. Ich meine, wie süß wäre das bitte? Ein frischverliebtes Pärchen, das gemeinsam sein eigenes Haus baut …

Vorab muss ich nur in Erfahrung bringen, ob Jona Lebkuchen – und Zimt – mag. Aber selbst, falls dem nicht so sein sollte: An Plätzchenrezepten mangelt es wirklich nicht. Er kann sich auch gern was aussuchen. Ich bin da offen für alles. Ich werde allein schon durch die Tatsache, dass wir endlich zusammen sind, im siebten Winterhimmel sein.

Kapitel 13

»Ich weiß, es ist sehr kurzfristig«, sagt Frau Lobwalder am anderen Ende der Leitung. »Aber ich glaube kaum, dass Charlotte allein mit der ganzen Horde fertigwird.«

Meine Projektwoche beginnt – wie sollte es anders sein – mit einer Horrornachricht: Statt mich wie geplant in Ruhe auf meine erste Bastelaktion am Nachmittag vorzubereiten, bittet Frau Lobwalder mich, im Backteam einzuspringen. In *Charlottes* Backteam. Ihre Partnerin hat sich krankgemeldet.

»Ist doch kein Problem, das mache ich gern«, sage ich. Erstens, weil ich ein sehr netter Mensch bin, und zweitens, weil es mich echt erleichtert, dass nicht Jona zu Charlottes Rettung bestellt wird.

Frau Lobwalder bedankt sich überschwänglich, und ich frühstücke zu Ende und mache mich dann mit gemischten Gefühlen auf den Weg zum Jugendzentrum. So hatte ich mir den Start heute wirklich nicht vorgestellt. Was ist das bitte für eine fiese Ironie des Lebens, dass ich jetzt mit Charlotte Plätzchen backen soll statt mit Jona? Nicht cool.

Ein kleiner Trost ist, dass ich ihn dank meiner liegen gelassenen Handtasche trotzdem heute treffen werde. Ich habe ihm gestern Morgen gleich deswegen geschrieben und er bringt sie mir später mit.

Und sorry, dass ich mich nach der Sache mit der Babysitterin so blöd verhalten habe, hat er noch hinterhergesendet.

Spätestens jetzt weißt du, was ich mit unserem Hang zu Katastrophen meinte …

Zugegeben, als ich mir vor ein paar Wochen zum ersten Mal das Kennenlernen mit Jonas Familie vorgestellt habe, hatte ich eine andere Szene vor Augen. Sie beinhaltete keine von einem Kind verübte Gefangennahme und vor allem nicht Jonas schlechte Laune im Anschluss. Auf der Fahrt zu mir hat er geschwiegen und sich dann nur mit einem knappen »Bis bald« von mir verabschiedet. Doch zumindest weiß ich jetzt, wo er wohnt, und kenne zwei neue Gesichter aus seinem Leben plus den Namen seines neuen Halbgeschwisterchens. Und Katastrophen hin oder her – ich mag seine Familie. Und vielleicht kann ich in einem geeigneten Moment anbieten, mal auf Linn und Leonie aufzupassen, wenn gerade viel los ist.

* * *

Zu Beginn haben Charlotte und ich als unfreiwillige Arbeitspartnerinnen erst mal alle Hände voll damit zu tun, die eintreffenden Kinder zu begrüßen, eine Sitzordnung für sie zu finden, mit der alle glücklich sind, und müssen zusätzlich noch kleine Streits schlichten, wer welchen Ausstecher bekommt. Besonders heiß umkämpft ist der versehentlich in die Auswahl geratene Affe. Ein Junge namens Gabriel hat ihn zum Weihnachtsaffen erklärt, und da die anderen ihn offensichtlich bewundern, weil er mit elf Jahren der Älteste in der Runde ist, wollen nun alle Weihnachtsaffen backen. Charlotte entwickelt kurzerhand ein Im-Uhrzeigersinn-System. Erst, als alle fröhlich vor sich hin mehlen, nudelholzen und ausstechen, müssen wir uns dann miteinander befassen.

»Unsere Schwestern scheinen ja Freundinnen des Schreckens geworden zu sein«, sage ich, während ich synchron zu ihr ein Blech mit Backpapier belege. Mit Daphne rede ich seit dem Liebesbriefvorfall nicht mehr, aber das ist ihr wahrscheinlich nur recht.

»Ah, du warst bestimmt auf dieser Party, oder?« Sie wirft mir einen kurzen Blick zu, bevor sie ihr Blech zwischen den Kindern auf dem Tisch platziert und nach dem nächsten greift.

»War ich«, bestätige ich und schaue zu, wie die Kinder mit mehligen Fingern Weihnachtsaffen, Glocken, Tannenbäume, Engel und Sternschnuppen nebeneinander auf dem Blech anordnen. »Kam der Brief von dir oder von ihnen?«

»Von ihnen. Aber ich bin den beiden ehrlich gesagt nicht undankbar, denn so hatte ich die perfekte Gelegenheit, um Jona zum Essen einzuladen. Als Wiedergutmachung für die Peinlichkeit sozusagen.«

Sie hat *was* getan?

»Und er hat zugesagt?« Ich merke selbst, dass ich panisch klinge, aber das ist jetzt auch egal.

»Hat er.« Sie hält inne und wendet sich nun ganz mir zu, mit einem Lächeln, das selig und siegesgewiss zugleich wirkt. Ihr ist also doch bewusst, dass ich sie innerlich schon beim Planungsmeeting zu meiner neuen Erzfeindin erklärt habe.

»Ich glaube, er steht auf mich, ist aber etwas unsicher, weil unsere Umfelder so unterschiedlich sind. Dabei spielt es für mich überhaupt keine Rolle, dass seine Familie eher an der Armutsgrenze lebt.«

Ich schüttele den Kopf. »Wie meinst du das ... eher an der Armutsgrenze?«, frage ich mit gesenkter Stimme. Dass sie hier so offen über Menschen mit wenig Geld spricht, ist echt unsensibel.

»Na, es hat schon seine Gründe, dass Linn und Leonie bei einigen der Aktionen angemeldet sind«, meint sie. »Deshalb kam Jona ja überhaupt auf die Idee mitzuhelfen. Ich finde das so heldenhaft! Ein Typ, der sich für andere arme Menschen einsetzt, obwohl er selbst kaum genug zum Leben hat.«

Wie Charlotte mit dem Thema umgeht, gefällt mir nicht. Allein schon, wie sie das mit Linn und Leonie betont hat. Dann nehmen die beiden eben auch teil – na und?

»Er ist nicht dein Projekt!«, fahre ich sie an und spüre im nächsten Moment einen Anflug von Schuldgefühlen. Ist Jona – wenn auch auf andere Weise – nicht schon eine ganze Weile *mein* Projekt?

»Deins ja wohl genauso wenig«, giftet Charlotte zurück, als hätte sie meine Gedanken gelesen.

Hinter uns fangen zwei der Jungs – Clemens und ... Alex? Oder war das Maurice? – an, sich mit Teigbröckchen zu bewerfen, und Charlotte greift sofort ein. Wenigstens das macht sie gut.

»Leila hat erzählt, du hast ihm einen Nikolaus mit einem romantischen Zitat geschickt?«, knüpfe ich an unser unterschwellig immer stärker brodelndes Gespräch an, sobald alle wieder einigermaßen friedlich sind.

»Möglich«, sagt sie und verschränkt die Arme vor der Brust.

»Hast du nicht«, entgegne ich gefährlich leise.

»Ach ja? Kannst du das beweisen?«

Krass. Spätestens jetzt muss ihr klar sein, dass der Nikolaus entweder von jemandem kam, den ich kenne, oder von mir selbst. Und da besitzt sie noch die Dreistigkeit, weiter zu lügen.

Tatsächlich *könnte* ich es beweisen. Ich habe ein Foto von dem kleinen Kerl und dem Zitat gemacht – für meine Mappe. Aber davon werde ich jetzt ganz bestimmt nichts sagen.

»Du hast so was von keine Chance bei ihm.«

Um das letzte Wort zu behalten, gehe ich zu den beiden etwas schüchternen Mädchen, die am Tischende mit den Rücken zur Tür sitzen, und frage sie, ob sie schon Ideen haben, wie wir nachher die fertigen Plätzchen verzieren sollen.

Mit zehn Kindern kann man ziemlich schnell ziemlich viele Bleche füllen, sodass die Organisation etwas knifflig wird, sobald die erste Runde etwas später aus dem Ofen kommt.

Clemens verbrennt sich aus Ungeduld glatt gleich zwei Finger, und ich befördere ihn schnellstmöglich zum nächsten Wasserhahn. Trotz des Kühlens bildet sich an seinem Zeigefinger eine kleine Brandblase – was ihn zum Glück geradezu stolz macht. Noch größeres Glück ist es, dass es ihm trotzdem keiner nachmachen will.

Wir lassen die ruhigeren Kinder den Puderzucker mit Wasser mischen und auf die fertigen Plätzchen streichen, eine Strategie, die tatsächlich die befürchtete Sauerei verhindert. Danach dürfen sich wieder alle austoben, mit bunten Streuseln, Schokoperlen, farbiger Zuckerschrift und Kokosraspeln. Charlotte und ich sind pausenlos beschäftigt, beraten und verhindern weitere Unfälle.

Die Zeit verfliegt, und schon kommen die Eltern zum Abholen. Als alle Kinder weg sind, sind die Plätzchen ausgekühlt und die Deko hält. Schweigend nebeneinander am Tisch sitzend, verteilen Charlotte und ich sie in weihnachtliche Kekstütchen. Fast glaube ich schon, sie würde sich weitere Seitenhiebe für heute sparen, doch zum Abschied bekomme ich dann schließlich noch einen sehr herablassenden Blick, zusammen mit einem »Schlag ihn dir aus dem Kopf, Kimara«.

»Werde ich nicht«, sage ich ganz ruhig und mit einem Lächeln, das sie innerlich hoffentlich genauso rasend macht wie mich ihres.

Schnaubend lässt sie mich stehen. Um – und das lässt mich einfach nicht los – zu ihrem Date mit Jona zu gehen.

Hoffentlich wird es mindestens so undatig wie meins letzte Woche. Ich glaube nicht, dass ich darüber hinwegkommen könnte, wenn er sie mag.

Kapitel 14

Jetzt, wo meine erste eigene Aktion startet, bin ich doch ganz schön aufgeregt – und dankbar, Leila als Unterstützung an meiner Seite zu haben, auch wenn mir Jona natürlich noch lieber wäre. Wobei ich ihn ja gleich zumindest kurz sehen werde. Seitdem ich auf der Teilnehmerliste Linn und Leonies Namen entdeckt habe, fühle ich mich allerdings noch schlechter wegen meines kleinen Handtaschenspielzuges. Ich schätze, Jona wird die Zwillinge sowieso herbringen – da hätte ich auf die Flunkerei also auch verzichten können.

Es sitzen schon fünf andere Kinder an den zu einem Quadrat zusammengeschobenen Tischen in dem kleinen Saal, in dem wir uns auch zum Planen getroffen haben. Sie plappern durcheinander und beobachten neugierig, wie Leila sich an einem ersten Stern versucht, damit sie schon mal grob sehen, wie man beim Basteln vorgeht.

Auf Anhieb ins Herz geschlossen habe ich vor allem Jeremy, einen der wenigen Jungs, die mitbasteln wollen. Gleich beim Reinkommen hat er mir von all seinen Kreationen vorgeschwärmt, die bei ihnen zu Hause die Fenster, Türen und Wände verschönern.

Ich schaue von meiner Empfangskomitee-Position an der Tür zu ihm hinüber und muss lächeln. Es ist zu knuffig, mit wie viel Enthusiasmus er in einem meiner Papiersternbastelbücher blättert. Ich musste mich ein bisschen überwinden, sie mitzubringen, da Kinderhände nun mal nicht immer so ganz vorsichtig sind und ich diese Bücher hüte wie Schätze, aber allein schon dieser Anblick war es wert.

Kleine Finger zupfen an meinem Pullover, und ich schaue zu dem blassen rothaarigen Mädchen hinunter, das einen meiner Mustersterne in der Hand hält.

»Ist der echt aus einer Butterbrottüte?«, fragt sie fast ehrfürchtig.

Ich glaube, ich habe gerade mein zweites Lieblingskind in der Gruppe gefunden. Elisa heißt die süße Maus.

»Ja, und es ist gar nicht so schwierig – wenn du möchtest, bastele ich nachher mit dir genau so einen.«

»Das wäre toll.« Elisa huscht zu ihrem Platz zurück und hält sich den Stern ganz dicht vor die Nase, um das Muster unter die Lupe zu nehmen.

»Und da wären wir«, erklingt eine Stimme hinter mir, die in meiner Bauchgegend ein Knistern wie von Hunderten Lamettafäden verursacht. »Gerade noch pünktlich zu Kis Sternstunde.«

»Ich bezweifle, dass es ohne dich eine richtige Sternstunde werden kann«, rutscht es mir raus, aber dann gefällt mir die Bemerkung sogar eigentlich ganz gut. Vielleicht sollte ich öfter nicht so lange darüber nachdenken, was ich zu ihm sage.

»Ja, Jona, bastel mit uns!«, bettelt Leonie.

Er schenkt mir dieses unglaublich charmante Lächeln, und das Lamettaflattern geht noch mal so richtig los.

»Ich leite doch gleich den Fotoworkshop«, sagt er. »Aber ich weiß zufällig, dass Ki demnächst auch noch ein Weihnachtskartenbasteln anbietet. Vielleicht darf ich da ja dabei sein und ein paar Motivkarten mit den Fotos von heute gestalten. Wäre doch eine schöne Idee neben den geplanten Kalendern.«

»Das fände ich sehr cool«, sage ich, um freundliche Begeisterung bemüht statt der übersprudelnden, die ich in Wahrheit empfinde. Das klingt doch sogar fast nach einem meiner Couple Goals: *Der Weihnachtskartenmarathon*! »Auch wenn das dann genau genommen keine Sternstunde wird.«

»Nicht für jede Sternstunde braucht es Sterne«, erwidert er.

Linn und Leonie wird unser Gespräch zu langweilig und sie gesellen sich zu den anderen Kindern.

Das gibt mir die Gelegenheit, wegen Charlotte nachzuhaken.

»Hab gehört, du hattest heute ein Date?«

Er verdreht die Augen. »So würde ich das nicht unbedingt nennen.«

Tag gerettet! Egal, was bis Mitternacht noch passieren mag: Ich werde allem mit einem unerschütterlichen Lächeln begegnen.

»Eigentlich wollte ich dir schon längst erzählen, dass Linn und Leonie bei ein paar unserer Aktionen dabei sind«, sagt er. »Aber leider reagieren viele Leute wie Charlotte. Es geht uns im Vergleich zu anderen echt gut, und ich will und brauche kein Mitleid. Das habe ich ihr dann heute auch gesagt.«

»Keine Sorge, wirst du von mir nicht bekommen«, sage ich. »Mir ist schon klar, dass sich niemand seine Lebensumstände einfach so aussuchen kann. Charlotte hat auch nichts dazu beigetragen, dass sie in einer Bonzenfamilie gelandet ist, also soll sie sich mal nicht so aufspielen.«

Er zieht einen Mundwinkel hoch. »Sagt die Anwaltstochter.«

Ich würde mich ja freuen, dass er so gut über mich informiert ist, aber die Kanzlei meiner Eltern ist in unserem kleinen Städtchen recht bekannt.

»Mal abgesehen von ihrem Mitleid ...«, sage ich langsam. »Magst du sie?«

Jona verschränkt die Arme vor der Brust, und an der Art, wie es in seinen Augen funkelt, erkenne ich, dass er mich noch weiter aufziehen wird. »Wieso sollte ich dir verraten, wen ich mag, Ki? Du sagst mir schließlich auch nicht, wessen Namen du in deine Herzen schreibst.«

»Na, deinen natürlich.« Nicht schlecht – ich habe die perfekte Mischung aus Ironie, gespieltem Ernst und Flirt hinbekommen. Er darf sich gerne den Kopf darüber zerbrechen, ob das jetzt ein Witz war.

»Ist das normal, dass du mich nicht mal begrüßt?«, fragt Leila, die unbemerkt zu uns herübergekommen ist. »Was ist hier los, hab ich was verpasst?«

Jona legt ihr einen Arm um die Schulter. »Sorry, ich bin zurzeit etwas abgelenkt ... Ki und ich haben gerade abgesprochen, dass wir beim Kartenbasteln die Hochzeitseinladungen gleich mit fertig machen können. Du könntest helfen.«

Leilas Brauen wandern so hoch, wie es ihnen möglich ist.

»Überleg's dir!«, fügt er hinzu, klopft ihr auf die Schulter und lässt sie dann los, um zu gehen. »Ich muss dann mal, die warten sicher schon auf mich. Viel Erfolg mit euren Sternchen!«

»Bis dann, fotografiert schön«, sage ich, und Leila hebt die Hand, als er noch mal zu uns zurückschaut.

»Er benimmt sich komisch«, stellt sie fest.

Wenn sie das sagt ... Fragt sich nur, ob es ein gutes Strange ist.

Ich atme tief aus. »Lass uns loslegen, okay?«

Und das machen wir. Die Kinder sind sehr unterschiedlich geduldig und geschickt. Bei der Proberunde mit einfachem Kopierpapier zeigt sich schnell, wer gut schneiden kann oder lieber nur faltet. Die Bastelgeübten fuchsen sich selbst rein und arbeiten wenig später hoch konzentriert. Einige produzieren eher unperfekte Sterne – die werden sich beim Basar aber trotzdem verkaufen, einfach weil sie optisch danach schreien, von süßen Kindern gebastelt worden zu sein. Und dann gibt es noch die Überambitionierten, die neidisch auf die Bastelexperten sind und auch die »richtig guten« Sterne basteln wollen, obwohl sie es nicht können. Aber dafür sind Leila und ich ja da. Wir unterstützen nach Kräften und vermitteln das Gefühl, eigentlich fast nicht geholfen zu haben. Wir schaffen es, die angesetzten zwei Stunden lang alle stolz und glücklich zu machen – auch wenn Dominik und Selma zwischendurch ein bisschen die Lust verlieren.

Die Jüngeren haben hauptsächlich die einfachen Faltsterne zustande gebracht, die aber mit dem Motivpapier durchaus was hermachen. Außerdem haben sie aus Glanzpapier, das auf der einen Seite silber- und auf der anderen goldfarben schimmert, Sterne mit Mustern geschnitten.

Elisa hat unglaublich ordentliche Plissee-Sterne gefaltet, genau wie Dominik, trotz seiner Langeweile. Linn und Leonie haben zu zweit hübsche Girlanden mit weiß-gold gepunkteten Sternen gemacht, und Jeremy ist ein echtes Genie – seine Brottütensterne sehen genauso perfekt aus wie auf den Bildern in meinem Bastelbuch.

»Kannst du Jona ein Foto von uns schicken?«, bittet mich Leonie, als wir zusammenräumen.

Das tue ich natürlich sehr, sehr gern. Auch wenn es mich ein bisschen erschüttert, dass sie das Bild für ihren Bruder wollen und nicht für ihre Mama.

Die Zwillinge posieren zuckersüß und breit lächelnd, jede mit einem Ende einer Girlande in der Hand.

Du hättest bleiben sollen, tippe ich für Jona dazu. **Sterne basteln macht glücklich.**

Mission Wintermärchen: »Cosy Weihnachtsfilmabend«

Verfasst am: 20. November
Gehört zu: Projektziel B
Couple Goal: Weihnachtsfilmabend zu zweit
Beteiligte: Jona und ich
Erfüllungsort: sein oder mein Wohnzimmer (Achtung: vorher sicherstellen, dass der Raum für die Zeit uns gehört!)

Anmerkungen:
Eigentlich bin ich kein besonderer Weihnachtsfilmfan. Eigentlich. Aaaaaber zu einem kuschelig-romantischen Filmabend mit meinem Freund (den ich nach Erreichen von Projektziel A ja haben werde!) sage ich nicht Nein.

Was dazu unbedingt benötigt wird:

- Kakao
- Kekse (vielleicht die gemeinsam gebackenen?)
- Kuscheldecke
- Kis Weihnachtspyjama (mir ist gerade aufgefallen, dass alles auf meiner Liste mit K beginnt – daher rede ich ausnahmsweise in der 3. Person von mir)
- Kerzen (aufpassen, dass die Flammen sich nicht im Bildschirm spiegeln!)

Nachtrag nach Lichterzug-Desaster: und nicht das Wohnzimmer in Brand setzen!

Filme, die infrage kommen (einige hab ich schon gesehen, den Rest hat mir Google ausgespuckt):

- *Drei Haselnüsse für Aschenbrödel*
- *Liebe braucht keine Ferien*
- *Die 12 Weihnachts-Dates*
- *Weihnachten, Liebe und andere Katastrophen*
- *Weihnachtszauber – Ein Kuss kann alles verändern*
- *Eine Braut zu Weihnachten*

Alternativ:

- *Dash & Lily* (als Serienmarathon)

Allerdings sollte ich auf das Schlimmste vorbereitet sein: Vielleicht mag Jona keine Liebesfilme. Notfalls können wir dann auf »Rudolph mit der roten Nase« umswitchen, das geht immer. Aber er wird ja hoffentlich verknallt genug in mich sein, dass ihn auch ein paar schnulzige Weihnachtsromanzen nicht umbringen …

Kapitel 15

Linn neben mir lacht laut auf, als die grüne Kreatur auf der Leinwand sich eins ihrer identischen grünen Felle aus dem Kleiderschrank über die Unterhose zieht.

Ich konnte irgendwie nicht widerstehen, mich für den Weihnachtsfilmabend einzutragen – auch wenn mein Couple Goal mit einem zukünftigen Couple auskommen muss. Genau genommen gibt es drei Filmabende, die parallel stattfinden, für alle an den Aktionen teilnehmenden Altersgruppen ist was dabei. Romantisch wird es allerdings wenig, und Jona hat seine Schwestern ausgerechnet für die 2018er-Verfilmung von *Der Grinch* angemeldet – und sich selbst als Aufsicht eingetragen, zusammen mit Leila. Es ist natürlich ein kleeeein wenig auffällig, dass ich noch dazugestoßen bin – wahrscheinlich würden zwei Helfer locker reichen – aber eine Frau muss tun, was eine Frau tun muss. Und, mein neues Lebensmotto: Besser ich als Charlotte.

Tatsächlich hat das kleine Programmkino mit den drei quasi wohnzimmergroßen Sälen sich als Kooperationspartner gefunden. In unserem Saal sitzen nun vierzehn Kindern auf drei Reihen verteilt. Jona, Leila und ich haben uns genau hintereinander platziert – sie leider zwischen ihm und mir, und bis auf ein »Hi, Ki« – »Hi, Jona« haben wir beide heute Abend noch kein Wort miteinander gewechselt. Wir waren zu sehr damit beschäftigt, dass jeder sein gesponsertes kleines Popcorn bekommt, niemand nach dessen Erhalt zu einer Schlacht aufruft und alle ihre Kindersitzerhöhung auf statt unter dem Sitz oder über dem Kopf positioniert haben. Und jetzt verfolgt jeder von uns dreien halb den Film und achtet halb auf sich anbahnende Notfälle in seiner Reihe – seien es Streitereien, Hustenanfälle durch verschluckte Maiskörner oder Ich-muss-mal!-Meldungen.

Gut, bei mir ist es wohl sogar jeweils höchstens ein Drittel Aufmerksamkeit, denn ich bin mit den Gedanken ganz woanders. In meinen Plan haben sich so viele Variablen eingeschlichen. Zuerst natürlich Charlotte. Scheint so, als ob sie Jona eher nervt, aber ganz sicher, dass er nicht an ihr interessiert ist, bin ich mir trotzdem nicht. Er hätte schließlich nicht mit ihr essen gehen müssen ...

Ernsthaft Sorgen mache ich mir wegen Daphne. Wir haben schon immer unterschiedlich getickt, und dass sie jetzt scheinbar die Zofe von Lady Paola ist und unbedingt zu den Beliebten gehören will, ist irgendwie traurig. Was ich nicht verstehe, ist, warum sie mir wegen Jona so in den Rücken fällt. Warum gönnt sie mir mein Wintermärchen nicht? Ich meine, selbst Paola setzt sich für ihre große Schwester ein – und ohne mich selbst loben zu wollen – Charlotte ist in dieser Rolle sicher nicht weniger ätzend als ich.

Über meinen dritten Unsicherheitsfaktor will ich eigentlich nicht mal nachdenken – aber während der Grinch sich da vorne bemüht, möglichst gemein zu sein, muss ich wieder an die kleinen Eisbären denken. Wenn sie doch bloß von Jona sein könnten! Doch egal, wie ich es drehe und wende – am Tag des Lichterzugs war er nicht da und kann mir folglich das erste Bärchen nicht zugesteckt haben. Beim zweiten wäre der Verdächtigenkreis überschaubar, wenn der Bär wirklich während Valeskas Party in meine Jackentasche gewandert ist, aber auch das ist nicht sicher.

Würde der Absender erkannt werden wollen, hätte er mir irgendeinen Hinweis auf seine Identität gegeben, oder? Er hätte die Nachrichten zumindest handschriftlich verfassen oder mir sagen können, wie ich ihn erreiche – von mir aus, indem ich selbst Zettel irgendwo hinterlege. Keine Ahnung, ob ich das wirklich machen würde, aber keine Möglichkeit zu haben, ihn zu kontaktieren, ist auch blöd.

Zurück zu Jona – hat sich zwischen uns irgendetwas verändert, außer dass wir projektbedingt gerade mehr miteinander zu tun haben als je zuvor? Was, wenn er mich einfach nur mag, weil ich mit Herzblut bei der Aktion mithelfe und seine kleinen Schwestern mich gernhaben? Spekuliert er womöglich sogar bloß darauf, dass ich mich als Babysitterin anbiete? Nein, so ist er nicht!

Ich denke an das Herz mit meinem Namen drin, das Jona im Bastelladen gemalt hat und das sich jetzt in meiner Projektmappe befindet – in der neu eröffneten Klarsichthülle für Erinnerungsstücke. Dann ist da noch unser Running Gag um die Hochzeitskarte, die genau dort ebenfalls ein Zuhause gefunden hat. Außerdem hat er angeboten, den dritten meiner Bastelworkshops durch Fotokarten zu erweitern. Hätte er das gemacht, wenn er nicht gern Zeit mit mir verbringen würde?

Die Anzeichen sind alle da – ich wünschte nur, sie wären eindeutig genug, um meine Zweifel auszuräumen.

Am Anfang kam es mir noch nicht so vor, als wäre das Risiko wahnsinnig hoch, aber inzwischen hat sich mein ganzer schöner Plan in ein Minenfeld verwandelt. Nur ein falscher

Schritt, und ich setze alles aufs Spiel: das kumpelhafte Geplänkel, das mich erst fast genervt hat und inzwischen so hoffnungsvoll stimmt, und die Leichtigkeit in unserem Umgang miteinander; die Chance, jemals für Jona da sein und ihn richtig gut kennen zu dürfen; vielleicht sogar den Kontakt zu Linn und Leonie.

Die Musik des Abspanns unterbricht schließlich meine Grübelei. In meiner Reihe hat es die ganze Zeit über keine besonderen Vorkommnisse gegeben, aber Leila hatte weniger Glück: Sie musste zwischenzeitlich mit Clemens raus, der Nasenbluten hatte – irgendeine kleine Katastrophe gibt es bei diesem Jungen anscheinend immer. Es war aber nicht allzu heftig, und die beiden waren nach wenigen Minuten wieder da.

Im Foyer des Kinos wartet schon eine Schar von Eltern.

»Meine Mama hat mich vergessen«, sagt Elisa hinter mir, als die meisten sich schon auf den Nachhauseweg gemacht haben.

Ich drehe mich zu ihr um und gehe in die Hocke, um mit ihr auf Augenhöhe zu sein. »Das glaube ich nicht, bestimmt kommt sie gleich.«

Sie schüttelt den Kopf. »Nein, ich hab sie gerade angerufen, und sie hat nicht dran gedacht. Sie ist noch mit einer Freundin was trinken und will, dass mich Papa oder eine meiner Schwestern abholt, aber von denen geht niemand dran.«

Ich frage sie, wo sie wohnt, und da es nicht weit von mir entfernt ist, beschließe ich, sie einfach selbst heimzubringen. Sie hat sogar einen Haustürschlüssel dabei.

Als ich Jona und Leila Bescheid geben will, sind die zwei nirgends zu sehen, und auch Frau Lobwalder, die als erwachsene Betreuerin den Abend über für alle Fälle im Foyer war, kann ich gerade nicht entdecken.

»Warte kurz hier, ich sage Jona und Leila, dass wir uns auf den Weg machen.«

Gesagt, getan.

Als ich Leilas Namen in die Damentoilette rufe, kommt keine Antwort, auf dem Weg zurück zum Kinosaal ist auch niemand. Ich biege um die Ecke und … bleibe wie angewurzelt stehen. *Bitte nicht!*

Jona und Leila stehen neben der Tür zum kleinsten der Säle, die Arme fest um den jeweils anderen geschlungen, Stirn an Stirn gelegt.

Ich mache auf dem Absatz kehrt, bevor sie mich noch bemerken – obwohl es nicht aussah, als würden sie irgendetwas wahrnehmen außer einander.

Und ich war doch tatsächlich überzeugt, dass die beiden Freunde sind. War das ganze Jona-benimmt-sich-verdächtig-wegen-dir-Ki-Gerede also nur Fake? Verdammt, er hat sie doch sogar zum Helfen bei unseren Hochzeitskarten eingeladen?!

Ich stakse wie in Trance zu Elisa zurück, die mich unterwegs zu ihr nach Hause – zuerst im Bus und dann noch ein Stückchen zu Fuß – sehr gut ablenkt. Sie erzählt mir von ihrem jüngeren Bruder, der die Klasse vielleicht wiederholen muss, und ihren beiden älteren Schwestern, die sich ständig streiten.

Sie möchte mir gern zeigen, was für einen schönen Stern sie heute nach unserem gemeinsamen Basteln zu Hause noch gemacht hat, also komme ich mit rein, als wir bei ihr sind.

Im Flur fliegen mir fast die Ohren weg, so laut dröhnen die Stimmen aus dem Fernseher.

»Bin wieder da!«, ruft Elisa um die Ecke, aber auch darauf schreit bloß eine Stimme aus der Flimmerkiste: »Wenn Karen das gewusst hätte, wäre sie nie gegangen!«

Elisa wirkt nicht, als wäre das Vergessen-worden-Sein eine schlimme Sache für sie. Was es für mich irgendwie *noch* schlimmer macht.

Vor ihrem Zimmer rennt mich eine junge Frau, vermutlich eine ihrer Schwestern, fast um und verschwindet dann wortlos mit ihrem Handy hinter der nächsten Tür.

Auch das nimmt Elisa kaum zur Kenntnis.

Ich beschließe, noch ein paar Minuten länger als geplant bei ihr zu bleiben.

Zuerst bestaune ich ihren Stern, den sie mir daraufhin schenkt, was mich fast zum Heulen bringt. Dann darf ich mir noch ihre Sammlung abgelegter Ohrringe von anderen Familienmitgliedern ansehen und ihr bei einem Kinderkreuzworträtsel helfen.

Erst, als ich das Haus verlasse, schaue ich wieder auf mein Handy. Leila, der ich von unterwegs getextet habe, dass wir gegangen sind, hat nicht geantwortet. Vielleicht denkt sie sich ihren Teil. Jona zu schreiben, habe ich nicht über mich gebracht.

Vielleicht ist alles ganz anders, sage ich mir.

Doch glauben tue ich das nicht.

Ich wechsle Elisas Stern im Gehen von einer in die andere Hand und kämpfe darum, den Anblick der beiden, eng umschlungen vor dem Kinosaaleingang, aus meinem Kopf zu löschen.

So viel zu meinem cosy Weihnachtsfilmabend.

Kapitel 16

»Ist das wirklich kein Problem für dich?«

Valeska pflückt ein paar Tannenzweige auseinander, die sich verhakt haben, und schüttelt dabei energisch den Kopf. »Quatsch, ich freu mich voll!«

Mein Tag hat wieder mit einem Anruf von Frau Lobwalder und einem krankheitsbedingten Ausfall begonnen. Wobei ich nicht so sicher bin, ob da nicht was anderes dahintersteckt. Es ist nämlich Leila, die abgesagt hat. Zum Waffelverkauf heute Nachmittag auf dem Weihnachtsmarkt will sie aber kommen, wenn es ihr »besser« geht. Leider spielt mein Kopfkino mir seitdem fast pausenlos Varianten vor, wie Leila den Vormittag mit Jona verbringt. Der hat nämlich bis zu besagtem Verkauf später frei. Ich habe das extra noch mal auf dem Einsatzplan überprüft.

Mein einziger Trost ist, dass Valeska einspringen konnte. Ihr Tanzkurs startet heute glücklicherweise erst am frühen Nachmittag.

Trotz Kopfkino und allem habe ich sie im Moment definitiv lieber hier als meine eigentliche Teampartnerin.

Nach und nach trudeln die angemeldeten Kinder ein. Einige kenne ich von gestern, darunter Selma und Alex, den ich inzwischen auch von Maurice unterscheiden kann. Etwa die Hälfte sind neue Gesichter.

Als wir anfangen, bringt mich das Werkeln endlich auf

andere Gedanken. Wir haben von der Floristin eine tolle Auswahl an Zweigen, Tannenzapfen und sogar Zimtstangen und getrocknete Apfel- und Apfelsinenscheiben bekommen. Außerdem gibt es Anissterne, niedliche Geschenkpäckchen mit rotem, silber- und goldfarbenem Papier, große Schleifen und natürlich Kerzen.

Die fertigen Gestecke sind echt schön, und ich lege eins von meinen für Elisa und ihre Familie zurück. Ich werde das Geld dafür beim Basar einfach mit in die Kasse tun.

Am Ende haben wir so viele kleine Kunstwerke zusammen, dass sie dort bestimmt einen ganzen eigenen Tisch füllen werden.

»Ich wünschte, du könntest auch Leilas Schicht nachher am Waffelstand übernehmen«, seufze ich, als Valeska sich nach dem Aufräumen von mir verabschiedet.

»Kannst du sie nicht einfach fragen, was da läuft? Du dachtest doch eigentlich, dass du dir ihretwegen keine Sorgen zu machen brauchst?!«

»Ja. Aber es wäre zu schön, wenn ich es bloß falsch interpretieren würde, oder?«

Sie bedenkt mich mit ihrem *Ach, Ki!*-Blick und drückt mich dann. »Wenn sie schon vorher ein Paar gewesen wären, hätte sie sich ja wohl als seine Freundin vorgestellt. Und wieso sollte sie ausgerechnet jetzt mit Jona zusammengekommen sein, wenn sie sich schon seit dem Kindergarten kennen?«

Das wäre ein Argument, aber ... »Es ist mein Leben – da würde genau so was passieren. Außerdem gibt es kaum eine romantischere Zeit im Jahr, um sich lang gehegte Gefühle zu gestehen, als den Advent, oder?«

Damit handele ich mir nur *Ach, Ki!*-Blick No. 2 für heute ein.

* * *

Mama hat gerade den Topf mit Kartoffeln auf den Tisch gestellt und Papa das Rahmgemüse, da klingelt es an der Tür.

»Wer ist denn das jetzt?« Mama verdreht die Augen, weil sie es nicht mag, wenn das Essen kalt wird, und eilt in den Flur.

Daphne nutzt die Gelegenheit, um sich eine blumenkohlfreie Portion Gemüse herauszupicken. Ich starre aus dem Fenster in den unfreundlichen Wintertag hinaus und bemitleide mich selbst, weil ich heute in einem Paralleluniversum mein Couple Goal *2 Herzen auf dem Weihnachtsmarkt* erreicht hätte. Stattdessen steht mir jetzt *Der Horrorwaffelverkauf* bevor.

»Holt schnell noch einen Teller«, flötet meine Mutter, plötzlich seltsam beschwingt. Sie schwebt beinahe in den Raum und holt ein zusätzliches Glas aus der Küche. »Wir haben einen Gahaaaast.«

Wir drehen die Köpfe zur Tür, genau in der Sekunde, als von dort ein »Hi!« kommt. Instinktiv fasse ich mir an die Stirn – normal warm, also ist es kein Fiebertraum.

»Das ist Jona!«, sagt Mama freudestrahlend und holt nun selbst einen weiteren Teller, um ihn direkt neben meinen zu stellen und dann doch noch ein paar Zentimeter nach links zu rücken.

Mein Vater ist aufgesprungen, schüttelt Jona die Hand und eilt dann ins Wohnzimmer, um dort einen Stuhl zu holen und neben meinem zu platzieren.

Ich habe mich noch immer nicht gerührt und weiß auch nicht, ob ich dazu in der Lage bin.

»Bist du etwa wegen Ki hier?«, fragt Daphne fassungslos.

Jona setzt sich neben mich und lässt seine Hand dabei meine Schulter streifen.

»Hallo«, nuschle ich.

»Hey.« Er nimmt meinem Vater die Cola-Flasche ab, die der ihm, wie ein Kellner neben ihm stehend, hinhält, bedankt sich und sieht dann zu Daphne, während er sich einschenkt. »Klar, wegen wem denn sonst?«

»Hab ich dich eingeladen?« Also das war definitiv nicht, was ich sagen wollte, und schon gar nicht so abweisend. Können wir bitte kurz zurückspulen?

»Nee«, sagt er verunsichert. »Aber du hast seit drei Stunden dein Handy nicht gecheckt. Ich wollte eigentlich nur kurz vorbeikommen, um dir die Fotos von gestern zu zeigen. Damit wir zusammen auswählen, welche sich für die Karten eignen, und ich sie schon im Voraus drucken lassen kann.«

»Und dazu ... brauchst du mich?« Ob es sehr seltsam wirkt, wenn ich ab jetzt einfach die Klappe halte? Da kommt eh nichts Vernünftiges raus.

»Theoretisch nicht. Ich dachte nur, du hast sicher 'nen guten Blick dafür.«

»Das hat sie!«, bestätigt meine Mutter, als wolle sie mich stolz zur besten Freundin des Jahres ernennen, denn – und darüber besteht leider nicht der geringste Zweifel – nach meiner Ankündigung am ersten Advent glaubt sie, sie hätte den festen Freund ihrer Tochter am Esstisch sitzen. Nicht den geplatzten Traum von Freund.

»Wir können sie supergern zusammen durchgehen«, sage ich, bevor es noch unangenehmer werden kann, und weil ich dringend mal etwas Freundliches nachschieben, muss nach meinen beiden Aussetzern eben.

»Cool, danke.«

Reihum befüllen wir unsere Teller, und ich versuche, möglichst schnell zu essen, damit wir uns dann zu zweit irgendwo anders hin verziehen können. Es hilft aber nichts, da meine Eltern Jona sanft, aber intensiv ausfragen und er selbst deshalb kaum zum Essen kommt.

Er erzählt, dass es bei ihnen heute Lutz' Karottenauflauf gibt und er daher ganz froh ist, bei uns mitzuessen. Der Freund seiner Mutter ist wohl nicht der beste Koch.

Daphne ist die ganze Zeit mit ihrem Handy beschäftigt und debattiert bestimmt mit Paola darüber, wie sie Jona und mein unerwartetes Treffen am besten sabotieren können. Schätze, meine Schwester ist immer noch im Team Charlotte.

Als endlich der Nachtisch verputzt ist, will ich schon mit Jona die Flucht ergreifen, da sagt meine Mutter: »Könnt ihr die Bilder nicht im Wohnzimmer durchgehen? Dann sitzen wir dabei alle noch ein bisschen am Adventskranz zusammen.«

»Das wäre schön«, sagt Jona höflich.

Meine Blicke, die ihr signalisieren sollen, die Idee bitte sofort wieder zu verwerfen, bemerkt meine Mutter natürlich nicht. Sagen kann ich auch nichts dagegen; mir fällt kein plausibler Grund ein abzulehnen.

Und da sind wir dann wenige Minuten später: Mama und Daphne auf der einen Seite des Adventskranzes, ich eingeklemmt zwischen Jona und meinem Vater gegenüber.

Jona staunt über die aufwendige Dekoration in dem – wie mir heute neu bewusst wird – überdimensionierten Wohnzimmer, und meine Mutter erklärt ihm natürlich, dass ich das ganze Haus dekoriert habe.

»Wow«, sagt er. »Ki, du musst mir unbedingt demnächst mal eine Hausführung geben, ich will alles sehen.«

Meine Eltern grinsen dämlich, Daphne schnaubt, und ich sage, reizend, wie ich bin: »Aber jetzt geht's erst mal um die Fotos.«

Die schauen wir uns dann auf dem Display seiner Kamera an, und während mein Vater hier und da seinen Senf dazugibt und ich mitschreibe, welche von den Bildern besonders gut auf die Karten passen würden, entspanne ich mich endlich ein wenig.

»Du?«, fragt Jona, als wir später gemeinsam zum Weihnachtsmarkt aufbrechen.

»Ja?«

»Sag mal – denkt deine Familie irgendwie, dass wir ein Paar sind?«

Jo.

»Na ja, deine Mutter dachte das ja auch, oder?«

»Stimmt.« Er hakt sich bei mir unter, was meinen Arm plötzlich ganz ungelenk und wabbelig macht. »Hoffen wir, dass sie dich nie zu Lutz' Karottenauflauf einlädt.«

Von mir aus kann sie das gern tun – für Jona würde ich den schrecklichsten Karottenauflauf in Kauf nehmen.

Ich nutze das Untergehaktsein aus, um viel näher bei Jona zu gehen, als ich es normalerweise tun würde, und hoffe inständig, seine gute Laune rührt nicht daher, dass wir auf dem Weg zu Leila sind ...

Mission Wintermärchen: »2 Herzen auf dem Weihnachtsmarkt«

Verfasst am: 16. November
Gehört zu: Projektziel B
Couple Goal: Turteln auf dem Weihnachtsmarkt; Jona schenkt mir ein Lebkuchenherz
Beteiligte: Jona und ich (und die Person am Lebkuchenherzenstand)
Erfüllungsort: logisch: Weihnachtsmarkt

Anmerkungen:
Turtelnde Pärchen finde ich tendenziell eher anstrengend. Nehmen wir zum Beispiel Valeska und Manuel – beide sind superlieb, und sie passen auch perfekt zusammen. Aber es ist fast unmöglich, vernünftige Gespräche mit ihnen zu führen, wenn man sie im Doppelpack hat. Ständig lenken sie sich gegenseitig ab, mit einem verliebten Lächeln hier und einem Armdrückkuschler da. Manchmal reden sie dann richtigen Unsinn, weil sie mir nur teilweise zugehört haben.

Aber ich schätze, selbst Teil eines turtelnden Pärchens zu sein, hat was.

Ich möchte Händchen haltend mit Jona über den Weihnachtsmarkt schlendern, gemeinsam die Auslagen der Stände durchstöbern und mit ihm meine liebsten Weihnachtserinnerungen teilen. Dann werde ich ihm ausgeben, was er am liebsten isst – ob nun Bratwurst im Brötchen, einen Crêpe, Poffertjes, Langos oder eine Waffel. Bei einem der Kunsthandwerkstände finden wir bestimmt etwas Wunderschönes, das uns beide immer an diesen besinnlichen Tag ganz zu Beginn unserer Beziehung erinnern wird. Wir werden uns die Finger abwechselnd durch Händchenhalten und heiße Getränke wärmen, und bevor wir gehen, kauft Jona mir noch ein Lebkuchenherz mit einer süßen Aufschrift. Falls ich viel Glück habe, vielleicht mit einem *Ich liebe dich,* aber auch über *Schatz* oder bloß so was wie *Ein Herz für dich* würde ich mich freuen.

Ich liebe Weihnachtsmärkte und ich liebe Jona, und beides zusammen kann einfach nur perfekt werden.

Kapitel 17

Nach anderthalb Stunden Standdienst könnte man mich meinem Geruch nach mit einer Waffel verwechseln. Gibt Schlimmeres. Auch wenn ich nicht recht weiß, wie ich mich Leila gegenüber verhalten soll. Nach einer ehrlich wirkenden, aber eher ausweichenden Entschuldigung von ihr, dass sie heute Morgen nicht kommen konnte, haben wir die ganze Zeit nur das Nötigste gesprochen, wie »Noch zwei, eine ohne Puderzucker«.

Wirklich schlimm ist aber, dass Jona schon ohne mich über den Weihnachtsmarkt gestreift ist – seine Schicht hat nämlich erst eine Stunde später begonnen, und da er am anderen Eisen arbeitet, haben wir nicht wirklich miteinander reden können.

Nachdem Leila und ich eine Großfamilie bewaffelt haben, haben wir endlich eine kleine Verschnaufpause. Ich wische meine schmierig-pudrigen Finger an einer Serviette ab und nutze die Gelegenheit, um zu schauen, ob Valeska mir geantwortet hat. Ich habe sie vorhin kurz upgedatet, dass Jona plötzlich zum Essen und Fotos-Zeigen bei uns vor der Tür stand, und sie gefragt, was das ihrer Meinung nach zu bedeuten oder nicht zu bedeuten hat. Auf meine eigene Einschätzung kann ich mich nicht verlassen. Ich weiß nur, was ich *möchte*, was es bedeutet.

Tatsächlich hat sie inzwischen geantwortet.

Das bedeutet, dich trennt nur noch ganz wenig von deinem Wintermärchen.

Meint sie das jetzt ernst oder schreibt sie nur, was ich lesen will?

»Hey«, sagt Leila und ich blicke überrascht auf. »Willst du vielleicht 'ne kurze Pause machen? Im Moment ist nicht mehr so viel los. Das sollten wir mit einem Eisen hinkriegen. Ich setz dann nach dir ein paar Minuten aus.«

»Okay, gern, wenn du noch kannst – sonst geh du doch zue…«

Aber sie hat sich schon abgewendet und ruft jetzt Jona zu, dass er fünfzehn Minuten waffelfrei machen kann.

»Ich bin doch gerade mal eine halbe Stunde dran?!«

»Du machst jetzt Pause. Ki auch.«

Sie führen ein kurzes Gespräch nur mit Blicken. Schlau werde ich nicht draus, aber es endet damit, dass Jona herüberkommt.

»Gut, dann bis gleich.« Er bedient sich auch bei den Servietten und wickelt sich seinen Schal um.

Trotz Leilas Intervention bin ich mir nicht ganz sicher, ob es schon beschlossene Sache ist, dass Jona und ich die Pause miteinander verbringen. Also folge ich ihm erst mal, als wollte ich zufällig in dieselbe Richtung, und warte auf einen Hinweis. Es kommt keiner. Bevor es seltsam werden kann, dass ich immer noch da bin, helfe ich nach. »Sag mal, stimmt irgendwas nicht bei Leila?« Dass sie so schweigsam war, habe ich erst auf mich bezogen – oder wenigstens als Reaktion auf mein eher kühles Verhalten. Doch je länger wir nebeneinander gearbeitet haben, desto mehr hatte ich den Eindruck, dass sie etwas bedrückt.

Jona bleibt unschlüssig stehen. Er seufzt. »Erzähl das bitte nicht weiter ... Nach dem Film gestern hatte sie schlechte Nachrichten bekommen.« Nach einem Zögern, fährt er fort: »Ihr älterer Bruder hatte vor ein paar Jahren ein Suchtproblem, und jetzt ist er wohl rückfällig geworden.«

»Oh.« Mehr fällt mir dazu nicht ein. Also war die Umarmung gestern ... nur sein Versuch, sie zu trösten? Wieso habe ich nicht einfach meinen Stolz runtergeschluckt und mit Leila geredet, statt ihr die kalte Schulter zu zeigen? Jetzt fühle ich mich richtig mies.

»Ihre Familie hat damit echt zu kämpfen«, sagt Jona. »Aber Leila wollte wenigstens heute Nachmittag dabei sein, und ich denke, die Ablenkung tut ihr gut.«

»Und wieso wollte sie uns beide unbedingt in die Pause schicken?« Im Ernst, musste ich jetzt ausgerechnet das fragen?

Jona schüttelt den Kopf. »Offensichtlich hat sie spontane Kuppelambitionen. Sie hat mir schon nach eurem Sternebasteln ausgiebig erzählt, wie nett und hübsch und witzig du bist. Und zwar nicht, weil sie auf dich steht.«

Ich drücke meine Fingerkuppen in die Handflächen. Leila versucht also mir zu helfen, obwohl sie so genervt von Jonas Verehrerinnen ist. Und womit habe ich es ihr gedankt? Ich fange an, an meiner Menschenkenntnis zu zweifeln.

»Faszinierend«, sage ich gedehnt. »Irgendwie scheinen immer mehr Leute zu denken, dass wir gut zusammenpassen.«

»Dabei haben wir doch längst festgestellt, dass ich viel zu chaotisch für dich bin. Und du ... du bist zu fröhlich.«

Er geht weiter und begutachtet ein paar Meter weiter die

bunten Kinderhandschuhe, mit denen einer der Stützbalken der Standüberdachung behängt ist.

Mit verschränkten Armen stelle ich mich neben ihn. »Es nervt dich, dass ich ein fröhlicher Mensch bin?«

Er fährt mit den Fingern über die Wolle eines Handschuhs mit Streifen in fünf verschiedenen Blautönen. Seine Mundwinkel sind nach oben gewandert. »Natürlich nicht! Aber ich hab eine pessimistische Ader. Und ich wette, Pessimismus magst du noch weniger als Chaos.«

»Hm.« Dabei hätte ich dazu eigentlich sogar eine ganze Menge zu sagen. Die Gegenargumente stauen sich richtig in mir an. Leider bin ich zu feige, um sie auszusprechen.

Seine Kapuze ist total zerknautscht, und es kribbelt mir wahnsinnig in den Fingern, sie zu richten. Stattdessen greife ich nach einem anderen Paar kleiner Handschuhe mit Schneeflockenmuster.

»Die hier vielleicht für Leonie und die blauen für Linn?«

Jona schaut sie sich an und nickt dann. »Und vielleicht noch welche von den Babyfäustlingen da? Auch wenn Alessio erst im Februar kommt, falls er sich an den Plan hält.«

»Freust du dich schon?«, frage ich.

Er gibt eine Art Ächzlachen von sich. »Sicher. Aber ich hab dezent Panik. Bei uns geht auch ohne Baby schon alles drunter und drüber. Linns und Leonis Vater war 'ne echte Hilfe, als sie noch ganz klein waren, aber Lutz ... Wir werden sehen. Im Moment bewirbt er sich für Castingshows.«

Ich weiß nicht, was ich dazu sagen soll, aber Jona erwartet offenbar keine Reaktion. Er reicht die Handschuhe über die Auslage mit Mützen und Pulswärmern und bezahlt.

Nachdem er eben mehr oder weniger festgestellt hat, dass

er uns für inkompatibel hält, und dann noch wegen des Babys die Stimmung in den Keller gesunken ist, bin ich jetzt etwas verzweifelt. Wie soll jetzt noch auch nur ein Hauch von Romantik aufkommen?

Schweigend setzen wir unsere Erkundungstour an den Ständen entlang fort. Es duftet nach gebrannten Mandeln, und neben all den Weihnachtsmarktköstlichkeiten, Strickwaren, Holzschnitzereien, dem Schmuck, den Kerzen, Spielsachen, Christbaumkugeln und Honiggläsern gefällt mir besonders der Stand mit den großen bunten Leuchtsternen zum Aufhängen. Vor dem trüben Himmel strahlen sie besonders hell.

»Wir sollten zurück«, meint Jona. »Unsere Viertelstunde ist so gut wie rum.«

Sehnsüchtig blicke ich zum Stand mit den Lebkuchenherzen. Wenigstens das. »Möchtest du mir nicht vielleicht ein Lebkuchenherz schenken?«, frage ich. »Ich hänge es mir dann um, und wir machen Leila eine Freude. Weil sie dann denkt, ihre Kuppelei hatte Erfolg.«

Ich würde mich ja zu meiner Cleverness beglückwünschen, wäre mir nicht einen Moment zu spät eingefallen, dass es blöd ist, jemanden, der nicht so viel Geld hat, zu bitten, einem was auszugeben. Ein Rückzieher wäre aber jetzt auch daneben.

»Ich hab eine bessere Idee«, sagt Jona grinsend. Er zupft an seiner Kapuze, wodurch sie aber eher *noch* knuddeliger wird. »Wir schenken uns gegenseitig eins.«

Yes! Ich liege bei meinem Plan zwar schon weit hinter der Zeit, und wenn ich Projektziel A nicht erreiche, wird kein einziges meiner schönen Jona-und-Ki-Couple-Goals je Realität, aber Hauptsache, wir schenken uns jetzt Lebkuchenherzen.

»Ich geh zuerst«, sage ich. »Nicht gucken, welche Aufschrift ich nehme.«

Für meine Entscheidung brauche ich lange. Der Verkäufer fragt dreimal, ob er mich beraten soll, aber das kann er nicht. Niemand kann das – ich muss meine Wahl ganz allein treffen: Ich schwanke zwischen einem neutralen »Schön, dass es dich gibt« oder »Für dich« und ... »Eins mit ›Ich liebe dich‹, bitte.«

Oha, ich tue das wirklich. Ich bin die mutigste Waffel, die die Welt je gesehen hat.

Der Mann bedenkt mich mit einem zweifelnden Blick, der so viel sagt wie »Wie alt bist du Mädchen, weißt du überhaupt, was Liebe ist?«, löst aber das Bändel von einem der Ich-liebe-dich-Herzen und reicht es mir. Ich gebe ihm einen Schein und nehme mein Wechselgeld in Empfang.

»Jetzt du«, sage ich, zurück bei Jona, und halte das Herz umgedreht vor mich, damit er noch nicht sehen kann, was draufsteht.

Er geht hinüber zum Stand und wird von dem Mann mit einem Kommentar empfangen, den ich von hier leider nicht hören kann – da daraufhin beide zu mir schauen, stehen die Chancen sehr hoch, dass es darin um mich ging.

Auf meiner Stirn landet etwas kleines Kaltes. Ich lege den Kopf in den Nacken. Wow – es schneit! Wie in Zeitlupe trudeln dicke Flocken auf mich zu, und ich kneife im Reflex die Augen zusammen, als eine mein Lid trifft. Ich öffne sie wieder und blicke noch einige Sekunden in das sanfte Trudeln hinauf. Als ich wieder zum Stand schaue, deutet Jona gerade auf das Herz, das er bekommen hat, und scheint irgendwas daran zu bemängeln. Dann nimmt er es aber doch mit.

Unterwegs verfangen sich die Schneeflocken in seinen dunklen Haaren – wie weiße Sahnesprenkel auf Mousse au Chocolat. Er bleibt vor mir stehen, das Herz ebenfalls mit der Rückseite zu mir vor der Brust haltend.

»Auf drei übergeben wir sie«, schlage ich vor. »Eins, zwei ... drei.«

Wir tauschen die Herzen aus.

»Wow«, sagt er lachend. »Du legst dich ja voll ins Zeug, um Leila zu überzeugen, sie hätte Erfolg mit ihrem Vorhaben gehabt.« Sein Blick ist fragend und treibt mir die Hitze in die Wangen.

Sag doch was – drei Worte reichen: Nicht nur sie.

Aber ich schaffe es nicht. Nicht, wenn er mich so ansieht.

Ich habe ganz vergessen, auf mein eigenes Herz zu schauen, so nervös war ich. Schnell nutze ich das als Gelegenheit, um den Blickkontakt abzubrechen.

Ich hol dir die Sterne vom Himmel, steht da, mit einem kleinen Zuckergussherzchen dahinter.

»Das ist ... echt süß.«

»Hoffe ich doch«, sagt er und hängt sich sein Herz um.

»Ein paar Sterne könnte ich durchaus gebrauchen.« Ich versuche mich an einem Herzklopfen auslösenden Lächeln. So schwer kann das ja nicht sein, er hat schließlich ständig so eins drauf – und das, obwohl er behauptet, Pessimist zu sein.

Gerade jetzt setzt er es wieder auf, und wäre das hier ein Lächelwettstreit, hätte ich sofort verloren.

»Ich sehe, was sich machen lässt, mein Sternchen.«

Natürlich sagt er das spaßhaft, aber ich lege zu meinem eigenen Besten einfach meinen inneren Romantikfilter drüber und stelle mir vor, er hätte es mir liebevoll zugeflüstert.

Kapitel 18

»Ich sehe, was sich machen lässt, mein Sternchen?«, quiekt Valeskas Stimme aus meinem Handy.

Zum Glück habe ich es auf laut neben mir am Tisch liegen, sonst wäre mein Trommelfell jetzt hinüber.

»Ja, aber ironisch.« Ich bin gerade dabei, zur Beruhigung meiner Nerven ein Mandala nur in Grün- und Rottönen auszumalen. Mein innerer Romantikfilter hält leider nie so lange, wie ich das gern hätte. Realistisch betrachtet hat mich der Tag heute nicht wirklich weitergebracht, und das, obwohl ich überdurchschnittlich viel Zeit mit Jona verbracht habe.

»Ki, ganz ehrlich, was willst du denn noch? Der Typ deiner Träume hat sich endlich auch in dich verliebt, und du redest dir nonstop ein, dass es nicht so ist.«

Ich gehe meine Stifte durch, auf der Suche nach einem Rotton, den ich noch nicht benutzt habe. Nur weil das mit Leila zum Glück eine falsche Fährte war – wobei mir wirklich leidtut, was bei ihr los ist! –, heißt das doch noch lange nicht, dass Jona Gefühle für mich hat.

»Ich glaube, er wollte eigentlich ein anderes Lebkuchenherz. Mit ›Ein Gruß vom Weihnachtsmarkt‹ oder so. Der Verkäufer hat ihn zu dem überredet. Weil er ja schon wusste, welche Aufschrift meins für Jona hatte. Bestimmt hatte er Mitleid mit mir.«

Valeska stöhnt, als wäre ich schwer von Begriff. »Es ist

doch völlig klar, dass Jona den Spruch ausgesucht hat – das mit den Sternen ist doch schon eine Art Pärchen-Insider zwischen euch.«

Ist es das?

»Dann hat ihn vielleicht das Herz hinter dem Spruch gestört? Weil er es nur freundschaftlich meinte und nicht –?«

»Na klar. Man holt doch für seine Freunde nicht die Sterne vom Himmel!«

»Doch, würde ich für dich tun.«

»Jona und du seid keine Freunde. Wenn ihr das wärt, würde er Hausaufgaben bei dir abschreiben und dich mit Details zu seinen Hobbys zutexten.«

Über diese Definition von Freundschaft muss ich doch sehr lachen, und Valeska stimmt mit ein.

»Es war doch von Anfang an dein Plan, ihm zu sagen, dass du seine Freundin sein willst, oder nicht? Wieso versteckst du dich also hinter Andeutungen?«

Als wenn das so einfach wäre! Wir haben nicht nur einen gemeinsamen Weihnachtskartenworkshop vor uns, sondern auch die Wochenendfahrt ans Meer – lieber erlebe ich beides mit einem Jona, der sich bloß freundschaftlich verhält, als einem, der weiß, dass ich in ihn verknallt bin, und mir deshalb aus dem Weg geht.

»Ich kann dich denken hören, lass das. Denken wird dir *nicht* weiterhelfen.«

»Glaub mir, wenn ich mir sicherer wäre, würde ich es ihm sagen. Ich konnte doch nicht ahnen, dass das mit uns so … so uneindeutig sein würde.«

»Es ist nicht uneindeutig.«

»Du kennst ja nur meine Version der Ereignisse.«

»Soll ich Jona vielleicht mal auf den Zahn fühlen? Oder Manuel vorschicken?«

»Hilfe, nein! Dann weiß er doch sofort ... Nein. Aber danke.«

»Okay, okay. Wie wäre es, wenn du Manuel dann wenigstens mal einweihst? Vielleicht kann er Jonas Verhalten besser einschätzen?«

Ich verspreche ihr, mir das zu überlegen. An dem Vorschlag ist was dran, und schließlich ist er neben Valeska mein bester Freund.

Rückblickend betrachtet ist die Vorstellung, nach nur zehn Schritten mit Jona zusammen zu sein, utopisch. Spätestens dann hätte Manuel sowieso davon erfahren. Trotz meines Scheiterns sollte ich ihm bald von meiner Mission Wintermärchen erzählen. Ich war immerhin auch die Erste, zu der er wegen Valeska gekommen ist. War zwar eine etwas andere Ausgangslage, aber am Ende geht es um Vertrauen – und ich will auf keinen Fall, dass Manuel am Ende denkt, ich hätte nicht genug davon zu ihm.

»Ki?«, ruft meine Mutter aus dem Flur.

Da wir fürs Erste fertig sind mit der Krisenbesprechung, beenden Valeska und ich unser Telefonat.

»Ja?«, rufe ich zurück.

Mama kommt ins Zimmer, ein Geschenktütchen in der Hand, auf dem mit dickem schwarzem Edding mein Name geschrieben steht.

»Das habe ich auf der Fußmatte vorm Haus gefunden.«

»Ah, danke, leg's einfach da aufs Regal«, sage ich betont gleichgültig, als hätte ich was-auch-immer schon erwartet.

Sie macht es und fragt nicht weiter nach. Nach einem

»Essen gibt's in zwanzig Minuten« verschwindet sie wieder.

Mit einem Grummeln im Bauch hole ich mir das Tütchen. Wie befürchtet finde ich ein drittes Eisbärchen darin. Es hat sich heillos in einer Lichterkette verheddert. Genau wie seine zwei Artgenossen ist es leider herzzerreißend süß. Ich nehme mir vor, die zugehörige Nachricht diesmal einfach nicht zu lesen, halte aber nur eine halbe Minute durch, bevor ich sie doch aufklappe.

Wer braucht schon Lichterketten, wo du doch meine Welt so hell machst und mich zum Leuchten bringst?

Ich sinke zu Boden und ziehe die Beine an, um meine Knie zu umarmen – meine Nachdenkpose. Was soll ich jetzt nur machen? Wenn das kein Fake ist, dann gibt es jemanden, der echt richtig für mich schwärmt, und natürlich fühlt sich das nicht nur schlecht an. Aber ich möchte, dass es sich schlecht anfühlt. Ich kann mich nicht in eine unbekannte Person verlieben, während mein Herz doch allein Jona gehört und immer gehören wird.

Ich rappele mich wieder hoch, hole mir Block und Stift und erstelle eine Liste von Verdächtigen.

Am Ende gibt es vier Optionen. Es könnte jemand aus meiner Klasse sein – aber nachdem ich alle durchgegangen bin, erscheint mir das unwahrscheinlich. Ausschließen kann ich es trotzdem nicht. Die zweite Möglichkeit wäre, dass der Absender Mitglied der SV ist. Auch das kommt mir absurd vor, aber seien wir ehrlich: Es gibt in meinem ganzen Leben niemanden, dem ich solche Nachrichten zutrauen würde, und doch sind sie da. Drittens wäre jemand denkbar, der mir bisher kaum aufgefallen ist. Irgendjemand an der Schule – aufgrund des ersten Bärchens vom Tag des Lichterzugs kann ich immerhin das recht sicher sagen.

Option Nummer vier gefällt mir einerseits überhaupt nicht, andererseits würde sie mich auch erleichtern: Vielleicht stecken Daphne und Paola dahinter. Weil sie mich von Jona ablenken und / oder mich einfach ärgern wollen.

Ach, Jona. Wieso sind es nicht deine Bärchen und Nachrichten? Du hättest doch heute so eine gute Gelegenheit gehabt, vor deinem Besuch etwas für mich in den Briefkasten zu stecken oder irgendwo im Haus zu hinterlassen. Stattdessen muss mir wer weiß wer seine Liebesbekundung auf die Fußmatte legen.

Mein Handy klingelt. Noch mal Valeska? Ich gehe zum Tisch und schaue aufs Display – nein, die Nummer kenne ich nicht.

»Hallo?«

»Hi, Ki, hier ist Elisa ... die vom Basteln, du weißt schon.«

»Ahh, wie schön!« Ich hatte ihr an dem Filmabend meine Nummer gegeben, bevor ich gegangen bin, und ihr angeboten, mich anzurufen, falls sie wieder mal irgendwo vergessen werden sollte.

»Keine Sorge – du musst mich nirgendwo abholen. Ich wollte dich nur fragen ... Wir machen doch morgen ein Märchenshooting für unsere selbst geschriebene Geschichte und brauchen dich als Fräulein vom wallenden Haar.«

Nach kurzer Verwirrung reime ich mir zusammen, dass es um den Workshop geht, in dem die Kinder sich eine Geschichte ausdenken, zu der eine passende Fotoserie entstehen soll – die wird dann in einem abgedunkelten Raum auf dem Adventsbasar gezeigt.

»Kannst du unser Model sein? Biiiitte!«

»Wieso denn ich? Das kannst du doch bestimmt ganz toll! Oder ein anderes Kind.«

»Du siehst aber genau so aus, wie wir uns das Fräulein vorstellen! Weil du doch so schöne lange Haare hast! Jeremy hat auch gesagt, du wärst die beste Besetzung – er führt Regie. Es sind nur ein paar Bilder.«

Morgen hätte ich eigentlich frei, als Ausgleichstag dafür, dass ich mich für die Aktionsabschlussfahrt angemeldet habe. Aber ich kann Elisa den Wunsch einfach nicht abschlagen. »Na gut, okay, wann und wo?«

»13 Uhr beim Sozialkaufhaus«, sagt sie.

Ob das bedeutet, dass Jona auch bei der Geschichte mitmacht? Wahrscheinlich ist er der Fotograf ...

»Alles klar, ich werde da sein.«

So werde ich endlich Jonas Arbeitsplatz kennenlernen. Und ziemlich lieb, dass Elisa und Jeremy mich so gern dabeihaben wollen. Ich befürchte zwar, dass es peinlich werden könnte, das Fräulein vom wallenden Haar darzustellen, aber was soll's. Einen Modelauftrag bekommt man schließlich nicht jeden Tag.

Mission Wintermärchen: »Adventliches Doppeldate«

Verfasst am: 17. November
Gehört zu: Projektziel B
Couple Goal: gemütliches Date mit befreundetem Pärchen
Beteiligte: Jona und ich mit Valeska und Manuel
Erfüllungsort: noch abzusprechen

Anmerkungen:
Im Sommer hat Valeska mal gesagt, es wäre total cool, ein Beste-Freundinnen-Doppeldate zu machen. Damals hat mich das eher deprimiert, weil ich nicht mal verliebt war, aber jetzt ... Wäre ein Beste-Freundinnen-Doppeldate in der Adventszeit nicht sogar noch spektakulärer?

Der Gedanke hat mich gleich zu einem weiteren Couple Goal inspiriert.

Das Ganze ist auch eine super Gelegenheit, um eine Freundschaft zwischen Manuel und Jona anzubahnen. Könnte knifflig werden, da die zwei sich ja schon länger kennen und bisher keine Anstalten gemacht haben, sich anzufreunden, aber man weiß ja nie. Bis vor Kurzem hatte ich schließlich auch nicht gedacht, mich einmal in Jona zu verlieben.

Kommen wir jedenfalls zu den Details des Doppeldates. Alles festlegen will ich da noch nicht – die drei anderen dürfen gern ihre Ideen einbringen. Allerdings mache ich oft die Erfahrung, dass die Leute einem dankbar sind, wenn man schon Vorschläge hat.

Hier also meine ersten Ideen:

- Tisch im Teesalon an der Kirche reservieren (hat zwar ein bisschen Alte-Menschen-Flair, aber der Salon ist total hübsch eingerichtet, es gibt wahnsinnig leckere Teesorten und Scones mit Clotted Cream)
- zu viert was backen und irgendwo bei einem von uns essen, wo's gemütlich ist
- Kino und im Anschluss alkoholfreie Cocktails im *Extrablatt*

Auf jeden Fall ein Couple Goal, auf das ich mich mega freue! Das könnte der Auftakt zu so vielen coolen Unternehmungen zu viert werden. Vielleicht fahren wir ja sogar irgendwann mal zusammen in Urlaub. Mit meinen besten Freunden und der Liebe meines Lebens ans Meer ... *träum*

Kapitel 19

Irritierenderweise ist das Erste, was ich höre, als ich das Sozialkaufhaus betrete, Charlottes Stimme. Was macht die denn hier? Gibt es in der Fotostory etwa auch eine böse Hexe? Ich dachte, heute ginge es nur um die Szenen mit Fräulein vom wallenden Haar?!

»Ich weiß nicht, muss ich wirklich? Das riecht irgendwie merkwürdig.«

Ich gehe weiter nach hinten und erstarre, als ich sie sehe – denn direkt vor ihr steht Jona und mustert sie mit fachmännischer Miene.

Sie steckt in einem hautengen veilchenfarbenen Kleid und sieht ziemlich unzufrieden aus; Jona trägt einen dreiteiligen braunen Cord-Anzug und wirkt darin wie aus einem anderen Jahrhundert.

Ich will mich schon rückwärtsschleichend wieder entfernen und nach Elisa suchen, da stoße ich gegen einen aus dem Regal herausragenden Damenhut, der daraufhin zu Boden segelt.

Jona und Charlotte fahren zu mir herum.

»Was machst *du* denn hier?«, zischt Charlotte, während Jona ungläubig meinen Namen sagt.

Offensichtlich wurde ich nicht erwartet. »Also ... ich dachte, ich soll das Fräulein vom wallenden Haar sein?«

Charlotte atmet so scharf ein und so schnaubend wieder

aus, dass es ein Wunder ist, wie dieses Kleid das aushält, ohne an den Nähten aufzuplatzen. »Was stimmt nicht mit dir, Kimara? Bist du echt so armselig, dass du es mit so einer billigen Lüge versuchen musst? Du weißt genau, dass ich das Fräulein vom wallenden Haar spiele!«

Ich hebe abwehrend die Hände, aber sie achtet gar nicht auf mich.

»Mann, Jona, merkst du denn gar nicht, wie sie sich ständig an dich ranschmeißt?«

Danke, Charlotte, genau das würde ich auch gern von ihm wissen, konnte aber schlecht selbst fragen!

Er sieht sie an, als hätte sie sie nicht mehr alle. »Du denkst ernsthaft, Ki taucht hier auf, um sich als eine Gestalt mit einem völlig gestörten Namen zu verkleiden, weil sie was von mir will?«

Charlotte verschränkt die Arme, und der Stoff spannt dadurch an ihren Schultern. »Willst du was von Jona, ja oder nein?«

Ich grinse gelassen. »Aber natürlich – wer nicht?« Kurz bin ich versucht, noch mal den Witz mit der Hochzeitskarte zu bemühen, aber das wäre doch ein Tick zu viel gerade.

»Wo das geklärt wäre ...«, sagt Jona, der anscheinend nicht kapiert, dass sich hier zwei Damen um ihn streiten, die *tatsächlich* was von ihm wollen. »Wer hat gesagt, dass du herkommen sollst, Ki?«

»Elisa hat mich deswegen extra gestern angerufen.«

Verdutzt schauen die zwei mich an.

»Elisa – kommst du bitte mal?«, ruft Charlotte.

Bei dem Unterton würde ich an Elisas Stelle eher das Weite suchen. Doch sie taucht mit einem Lächeln zusammen mit Jeremy aus dem hinteren Teil des Ladens auf.

»Schaut mal, was wir gefunden haben!« Sie hält einen Haarreif mit Kunstblumen dran hoch. »Der ist perfekt, oder?«

Charlotte streckt die Hand danach aus, nimmt ihn ihr ab und schiebt ihn sich ins Haar, als wolle sie damit ihre Rolle verteidigen. »Ki behauptet, du hast sie herbestellt?«

Elisas Lächeln wird noch breiter, als sie mich entdeckt. »Stimmt.«

»Aber wieso?«, fragt Jona.

»Freu dich doch, jetzt hast du ein Doppeldate!«, meint Elisa unbekümmert.

»Ein *Doppeldate* funktioniert aber etwas anders«, werfe ich ein.

»Jetzt mal ehrlich, warum habt ihr das gemacht?« Diesmal hat Jona einen strengeren Ton angeschlagen.

Jeremy räuspert sich. »Weeeeil wir dachten, dass sie noch besser zu der Rolle passt als Charlotte.«

»Ihr würdet auch sehr schön zusammen aussehen«, ergänzt Elisa. »Ich meine, unsere beiden Charaktere sind ein Liebespaar. Du und Ki würdet das total überzeugend rüberbringen.«

Wow, das hier ist ja ein echter Überfall. Unglaublich, dass die zwei das ganz allein eingefädelt haben!

Mein Blick kreuzt Jonas, und ausnahmsweise weiß ich genau, was er denkt – dasselbe wie ich: Wollen uns jetzt auch noch diese Kinder verkuppeln?

Ich widerstehe dem Drang, mich auf Elisas und Jeremys Seite zu schlagen, weil mein Herz schon bei der Vorstellung, mit Jona Pärchenfotos zu machen, schneller schlägt. Selbst wenn ich dafür eine seltsame Märchenfigur verkörpern muss. Doch es wäre mies, mich jetzt aufzudrängen.

»Das ist sicher lieb gemeint, aber ihr könnt nicht einfach bestimmen, wer die Rolle spielt. Charlotte hat sich schon dazu bereit erklärt und wird das sicher gut machen.« Innerlich wäre ich an den Worten fast erstickt, nach außen hin klang ich dafür sehr freundlich und diplomatisch. Bin stolz auf mich!

»So ist es«, sagt Charlotte. »Sorry, auch wenn ihr mich nicht mögt, könnt ihr so was nicht hinter meinem Rücken entscheiden. Ich leite die Gruppe, schon vergessen?«

Sie zupft an ihrem Kleid herum. »Das hier werde ich nicht tragen. Auf keinen Fall.«

Jona seufzt, leise, aber unüberhörbar. »Dann probier was anderes. Ki – wo du schon mal da bist, magst du vielleicht helfen, nach einer guten Alternative zu suchen?«

»Klar.« Und wie ich mag! Nur, weil ich Charlotte nicht zu vertreiben versuche, muss das ja nicht heißen, dass ich sie auch nur eine Minute länger mit ihm allein lasse.

Jona winkt mich schon hinter sich her zur Kleiderabteilung, da knurrt Charlotte: »Hilf mir erst mal hier raus.«

Diese Frau ey.

»Oh, ich gehe dir gern zur Hand«, werfe ich schnell ein. »Ich kenne mich mit Knöpfen und Reißverschlüssen aus wie sonst niemand.« Was nicht stimmt, aber da ich befürchte, dass Jona ihr schon beim Anziehen helfen durfte, wird er ihr nur über meine Leiche auch noch beim Ausziehen helfen. Am Ende täuscht sie noch einen plötzlichen Schwächeanfall vor und lässt sich halb nackt in seine Arme sinken. Okay, meine Fantasie geht mit mir durch, aber die Richtung stimmt.

»Danke!«, sagt Jona und klingt erfreulich erleichtert.

Charlottes säuerliche Miene ist eine zusätzliche Genugtuung.

Ich unterstütze sie also äußerst professionell beim Entkleiden, während Jona und Elisa nach weiteren möglichen Kleidern suchen und Jeremy noch mal das »Drehbuch« durchgeht.

Charlotte ist dazu übergegangen, mir knappe Befehle zu geben, ignoriert mich aber größtenteils, worüber ich nicht gerade unglücklich bin.

Jona trägt zwei andere Kleider an Bügeln herbei und versucht, Charlotte davon zu überzeugen. Begeistert ist sie nicht gerade. Dennoch hält sie sich zurück, garantiert weil sie ihn immer noch um den Finger wickeln will und weiß, dass sie mit Nörgeln nichts erreicht.

Ich gehe zu Elisa, die immer noch die Auswahl sichtet.

»Das hier vielleicht?« Sie hält ein blaues Vintage-Kleid hoch, das mit Margeritenblüten bestickt ist und vermutlich aus den 80ern stammt, wenn nicht sogar von noch früher.

»Passt nicht zu Charlottes verkniffenen Gesichtsausdrücken«, witzele ich leise.

»Bist du sauer auf mich, weil ich dir nicht gesagt habe, dass eigentlich sie die Rolle spielen soll?«, fragt sie.

»Nein.«

»Kannst du denn nichts machen, dass sie geht?«

»Komm schon, Elisa, so schlimm ist sie wirklich nicht.«

Sie schaut mich mit ihren schönen blauen Augen an und hebt eine Schulter. »Aber du bist viel verliebter in ihn als sie.«

Sprachlos starre ich sie an. Ist es denn *so* offensichtlich? Und wenn ja: Wieso dann für alle außer Jona?

Kapitel 20

»Am einfachsten wäre es, wenn ich kurz nach Hause fahre und eins von meinen eigenen Kleidern hole«, meint Charlotte nach drei weiteren Anproben. Sie macht es uns nicht gerade leicht.

»Nicht dein Ernst«, sagt Jona, der langsam, aber sicher die Geduld zu verlieren scheint.

»Lass mich raten – gleich schlägst du vor, dass doch besser Ki meinen Part übernehmen soll. Weil sie ja so unkompliziert ist. Da macht ihre Lügerei auch nichts aus. Du glaubst doch nicht, dass Elisa sie wirklich angerufen hat?«

Klar, sie muss das denken, denn sie würde es wahrscheinlich so machen: unschuldige Kinder in ihre kleinen Intrigen mit reinziehen.

Ich will mich schon verteidigen, da hebt Jona die Stimme, jetzt wirklich unüberhörbar entnervt: »Ganz ehrlich? Vielleicht wäre das echt das Beste, da du ja irgendwie alles hier so unglaublich entwürdigend findest, Secondhand-Sachen dich anekeln und du dann auch noch mit Unterstellungen um dich schmeißen musst. Was zur Hölle ist dein Problem, Charlotte?«

Sie, ich und selbst Elisa und Jeremy starren ihn entgeistert an.

»Du checkst es nicht!«, faucht Charlotte schließlich, stürmt in die kleine Umkleide, keine halbe Minute später in ihren eigenen Klamotten wieder heraus und verlässt den Laden ohne ein weiteres Wort.

Jona atmet langsam aus. »Tja ... Würde es dir was ausmachen, deinen heimtückischen Plan doch noch in die Tat umzusetzen, Ki?«

Ich muss schmunzeln. »Oh, ich *werde* meinen Plan umsetzen.«

In mir jubiliert es. Selbst wenn Jona Charlotte grundsätzlich süß finden sollte, hat sie gerade definitiv ordentlich Minuspunkte gesammelt. Ich deute auf die Kleider, die sie aussortiert hat. »Das dürfte nicht meine Größe sein – also müssen wir leider neue suchen.«

»Nehmt euch Zeit«, sagt Elisa sofort. »Jeremy und ich gehen noch mal alle Szenen durch.«

»Aber das haben wir doch –«

Elisa bringt Jeremy mit ihrem Blick zum Verstummen. »Jona, zeig Ki am besten den ganzen Laden. Zum Inspirieren. Sie braucht auch Accessoires.«

»Euer Wunsch ist mir Befehl.« Jona fragt mich, ob ich schon mal hier war, und als ich verneine, führt er mich einmal durch alle Abteilungen – von Geschirr, Töpfen und Gläsern zu Spielzeug, Büchern und Taschen in allen Größen und Formen. Wir gehen eine Treppe hinunter ins Untergeschoss. Dort steht alles voller Kleinmöbel. Ganz hinten sind Regalbretter an die Wand montiert worden, die zu meiner Freude mit Deko und allerlei Krimskrams, der sonst nirgendwo hinpasst, beladen sind.

»Das ist mein Lieblingsbereich«, sagt Jona. »Hier findest du wirklich die verrücktesten Dinge. Und es ist eine stille Ecke, wo man gut nachdenken kann, während man räumt.«

Eine stille Ecke, in der ich ihn gerade gern küssen würde. Aber sehen wir der Wahrheit ins Auge: Bei meinem Wintermärchen habe ich mit einer viel mutigeren Version meiner selbst geplant. Das nennt man dann wohl Selbstüberschätzung.

»Ah, mir fällt gerade ein, bei den letzten Sachen, die neu reinkamen, war eine Stola dabei. Die könnten wir vielleicht brauchen.«

Wir gehen wieder nach oben, und in dem kleinen Raum hinter der Kasse, wo sich die frisch eingetroffene Ware befindet, kramt er die Stola hervor. Dann durchforsten wir systematisch die Ständer mit der Damenbekleidung. Es sind wirklich festliche und ausgefallene Sachen dabei. Ich belade meine Arme mit den vier ersten Outfits und gehe damit in die Umkleide.

»Du sahst ziemlich skeptisch aus!«, rufe ich zu Jona hinaus. »Also will ich bei jedem auch Elisas und Jeremys Meinung.«

Ich höre ihn lachen. Was dazu führt, dass ich kurzzeitig vergesse, wie man einen Pullover auszieht. Ich fang noch mal von vorne an und blicke auf den Vorhang, der uns trennt. Jetzt könnte ich alles sagen, alles fragen, ohne ihn dabei ansehen zu müssen. Das sollte ich nutzen.

»Jona?«

»Ja?«

»Das Lebkuchenherz ... Worüber hast du mit dem Verkäufer diskutiert, als du es ausgesucht hast? Wolltest du eigentlich ein anderes?«

Wieder lacht er, und es rieselt mir warm den Rücken herunter.

»Gut beobachtet«, antwortet er schließlich. »Es war so,

dass ich mir eins mit *Du bist mein Stern* ausgesucht hatte – aber der Typ meinte, ich sollte mehr Einsatz zeigen und dir klarmachen, dass ich einfach alles für dich tun würde. Da hat er mir dann das andere Herz angedreht. Ich hab ihm erklärt, wie du bist – dass du dir auch selbst die Sterne vom Himmel holen kannst, die du haben möchtest. Aber er war sich sicher, du würdest es zu schätzen wissen, wenn ich ein paar davon für dich erobere.«

»Und, hat er dich überzeugt?«

»Offensichtlich ja, das Herz ist der Beweis, oder?«

Einerseits hätte ich gern gehört, dass Jona den Spruch selbst ausgesucht hat, aber andererseits ist es ein Kompliment, wenn er glaubt, ich bräuchte keinen Märchenprinzen, um mir meine Träume zu erfüllen. Das stimmt ja auch, aber – da muss ich dem Verkäufer recht geben – es ist trotzdem schön, ein wenig Hilfe zu haben. Jonas ursprüngliche Lebkuchenherz-Wahl gefällt mir außerdem auch sehr gut.

Ich werfe einen Blick in den Umkleidenspiegel und kratze meinen Mut zusammen. »Ich kann gern dein Stern sein, Jona.«

Leider habe ich einen ungünstigen Moment erwischt. Vor der Umkleide sind ausgerechnet in dieser Sekunde Elisa und Jeremy herbeigestürmt und wollen sehen, wie ich mich in meiner Verkleidung mache.

»Moment, Moment!«, sage ich und zwänge mich in ein schmal geschnittenes Kleid mit weich fallendem Rock. »Nein, wartet, das geht nicht, das schnürt mir die Luft ab.«

Der nächste Versuch – ein dunkelgrünes langärmeliges Samtkleid – ist deutlich besser und ich traue mich damit raus.

Drei Augenpaare betrachten mich eingehend.

»Zur Stola würde es passen«, sage ich und deute auf das zimtfarbene Kunstfell, das Jona sich über den Arm gehängt hat.

Er versteht das als Aufforderung, sie mir um die Schultern zu drapieren. Sein Daumen streift dabei sacht meinen Nacken, und ich atme zu laut ein. Hoffentlich bezieht er das nicht auf sich. Oder hoffentlich doch? Er soll ja endlich was merken, trotzdem will ich nicht wie ein verzweifeltes Traumtier wirken.

»Das sieht super aus«, meint Elisa. »Jetzt noch eine passende Jacke und Schuhe dazu, und es ist perfekt.«

Jeremy nickt.

»Was denkst du?«, frage ich und vollführe eine Drehung vor Jona, halb in der Hoffnung, dass die Stola dabei vielleicht verrutscht und er sie noch mal um meinen Nacken legen muss.

Ich bekomme dieses humorvolle Lächeln, das er mir neuerdings immer öfter schenkt. Mein Herz behauptet, dass mehr dahintersteckt als sonst, aber mein Kopf glaubt ihm vorsichtshalber nicht.

»Du bist mit Abstand die hübscheste Märchenfigur aller Zeiten, mein Sternchen.«

Und er ist mit Abstand der süßeste Sterne-Eroberer aller Zeiten.

Mission Wintermärchen: »Der Schneeherzkuss«

Verfasst am: 20. November
Gehört zu: Projektziel B
Couple Goal: Kuss in einem in den Schnee gemalten Herzen
Beteiligte: Jona und ich (!), Valeska als Fotografin (?)
Erfüllungsort: draußen im Schnee, eventuell in unserem Garten

Anmerkungen:

Achtung, jetzt wird's ein biiiisschen kitschig! Was nämlich bei Projektziel B auf keinen Fall fehlen darf, ist ein Winter-Pärchen-Fotoshooting. Und dafür habe ich mir auch schon was überlegt. Ich hoffe, es wird schneien, denn sonst funktioniert das Ganze nicht.

Ich stelle mir das Motiv *so* süß vor: Ich werde mit einem Stock ein riesengroßes Herz ins Weiß malen, und darin werden wir uns küssen. Wie am besten, müssen wir dann mal schauen – im Stehen oder Sitzen oder vielleicht sogar darin liegend.

Es wird natürlich ein bisschen knifflig, das Foto zu machen. Vielleicht bitte ich Valeska; sie könnte auf eine Leiter steigen und eine Von-oben-Aufnahme machen.

Ich werde mein Strickkleid und Thermostrumpfhosen mit

Zopfmuster tragen und Jona ... Okay, ich will mal nicht zu bestimmerisch sein, sein Outfit darf er sich selbst aussuchen. Gut aussehen wird er sowieso.

Vielleicht klappt die Aktion ja sogar, *während* es schneit. Das wäre absolut perfekt. Schneeflocken, die in Jonas dichten dunklen Wimpern hängen bleiben und auf meinen niedlich geröteten Wangen schmelzen ... Haaach.

Natürlich werden wir bei Erreichen dieses Couple Goals schon einige Kusserfahrung miteinander gesammelt haben. Das ist auch gut so, denn für einen ersten Kuss wäre die Situation viel zu gestellt. Und ich viel zu nervös.

Außerdem haben wir ja eine Zuschauerin in Gestalt unserer Fotografin.

Das beste Bild will ich einrahmen und diesen Winter über mein Bett hängen. (Für den Sommer finden wir dann später bestimmt auch was Romantisches.)

Ich habe jetzt schon Herzrasen, wenn ich nur daran denke, wie Jona mich in diesen Momenten ansehen wird. Wie wir eigentlich gar nicht bewusst posieren müssen, weil wir uns zusammen so gut machen und pures Liebesglück ausstrahlen (nicht auf so eine nervige, rosige Art, sondern einfach superschön).

Ich kann es kaum erwarten!!!

Kapitel 21

»Ich habe eine Idee!«, ruft Elisa. Sie lässt beinah ihr Handy in den Schnee fallen, als sie sich ihre Mütze aus den Augen schiebt. Inzwischen hat sie bestimmt schon fast tausend Bilder von Jona und mir gemacht. Dabei hatte sie die ganze Zeit diesen Profi-Gesichtsausdruck, was wirklich süß ist bei einer Neunjährigen.

»Ich habe Angst vor ihren Ideen«, gesteht Jona leise, und mir läuft ein warmer Schauder über den Rücken, weil er es mir praktisch direkt ins Ohr geraunt hat.

Wir verharren immer noch in der letzten Pose, die sich Jeremy als jüngster Fotoshooting-Leiter der Geschichte überlegt hat – nebeneinander vor dieser merkwürdigen abstrakten Reiterskulptur mitten auf der eingeschneiten Parkwiese stehend, Jonas Arm um meine Schultern gelegt.

Ich wende ihm mein Gesicht zu und grinse leicht, was ja irgendwie alles oder nichts bedeuten kann. Ehrlich gesagt *mag* ich Elisas Ideen. Ohne sie wäre ich nicht mit Jona hier, könnte ihm nicht so nah sein und würde nicht seit der ersten der unzähligen Aufnahmen immer wieder seine Hand auf meinem Arm, um meinen Rücken, an meiner Taille fühlen. Nach all den kleinen Krisen der letzten Tage fühlt sich das hier wie ein perfekter Traum an. Auch wenn es nur eine Inszenierung ist – Jona ist wirklich da. Ich kann die Wärme spüren, die von seinem Körper ausgeht, und sein Atem streift meine Wange.

»Ihr braucht euch nicht mehr so anzugucken, wir sind fertig«, teilt Jeremy uns mit.

»Die eine Sache müssen wir unbedingt noch probieren!«, protestiert Elisa.

Ich reiße meinen Blick von Jonas Augen los und versuche mich zu sammeln. »Aber nur noch eine letzte Runde, ja?«, bitte ich Elisa, obwohl ich eigentlich gar nicht aufhören will. »Es wird langsam spät und ich habe Eisfüße.«

»Welcher halbwegs normale Mensch zieht auch im Dezember ungefütterte Stiefel an?«, zieht Jona mich auf und nimmt nun leider seinen Arm weg.

»Sie passen eben perfekt zum Blazer.« Ich spiele mit dem Gedanken, mir den, wenn wir die Sachen später zum Sozialkaufhaus zurückbringen, wirklich zu kaufen. Dieser Bronzeschimmer und die eingeprägten Rankenmuster machen einen richtig edlen Eindruck. Ich könnte ihn auf der Weihnachtsfeier in der Kanzlei meiner Eltern tragen. Zu der ich laut meinem Couple Goal *Date zwischen Juristen* Jona mitbringe – noch weiß er leider nichts davon. So oder so, allein schon als Erinnerungsstück werde ich das Ding hüten wie einen Schatz.

Jona tritt vor mich und scannt mich mit seinem Blick von Kopf bis Fuß, obwohl er nach den geschlagenen anderthalb Stunden, die unser Shooting bereits dauert, genau weiß, wie ich in meinem Kostüm aussehe. Ob er auch weiß, dass er mich damit ganz kribbelig macht?

»Das ist allerdings das Einzige, was an diesem Outfit des Schreckens zusammenpasst«, urteilt er grinsend.

Na, er hat gut reden. Bei seinem Anzug musste ja nicht mehr viel kombiniert werden.

»Ich bin eben eine eigenwillig moderne Grafentochter. Sieh dir doch nur mal mein Pferd an.« Ich deute auf die skurrile Kunstinstallation hinter uns.

Jona lacht. *Ich* habe ihn dazu gebracht. Und ich möchte es wieder und wieder und wieder tun.

»Voll das gute Zufallsbild!«, ruft Elisa plötzlich, und wir zucken beide zusammen, weil wir gar nicht gemerkt haben, wie sie sich angeschlichen hat.

Jeremy kommt näher und sieht es sich auf dem Handydisplay an. »Echt cool. Ihr kommt total verliebt rüber.«

»Na, dann ist ja gut.« Jona zwinkert mir zu.

War das jetzt ein Oh-Mann-diese-Kinder-ey-Zwinkern? Ein Putzig-die-Kleinen-Zwinkern? Oder ein Tjaaa-das-liegt-daran-dass-es-nicht-nur-so-scheint-Zwinkern?

»Du siehst aus, als wärst du am Kopfrechnen«, meint er jetzt.

»So ähnlich«, sage ich. »Ich musste da gerade was analysieren.«

»Wenn du damit fertig bist, können wir dann endlich meine Idee ausprobieren?« Elisa hüpft von einem Bein aufs andere.

»Ich bin aber der Shooting-Leiter«, nörgelt Jeremy. »Du musst das erst mit mir besprechen!«

Jona holt schon Luft, um den drohenden Streit zu verhindern, doch Elisa zeigt sich ausgesprochen teamfähig und sagt, dass wir kurz warten sollen, während sie »eine Anhörung beim Shooting-Leiter« hat, bevor sie mit Jeremy ein paar Schritte weggeht. Offenbar werden bei ihr zu Hause Krimis geguckt.

Ich muss daran denken, wie furchtbar laut der Fernseher

aufgedreht war, als ich sie am Montagabend heimgebracht habe und sich niemand für ihre Ankunft interessiert hat. Wahrscheinlich haben weder ihre Eltern noch die Geschwister eine Ahnung, wie kreativ und einfallsreich sie ist.

Ich seufze. »Allein schon ihretwegen würde ich glatt zwei weitere Stunden hier vor mich hin frieren.«

Jona schaut zu den beiden Kindern, die angeregt miteinander diskutieren. »Ich auch.«

Worte schießen mir durch den Kopf, und ich weiß, die Gelegenheit, sie zu sagen, ist jetzt, und das noch höchstens fünf Sekunden lang. Aber traue ich mich das?

»Und deinetwegen natürlich«, fügt Jona hinzu.

Was exakt das war, was ich zu ihm sagen wollte.

Meint er es auch so, wie ich es gemeint hätte? Oder nur rein freundschaftlich?

»Ja ... äh ... hat mir auch voll Spaß gemacht mit dir und unseren beiden Experten«, stammle ich und möchte gleich danach am liebsten den Kopf in den Schnee stecken. Offenbar ist da drin eh schon alles weggefrostet.

»Also ...« Jeremy kommt zu uns zurückgestapft, Elisa im Schlepptau, und bewahrt mich vor weiteren Kostproben meiner unfassbaren Flirt-Unfähigkeit. »Ich stimme dem Vorschlag der Fotografin zu.«

Elisa streckt den Arm aus und deutet auf den großen Baum etwa zwanzig Meter rechts von uns. Seine Äste sind schneebeladen, was ihn noch eindrucksvoller erscheinen lässt. Er ist tatsächlich die ideale Märchenkulisse.

»Fräulein vom wallenden Haar und ihr Gefährte gestehen einander unter dem Ahorn der sehnsuchtsvollen Herzen ihre unsterbliche Liebe. In einem Schneeherzen.«

»In einem *was*?«, keuche ich. Das hat sie gerade nicht wirklich gesagt, oder? So ironisch kann mein Leben unmöglich sein – nicht nach dem »Doppeldate« mit Charlotte im Sozialkaufhaus auch noch mein Schneekussshooting!

»In einem Schneeherzen«, wiederholt Elisa geduldig. »Das male ich vorher mit einem Ast in den Schnee.«

»Richtig süße Idee!«, lobt Jona sie.

»Ja, auf so was wäre ich nie gekommen«, brumme ich. Ehrlich, das kann doch langsam nicht mehr mit rechten Dingen zugehen!

Elisa beginnt, nach einem Ast zu suchen, und weicht, als sie nicht fündig wird, auf ein großes Stück Rindenmulch vom gegenüber gelegenen Spielplatz aus.

Wir trotten zum Baum hinüber und sehen zu, wie sie damit ein überraschend schön geformtes Herz in den Schnee zieht.

Zwar sind überall drumherum jetzt ihre Fußstapfen zu sehen – daran hatte ich beim Planen damals gar nicht gedacht –, aber Elisa ist trotzdem zufrieden mit dem Ergebnis.

»Ihr müsst in die Mitte springen«, erklärt sie. »Damit ihr es innen nicht überall mit euren Schuhen zertrampelt. Okay?«

Ohne zu zögern, springt Jona ins Herz hinein und breitet die Arme aus. »Darf ich bitten?«

Er darf. Ich hole tief Luft und mache einen großen Satz. Jona fängt meinen Schwung ab und hält mich an den Armen fest.

»Danke«, sage ich etwas atemlos.

Schon wieder stehen wir ganz nah beieinander. Ich will, dass dieser Nachmittag nie zu Ende geht. Und, dass die nächste Regieanweisung lautet, meine Finger in dieser braunen Wuschelfrisur zu vergraben. Ich würde es sofort machen.

»Genau so bleiben bitte!«, ruft Jeremy.

Der Blitz von Elisas Handykamera leuchtet auf; es beginnt allmählich zu dämmern.

»Jetzt fühle ich mich fame«, murmele ich. Ich weiß, dass ich Jona für die Fotos weiter direkt anschauen sollte, aber es fällt mir gerade schwer, seinem Blick standzuhalten.

Elisa müht sich in der Zwischenzeit damit ab, einen Winkel zu finden, aus dem das Herz überhaupt erkennbar ist.

»Mundbewegungen machen, Jona«, ordnet Jeremy an. »Du erklärst dem Fräulein jetzt deine Gefühle oder so!«

Jona versucht, die Anweisung zu befolgen, was uns beide in Gelächter ausbrechen lässt. Es ist einfach zu komisch, wie er mir stumm wie ein Fisch »seine Gefühle oder so« erklärt.

Blitz, Blitz.

Nach etwa zwanzig weiteren Bildern sind die zwei schließlich zufrieden.

»Lasst uns gehen«, meint Elisa und marschiert mit Jeremy los.

»Okay«, sage ich und nehme schweren Herzens die Hände von Jonas Schultern. Gerade will ich einen Schritt zurücktreten, da hält er mich sanft am Ellbogen zurück.

»Ki«, sagt er. Sonst nichts.

In meinem Bauch flattert ein ganzer Schwarm Winterfalter wild durcheinander.

Ich wage es, ihm tiefer in die Augen zu sehen, als ich das während des ganzen Shootings getan habe.

Jona legt die Hand an mein Kinn. Meine Gedanken krachen rasend schnell ineinander und ergeben keinen Sinn mehr. Ich beuge mich vor und …

Etwas Kaltes trifft mich, fällt mir auf den Kopf, die Schultern, die Arme und in den Nacken. Ich höre mich schreien, und auch Jona gibt einen Schreckenslaut von sich.

Schnee, teilt mir mein Hirn verzögert mit. *Der Baum hat gerade eine Astladung Schnee auf euch gekippt.*

Super Timing, Baum.

»Woah.« Ich schüttele mich. Der Teil des Schnees, der mir in den Kragen gerieselt ist, schmilzt auf meiner Haut und läuft mir den Rücken runter.

»Ich fass es nicht«, sagt Jona. »Was für ein Glück, dass es nicht so viel war wie bei einer Dachlawi…«

Wuuuuuuusch!

Eine zweite Fuhre geht auf uns nieder, und ich kreische erneut auf.

»Nichts wie weg hier!« Jona greift nach meiner Hand und zieht mich aus unserem ruinierten Schneeherzen raus.

»Alles gut?«, fragt er, sobald wir in sicherer Entfernung sind, und lässt mich los.

»Ja.« Außer dass da eben fast etwas passiert wäre, was mein Leben verändert hätte, und ich stattdessen schneegeduscht wurde.

Wir starren einander an, und ich bin plötzlich unglaublich verlegen. Ich lasse mir meine Haare wie einen Vorhang vors Gesicht fallen und kämme mit den Fingern die Flocken weg.

»Elisa hat megaschnell reagiert!«, ruft Jeremy, offenbar ehrlich begeistert von ihren Reflexen. Er kommt zu uns zurückgerannt. »Sie hat genau in dem Moment ein Foto gemacht, als die zweite Ladung runterkam.«

»Großartig«, sage ich, werfe meine Haare zurück und beeile mich, den Schnee auch vom Blazer zu klopfen. Wer weiß, ob der Stoff die Nässe verträgt.

Jona sortiert zwei meiner Strähnen wieder auf die richtige Scheitelseite. Als wäre es das Natürlichste auf der Welt, dass er das tut.

Wir hätten uns fast geküsst, wir hätten uns fast geküsst, wir hätten uns fast ...

»Komm«, sagt er und legt mir die Hand auf den Rücken. Sie bleibt dort, auf dem ganzen Weg zurück zum Sozialkaufhaus.

Dort angekommen sichten wir zu viert um Jonas Laptop versammelt die Ergebnisse des Shootings. Meine Winterfalter haben sich noch nicht wieder ganz beruhigt und kitzeln meinen Magen die ganze Zeit mit ihren Flügeln.

Stolz präsentiert uns Elisa ganz zum Schluss das Baumlawinenbild. Jetzt im Nachhinein ist es wirklich zum Schießen. Mit erschrockenen Gesichtern halten Jona und ich die Hände über die Köpfe, während der Schnee auf uns hinabrauscht und in alle Richtungen in der Luft zerstäubt.

»Das muss ich mir unbedingt im Großformat drucken lassen«, sagt Jona. »Vielleicht rahme ich es sogar.«

»Mach das unbedingt«, sage ich nur und grinse in mich hinein.

Kapitel 22

»Valeska meinte, du hast Gesprächsbedarf.« Manuel wirft mir einen Blick von der Seite zu, während wir auf die Eingangstür zugehen.

»Ach, das hat sie gesagt?« Mein Tag hat eine unerwartete Wendung genommen: Eigentlich wollte ich nach Shooting und Schneeherzlawinen einen ruhigen Abend zu Hause verbringen und in wohlig warmem Badewannenwasser vor mich hin träumen. Stattdessen bin ich Manuels spontaner Einladung gefolgt, ihn zur Krippenausstellung zu begleiten, bei der auch einige Krippen seines Vaters zu sehen sind. War seine Frage also nur ein Vorwand, um mich im Auftrag meiner besten Freundin zum Reden zu bringen? Ein bisschen mehr Geduld hätte Valeska schon mit mir haben können. Ich hatte ja vor, mit ihm zu reden!

»Sie meinte, du hättest ein Problem, bei dem du den Blickwinkel eines Kerls brauchen könntest. Und außerdem haben wir beide in letzter Zeit kaum was zusammen unternommen.«

Ich will schon sagen, dass ein Ausstellungsbesuch nicht die richtige Gelegenheit ist, doch dann überlege ich es mir anders. Vielleicht ist es gar nicht schlecht, wenn wir das Thema sozusagen nebenbei anschneiden.

»Nicht unbedingt in erster Linie den Blickwinkel eines Kerls, sondern den meines besten Freundes.«

Wir geben unsere Jacken an der Garderobe ab und betreten den Ausstellungsraum. Es scheint in der Region sehr viele Krippenbauer zu geben, über hundert Krippen gibt es hier zu sehen. Sie stehen auf langen Tischen an der Wand und weiteren in der Mitte des großen Raums.

»Also?«, fragt Manuel auffordernd, als wir am linken Rand mit unserem Rundgang beginnen.

»Es geht um ... Beziehungskram.«

»Ha! Ich wusste es!«

»Woher?« Ich gehe in die Hocke, um ein besonders schönes Kamel genauer betrachten zu können. Einer der Weisen kniet an der Krippe mit dem winzig kleinen Baby darin. Ich glaube, Holzfiguren zu bemalen, würde mir auch Spaß machen.

Manuel legt mir eine Hand auf die Schulter. »Man merkt es, wenn die beste Freundin verliebt ist.«

»War ich aber doch noch nie.«

»Eben. Du starrst normalerweise nicht abwesend in die Gegend und lächelst vor dich hin.«

Ich erhebe mich wieder und wende mich der nächsten Krippe zu, die mit getrocknetem Moos ausgelegt ist. Hier sitzt die Familie neben dem Futtertrog – Josef hinter Maria, eine kleine Laterne in der Hand, das Jesuskind auf ihrem Schoß.

Das süßeste Eselchen, das man sich vorstellen kann, beäugt das Stroh in der Krippe, als würde es sich fragen, ob es davon fressen darf.

»Und wer ist der Glückliche?«

Ich beiße mir auf die Lippe und gebe vor, mich plötzlich wahnsinnig für die Konstruktion des Stalldachs zu interessieren.

Also hat Valeska dichtgehalten.

Ich gebe mir einen Ruck. »Jona«, murmele ich.

Manuel zieht scharf die Luft ein, doch dann nickt er nur.

Ich trete zur nächsten Krippe, die wirklich etwas ganz Besonderes ist: Es ist eine große Engelsfigur, in deren nach vorne offenem hohlen Rock des weißen Gewands sich die Stallszene befindet.

»Ich hab mir das ja nicht ausgesucht.« Keine Ahnung, warum ich das Gefühl habe, mich verteidigen zu müssen.

»Der ist nicht so leicht zu knacken«, meint Manuel hinter mir. »Zumindest danach zu urteilen, dass er immer noch zu haben ist, obwohl ihm – unerklärlicherweise, wenn du mich fragst – echt genug Herzen zufliegen. Vielleicht merkt er es nicht mal.«

Wir kommen zu einer sehr kleinen Krippe auf einer Baumscheibe. Hier gefällt mir besonders das kleine Lamm, das im Stroh liegt.

»Das glaube ich auch.« Ich beginne ihm von all den verwirrenden Signalen zu erzählen, die Jona vielleicht oder vielleicht auch nicht sendet. Davon, wie schwer es ist, den Ton zwischen uns richtig einzuordnen, und von Charlotte, von der ich hoffe, aber nicht sicher sein kann, dass sie kein Thema mehr ist.

Als mein Redeschwall verebbt, merke ich, dass zwei Frauen, die gerade ein paar Schritte weiter vor einer der Krippen von Manuels Vater stehen, in meine Richtung grinsen. Offenbar habe ich sie gerade gut unterhalten. Peinlich berührt schaue ich weg.

»Die ist auch toll«, sage ich, auch wenn ich das Ausstellungsstück vor meiner Nase noch keines Blickes gewürdigt habe. Ehrlich gesagt trifft sie gar nicht meinen Geschmack – die Hirten gucken so trübselig.

»Ach, Ki.« Schon wieder legt Manuel mir seine Hand auf die Schulter. Als ob ich getröstet werden müsste, weil ich Jonas Freundin sein will.

»Hältst du es für so hoffnungslos?«, frage ich.

Er schüttelt den Kopf. »Für mich klingt es, als wüsste er umgekehrt genauso wenig, was du willst oder nicht willst. Oder er ist gar nicht auf der Suche, weil er sich um so viel anderes 'nen Kopf machen muss. Da kann es ja gut sein, dass er einfach nicht auf die Idee kommt, dich ... na ja, andererseits passt das heute dann nicht dazu. Ich war nicht dabei, aber so, wie sich das angehört hat, war er ja wirklich froh, dich an Charlottes Stelle dazuhaben.«

Und außerdem hat er mich fast geküsst. Das Detail habe ich ausgelassen, weil ... War das wirklich so? Wollte ich es nur so sehr, dass ich es mir eingebildet habe? Nein, oder?

»Wie schön, dass ihr zwei hier seid!« Manuels Vater stößt zu uns und unterbricht unser Jona-Gespräch fürs Erste.

Er gibt uns eine Privatführung, zeigt uns ein paar Details an den Figuren, die er besonders gelungen findet, und erzählt mir ein bisschen von seinem Vorgehen beim Krippenbauen.

Manuel kommt erst auf Jona zurück, als wir die Ausstellung schließlich verlassen und sein Vater an einem der Weihnachtsmarktstände ansteht, um uns Schokoäpfel auszugeben.

»Wenn du meinen Rat willst: Riskier was. Ich versteh, dass du Angst hast. Aber nur so erfährst du, woran du bist. Wenn er deine Gefühle nicht erwidert, kannst du nichts daran ändern. Du hast nicht mehr zu verlieren, wenn du es jetzt drauf ankommen lässt.«

»Meinst du nicht, mehr Zeit mit mir würde ihn eher überzeugen? Am Ende verbaue ich mir eben doch meine Chance.«

Wir sehen zu, wie die Standverkäuferin einen Apfel mit Vollmilchüberzug und einen mit weißer Schokolade über die Theke reicht.

»Na gut, du hast schon recht, schlimmstenfalls geht er auf Abstand. Allerdings glaube ich nicht wirklich, dass du es dann sehr viel schwerer hättest, ihn doch noch für dich zu gewinnen, als wenn du weiterhin alles für dich behältst.«

Ich bin mir da ganz und gar nicht sicher. Bei mir war es schließlich auch so: Zuerst war ich super verknallt, aber fast komplett aus dem Bauch heraus. Jetzt, wo ich immer mehr Seiten von Jona kennenlerne, geht es tiefer. Ich fange an, nicht mehr bloß für ihn als süßesten Jungen an der Schule zu schwärmen, sondern für ihn. Für ihn als Bruder der Zwillinge, als Adventsaktionshelfer, als Lebkuchenherzschenker, als *Menschen.* Und genau deswegen habe ich mittlerweile eben doch richtig viel zu verlieren.

Mission Wintermärchen: »Tanz in die Weihnacht«

Verfasst am: 19. November
Gehört zu: Projektziel B
Couple Goal: Tanzen zu Kuschelweihnachtssong
Beteiligte: Jona und ich
Erfüllungsort: Wohnzimmer (seins oder meins)

Anmerkungen:

Hier ist die traurige Wahrheit: Ich konnte noch nie viel mit Weihnachtssongs anfangen. Die schreien meist so nach Heile-rosarote-Kerzenscheinwelt – also nicht auf eine Art, die mir gute Laune macht oder mich auch nur irgendwie berührt. Es gibt allerdings ein Aber. Eins, das natürlich – wie sollte es auch anders sein? – mit Jona zu tun hat. Denn ich möchte gern mit ihm tanzen. In adventlichem Ambiente zu passender Schunkelmusik. Mir ist noch nicht ganz klar, wie sich dieses Couple Goal umsetzen lässt. So eine Situation bewusst herbeizuführen, wäre doch zu inszeniert. Allerdings ist es sicher nicht so unwahrscheinlich, dass sich eine passende Gelegenheit ergibt, oder? Auf Pärchen warten doch praktisch überall romantische Momente – man muss nur die Augen oder, in diesem Fall, die Ohren offen halten.

Vielleicht wird es am Ende eben doch nicht das Wohnzimmer, sondern passiert spontan vor einer Bühne auf dem

Weihnachtsmarkt, bei der Kanzlei-Party meiner Eltern oder, oder, oder …

Ich tanze gern, aber ich hab es noch nie eng umschlungen getan, auf diese Art, die eher eine Umarmung in Bewegung ist.

Die Wärme von Jonas Hand auf meinem Rücken oder in meinem Nacken, sein Herz, das ganz nah an meinem schlägt, mein Gesicht in seiner Halsbeuge – mehr muss ich wohl nicht dazu sagen. Diesen ersten Tanz unserer Liebesgeschichte werde ich garantiert mein Leben lang nicht vergessen.

Kapitel 23

Ringeling-ling-riiiiiing, ringelliiiing …

Das ist nicht mein Weckerklingeln. Es ist ein Anruf. Wer ruft mich so früh an?

Ich spähe verschlafen auf mein Handy, das am Boden neben dem Bett liegt.

Ah, Jona. Ich träume also noch. Wie schön. Aber wenn das so ist, sollte ich auch rangehen. Ich angle unkoordiniert nach dem Smartphone, bis ich es zu fassen kriege und den Anruf annehmen kann.

»Morgen?«, hauche ich.

»Hey, Ki, hast du schon rausgeschaut?«

»Hm, neeee? Sollte ich? Stehst du vorm Fenster?«

»Ob ich …? Nein, ich mein, wegen des Schnees.«

Ich stütze mich auf den Ellbogen hoch, und als das noch nicht ausreicht, um vernünftig nach draußen gucken zu können, robbe ich als eingemummelter Deckenhügel ein Stück auf der Matratze vor und recke mich. Tatsächlich – die parkenden Autos sehen aus wie Gespenster, die auf dem Bauch schlafen, und abgesehen von der Straße liegt über allem eine Schneedecke. Es muss die ganze Nacht durchgeschneit haben, so dick, wie sie ist, und auch jetzt im Moment fallen immer noch dicke Flocken vom Himmel.

»Bist du wieder eingeschlafen?«, fragt Jona.

»Nein, ich sehe mir den Schnee an, wegen dem du mich angerufen hast.« Was er eigentlich wirklich nur in einem Traum tun würde, weil es keinen Sinn ergibt – aber mein Handy und die warme Decke sind eindeutig echt.

»Na ja, ich habe dich auch deshalb angerufen, weil ... die Indoor-Spielegruppe von Leila und Kristin spontan zur Schneespielgruppe wird. Da sie dann draußen auf die Rasselbande aufpassen müssen, könnten sie noch Hilfe gebrauchen.«

Würde er mich fragen, wenn er selbst nicht dabei wäre? Er ruft ja nicht für Leila an, oder?

»Kommt Charlotte?«, frage ich. »Ich schätze, sie hasst mich jetzt, und ich fände es eher unschön, wenn sie mir mit einem Eiszapfen den Hals aufschlitzen würde.« Nach gestern mache ich mir wenig Sorgen, dass er sie zuerst eingeladen hat, aber vielleicht wurde ihm das ja aufgetragen. Vielleicht war es gar nicht seine Idee, mich zu bitten?

»Kannst du dir vorstellen, wie *Charlotte* sich im Schnee wälzt?«, fragt er zurück.

Für ihn würde sie das womöglich schon machen, aber das sage ich natürlich nicht. Außerdem hat sie es ja nicht mal geschafft, über ihren Schatten zu springen und für ihn ein märchenhaftes Secondhand-Outfit zu tragen.

»Du hast nicht erwähnt, dass das die Hauptaktivität werden soll. Aber schön, dass du dir vorstellen kannst, wie *ich* mich im Schnee wälze.«

»Klar, wie eine witzige Ki-Robbe.«

»Dieses Gespräch wird gerade seltsam.«

Er lacht, und so nah an meinem Ohr hat es eine noch krassere Gänsehautwirkung als sonst. Das würde nur noch direkt am Ohr und live toppen.

»Also, kommst du?«

Was für eine überflüssige Frage.

* * *

Zwischen den eingeschneiten Schaukeln, dem Sandkasten und dem Rutschenhäuschen toben bereits acht Kinder herum, als ich dazustoße, von denen ich tatsächlich noch keins vom Backen oder Basteln kenne.

Wahrscheinlich wäre ich selbst nie auf die Idee gekommen, auf einem *Spielplatz* im Schnee zu spielen – und hätte deshalb auch nie drüber nachgedacht, wie risikoreich ein vereistes Drehkarussell oder gefrorener Sandkastensand sein können ... Aber mit Oskar, Jona und mir haben wir immerhin schon fast eine Aufsichtsperson pro Kind. Oskar ist schon neunzehn und hat damit die Hauptverantwortung – ich beneide ihn nicht.

»Wir teilen uns in Teams auf und jedes davon übernimmt ein Spielgerät«, erklärt Leila. »Überlegt euch, was ihr bauen wollt – wenn ihr im Sandkastenteam seid, zum Beispiel eine Schneeburg auf dem Sand.«

Sie teilt die Gruppen ein und ich zucke zusammen, als sie Jona und mich zum Schaukelteam ernennt und ich sehe, wie er ihr einen vorwurfsvollen Blick zuwirft. Hat er keine Lust, heute wieder was mit mir gemeinsam zu machen?

»Sie kann's echt nicht lassen«, murmelt er dann auch noch, als er neben mich tritt.

»Nervt es dich denn so hart, mein Teampartner zu sein?«

Huch, das wollte ich eigentlich nicht laut sagen.

Fast schon erschrocken sieht er mich an. »Was? Nein!« Er

senkt die Stimme. »Meine Freunde neigen nur leider dazu, ständig zu denken, sie müssten mir einen Schubs geben. Wenn ich ein Mädchen mag, kann ich ihr das ja wohl ohne Hilfe zeigen.«

»Mir?« *Meine Güte, jetzt reiß dich mal zusammen! Was soll er denn denken?*

Keine Überraschung, dass Jona jetzt ein bisschen irritiert guckt. Dann verändert sich sein Blick, deuten kann ich ihn allerdings nicht genau.

»Zum Beispiel«, sagt er.

Und das macht mir spontan so viel Mut, dass meine nächsten Worte keine Ausrutscher mehr sind: »Dann ist es vielleicht eher so, dass deine Freunde dir gute Gelegenheiten verschaffen.«

Für »uns« statt »dir« hat der Mut dann doch noch nicht gereicht.

Drei kleine Jungs gesellen sich zu uns und beenden unser Gespräch.

Bei den Schaukeln entscheiden wir uns für den Vorschlag von Henri, unserem mit sieben Jahren jüngsten Gruppenmitglied im Dino-Schneeanzug: Wir werden eine Schneemannmami bauen, die ein in der Kleinkinderschaukel sitzendes Schneemannkind anschubst. Ich hoffe, das hält überhaupt auf dem Sitz.

Henri und ich machen uns auf die Suche nach Ästen für die Arme und Beine sowie Steine für die Gesichter. Jona und Henris großer Bruder Laszlo sowie Jarek, der Dritte im Bunde, rollen derweil die Kugeln für die Körper.

Es läuft gut, und am Ende kann sich unsere Schaukelszene wirklich sehen lassen. Aber auch der Yeti auf dem Karussell von Kristins und Leilas Team und das Sandkastenschloss von Oskar und seinen zwei Baupartnerinnen sehen toll aus.

Wir machen Fotos von unseren Kunstwerken mit und ohne uns, und schon werden die Kinder wieder abgeholt.

Zum Schluss sind nur noch wir fünf Helfer übrig, und alles sieht schon nach Abschied aus, als Kristin mit einem Schneeball auf Leila feuert und damit eine Schlacht eröffnet.

Wir jagen uns gegenseitig über den Spielplatz, natürlich immer darauf bedacht, mit unseren Geschossen nicht die Schneekunstwerke zu gefährden.

Oskar ist mir dicht auf den Fersen, da trifft ihn ein Schneeball von Leila am Rücken, und ich schaffe es, vor ihm hinter der Rutsche in Deckung zu gehen. Ich bücke mich und forme mit der Hand meine nächste kalte Gegenwehr.

»Hey, hier ist *mein* Geschützturm!«

Ich richte mich wieder auf und lächle Jona friedfertig an. »Oh, sorry, hab dich gar nicht bemerkt. Wir könnten doch ...« – ich trete ein Stück näher, immer noch lächelnd – »... vielleicht Verbündete werden.«

Ich nutze den Moment, in dem er meinen Vorschlag verarbeitet, um ihm meinen Schneeball blitzschnell in den Kragen zu schieben.

»Wooooa, Kimara! Ab jetzt kenn ich keine Gnade mehr!« Er schüttelt sich heftig, doch ist nicht lang genug außer Gefecht gesetzt. Ich habe keine Chance, schon hat er mich gepackt, und während ich kreischend zu entkommen versuche, ringt er mich zu Boden. Auf einmal schwebt sein Gesicht direkt über meinem, und ich erstarre, sodass er mich nicht mal mehr mit seinem Griff fixieren muss. Teuflisch grinsend nutzt er die Gelegenheit, um von beiden Seiten Schnee an meine Wangen zu pressen. Mein Quietschen ruft Kristin auf den Plan, die nun eine Attacke auf Jona startet.

Schwer atmend liege ich auf dem Rücken und bekomme einen Lachanfall – der unterbrochen wird, als Leila mich findet und meinen Bauch unter Beschuss nimmt.

Die Schneeballschlacht endet einige Minuten später, weil alle ausgepowert und durchgeweicht sind. Sogar durch meinen Jeansstoff dringt an einigen Stellen schon die Nässe.

Wir einigen uns auf ein Unentschieden und verabschieden uns. Ich bin schon gut hundert Meter vom Spielplatz entfernt, als ich Schritte hinter mir höre.

»Willst du so in den Bus?«, fragt Jona und schließt zu mir auf.

Wieso folgt er mir? Hoffnung streckt ihre Fühler nach meinem Herzen aus.

»Nee, ich schau bei meinen Großeltern vorbei. Die wohnen hier ganz in der Nähe, und ich brauche gerade dringend einen Platz an der Heizung.«

»Ah! Meinst du ... Also ... Kann ich vielleicht mitkommen?«

Im Gehen stößt seine Hand meine an. War das ein Versehen? Absicht? Da, schon wied... Diesmal greife ich einfach zu.

Seine Finger drücken meine, irgendwo in der Mitte zwischen fest und sacht.

»Klar, komm mit!«, sage ich souverän. Dabei ist meine Welt gerade komplett in Aufruhr, und alles Winterweiß scheint in tausend Farben zu zerbersten, nur, weil er mich seine Hand halten lässt.

Kapitel 24

»Kimara!« Meine Oma steht in Hauskleid und Pantoffeln auf der Fußmatte, die silbergrauen Haare zu ihrem typischen Dutt frisiert, und strahlt erst mich und dann Jona an. »Ist das dein Freund?«

Dabei haben sich unsere Hände schon am Gartentor getrennt.

»Nicht, dass ich wüsste«, murmle ich, gleichzeitig antwortet Jona: »Bislang nicht.«

»Bislang nicht« wie in *»Haha, natürlich nicht, never ever!«* oder wie in *»Hoffentlich bald«*?

Letzteres. Es muss einfach Letzteres sein, denn wieso würde er sonst jetzt neben mir stehen? Wir sind über den Punkt hinaus, an dem ich alles meiner bloßen Fantasie zuschreiben könnte.

»Wir haben etwas viel Schnee abbekommen«, beeile ich mich, die Stille zu füllen, bevor sie unangenehm werden kann. »Da dachte ich, wir wärmen uns bei euch kurz auf, bevor wir nach Hause fahren.«

»Guter Gedanke«, sagt Oma und hält uns die Tür einladend weit auf. »Zu eurem Glück habe ich gerade mein berühmtes Früchtebrot gebacken – und dein Opa hat Feuer im Kamin gemacht.«

Während wir im Flur unsere Jacken aufhängen, holt sie zwei Paar ihrer selbst gestrickten Gästesocken. Zwei Handtücher bringt sie auch mit, damit wir uns erst mal die Füße abtrocknen können, bevor wir sie anziehen.

»Sehr hübsch«, meint Jona und betrachtet das weiß-blaue Wellenmuster der für ihn bestimmten Socken, bevor er sie anzieht.

Womit er sich gerade einen Platz in Omas Herzen gesichert hat. Dementsprechend serviert sie ihm, kaum dass wir das Wohnzimmer betreten haben, ein besonders fettes Stück Früchtebrot.

Ich kann nicht so richtig realisieren, dass wir jetzt zusammen hier sitzen, er und ich auf dicken Kissen vor dem Kamin, die Teller auf dem Schoß, Opa und Oma schräg neben uns auf dem Sofa.

Opa hat uns Kakao gemacht, über seine Surround-Anlage läuft Weihnachtsmusik aus dem Radio, und wenn ich mich ein bisschen selbst belüge, könnte das hier die Verwirklichung meines Wintermärchens sein. Oder was heißt belügen – womöglich ist es ja tatsächlich Teil davon.

Jona erzählt von unserem schaukelnden Schneemännchen, und Opa und Oma sind ganz begeistert, als ich ihnen die Fotos auf meinem Handy präsentiere. Überhaupt sind sie Feuer und Flamme für die *Aktion Adventsgefühle* und versprechen, auch zum Basar zu kommen. Unglaublich, dass der schon in drei Tagen ist!

»Oh!«, ruft Oma aus, als ein neuer Song anläuft. »Der *Merry Christmas Waltz*! Schatz?«

Opa lässt sich nicht zweimal bitten. Er wuchtet sich aus dem Sofapolster hoch und zupft den ausgeleierten Saum seiner Lieblingsweste zurecht, die er über seinem Hemd trägt – als würde er sich für einen großen Auftritt bereit machen.

Und dann sehen Jona und ich von unseren Plätzen am Feuer aus zu, wie meine Großeltern einfach hier im Wohnzimmer Walzer tanzen. Es ist ein wirklich bezaubernder Anblick. Die beiden sind mittlerweile langsam, wie ganz alte Leute das eben sind, aber gerade das macht die Tanzeinlage so rührend. Und man merkt ihr an, wie oft die zwei schon miteinander getanzt haben. Viele, viele Male.

Mir wird warm ums Herz, und als ich Jonas Hand in meinem Rücken spüre, pocht es viel schneller als der Walzertakt. Sie wandert ein Stück hoch und dann wieder tiefer, auf und ab, auf und ab, ein ruhiges, zärtliches Streicheln. Ich schließe die Augen und lasse mich ein bisschen zurücksinken, gegen ihn. Jona stützt sein Kinn auf meine Schulter.

Könnte jemand diesen Moment anhalten, für ein Jahr oder länger? Bitte?

»Das ist jetzt aber eher was für die Jugend«, meint meine Oma, als das Stück endet und rockige Töne das Wohnzimmer erfüllen. »Und wunderbar zum Aufwärmen!«

»Na, ich weiß nicht«, meine ich lachend, aber da ist der Druck von seinem Kinn auch schon von meiner Schulter verschwunden und Jona steht mit ausgestreckter Hand vor mir.

»Meine Zehen sind immer noch kalt«, behauptet er. »Könnte echt helfen.«

Ich wäre verrückt, wenn ich mich weigern würde, also lasse ich mich von ihm hochziehen und beginne probehalber mit ein paar sehr dezenten Moves.

Jona schlittert bei einem seiner Schritte deutlich weiter, als er es wahrscheinlich geplant hatte, und ich höre Oma mit halbem Ohr über Stoppersocken philosophieren.

Wir hüpfen uns mehr warm, als dass wir tanzen, wirbeln

umeinander herum und lachen schließlich beide so heftig, dass allein das schon unsere ganzen Körper in Bewegung versetzt.

»Und jeeeeetzt: *Snowflakes of Love*«, verkündet der Radiomoderator, und die Beats wummern davon und gehen in sanftere Klänge über. Kuschelklänge.

»Komm, Norbert«, sagt meine Oma. »Wir müssen nachsehen, ob wir noch Gummi-Textilfarbe haben.«

»Ob wir …?«

»Jetzt komm schon!«

Die beiden verlassen ohne auch nur einen weiteren Blick zu Jona und mir das Zimmer, und ich blicke ihnen kopfschüttelnd nach.

»Sieht so aus, als ob nicht nur Leila uns verkuppeln will«, meint Jona und wiegt sich von einem Fuß auf den anderen, das freche Grinsen im Gesicht, das ich so mag.

Dann breitet er die Arme aus. »Also, was ist?«

»*Winter bliss when we kiss …*«, schmettert die Stimme der Sängerin aus den Lautsprechern.

»Ist das dein Ernst?« Ich verdrehe die Augen über mich selbst, was bei Jona für ein Stirnrunzeln sorgt. »Nein, nein!«, beeile ich mich richtigzustellen und merke, dass ich mich nur noch mehr reinreite. »Das Augenrollen war auf mich selbst bezogen. Ich …« Ich sollte einfach aufhören, hier herumzustottern. Das geht alles von der Laufzeit des Songs ab. Bei meinem Glück spielen sie danach *In der Weihnachtsbäckerei* oder so was.

Also wage ich es einfach und begebe mich in Jonas Arme, bevor er sie wieder sinken lassen kann.

Fast knallen wir mit den Köpfen zusammen, bevor wir Ohr

an Ohr sind und mit dem Schunkeln beginnen, ein Pendel, das sich erst noch einschwingen muss. Jonas Haare kitzeln mein Gesicht, seine Hände liegen an meinen Seiten, und irgendwie riecht er nach Lagerfeuer. Könnte am Kaminfeuer liegen.

Wir drehen uns um uns selbst, fast so langsam wie meine Großeltern vorhin, linker Fuß, rechter Fuß, hin und her. Erst, als Jona ein kleines Schnaufen von sich gibt, geht mir auf, dass ich ihn mittlerweile vielleicht etwas zu fest an mich drücke, und ich lockere meinen Griff. Er zieht den Kopf zurück, und ich fürchte schon, jetzt ist es vorbei, aber dann spüre ich seine Wange an meiner, warmes Glühen an warmem Glühen.

Ich versinke vollkommen im Moment und diesem Glücksgefühl in mir. Vielleicht werde ich später ausrasten, dass das hier passiert ist. Aber nicht jetzt. Jetzt ist es einfach da.

Der nächste Song – *From a Distance* von Bette Midler in der Christmas-Version – ist auch einigermaßen schunkelgeeignet, und selbst als der danach nicht wirklich Kuschelstimmung verbreitet, tanzen wir einfach weiter, als wäre es anders.

»Das hier geht auf jeden Fall als Sternstunde in die Geschichte ein«, murmelt Jona irgendwann, und ich wette, er kann mein Lächeln an seiner Wange spüren.

Mission Wintermärchen: »J & K on Ice«

Verfasst am: 21. November
Gehört zu: Projektziel B
Couple Goal: Schlittschuhlaufen zu zweit
Beteiligte: Jona und ich
Erfüllungsort: Eislaufhalle

Anmerkungen:
Dieses Couple Goal spricht eigentlich für sich: Am Schlittschuhlaufen führt kein Weg vorbei, wenn man eine romantische Weihnachtszeit erleben will.

Wie genau sich dieses Date gestaltet, hängt natürlich davon ab, ob Jona Schlittschuh laufen *kann*, und wenn ja, wie gut. Ich selbst bin zwar schon ein paar Mal auf dem Eis gewesen, kann jetzt aber keine besonderen Figuren laufen oder so. Ich bin froh, wenn ich auf den Füßen bleibe. Wobei es für mein Wintermärchen zwar etwas klischeehaft, aber trotzdem ganz süß wäre, falls Jona mir ein wenig Halt geben muss. Sollte ich merken, dass er ein ziemlich sicherer Eisläufer ist, kann ich mich ja vielleicht sogar ein wenig unbeholfener anstellen, als ich bin – damit ich mich dann zwischendurch mal an ihm festhalten darf.

Den einen oder anderen Kuss würde ich natürlich auch nehmen, je nachdem, wie viel Betrieb auf der Fläche ist ...

Nachtrag (Freitag, 9. Dezember, 8:32 Uhr):

Die schlechte Nachricht: Jona und ich sind *immer noch* kein Paar und gehen bloß als Aktionshelfer mit einigen der Kinder Schlittschuh laufen. Die gute: Vielleicht sind wir inoffiziell schon ein Paar. In den letzten Tagen ist so viel passiert zwischen uns, ohne dass wir darüber geredet hätten, was es bedeutet. Ich war bei ihm zu Hause, er bei mir, dann war da der Fast-Kuss unterm Baum, das kurze Händchenhalten, der Tanz. Der Tanz!!! Und als wir uns gestern nach dem Besuch bei Opa und Oma voneinander verabschiedet haben, hat Jona mich auf eine Art angesehen, als ob ich alles für ihn wäre.

Ich weiß klarer als je zuvor, dass ich ihn liebe. Und nach all der Ungewissheit bin ich endlich so gut wie sicher: Er empfindet genauso für mich. Und deswegen könnte das Eislaufen nun zu dem einzigartigen Augenblick führen, in dem Jona und ich endlich zusammenkommen. Heute könnte sich mein ganzes Leben ändern!

Kapitel 25

Endlich habe ich Grund, gleich nach dem Aufstehen glücklich vor mich hin zu summen. Ins Bad zu tanzen und mich dort weitersummend für den Tag fertig zu machen. So breit grinsend zu frühstücken, dass das Kauen fast schon anstrengend wird und meine Wangenmuskeln leicht schmerzen.

Es gibt keinen Raum für Interpretationen mehr. Jona und ich werden wirklich zusammenkommen. Womöglich sind wir das sogar schon. Ich hab noch nie verstanden, wann genau der Übergang von Nicht-Paar zu Paar stattfindet. Spricht man das ab? Oder ergibt sich das von allein und irgendwann weiß man es einfach?

Jona will mich gleich abholen, und wir fahren dann zusammen mit dem Bus zur Eishalle. Denn heute steht das vielleicht erste Couple Goal auf dem Programm, das ich als seine Freundin – oder zumindest Bald-Freundin – erleben werde. Dass ein Haufen Kinder dabei sein würde, war zwar nicht Teil des Plans, aber die sind ja mittlerweile sowieso schon fast Pflicht. Und was soll's? Es wären in jedem Fall andere Menschen mit auf dem Eis gewesen. Außerdem könnte es ganz süß sein, wenn Jona und ich eins von den jüngeren Kindern zwischen uns nehmen und es von beiden Seiten stützen. Ich schätze, nicht alle hatten schon die Gelegenheit, Schlittschuhlaufen zu lernen.

Ich schwelge so sehr in den Erinnerungen, die wir heute

erst machen werden, dass ich noch gar nicht startklar bin, als Jona an der Tür klingelt.

»Ki tagträumt noch am Esstisch«, höre ich meine Mutter im Flur zu ihm sagen.

»Stimmt nicht, ich bin schon so gut wie fertig!«, rufe ich schnell und rase noch mal kurz ins Bad. Wo ich vor dem Spiegel mit meinem Labello in der Hand beim Herumträumen glatt noch mal wertvolle Sekunden verliere.

»Ki? Der Bus fährt gleich!«, ruft Jona durchs Haus.

»Kleinen Moment noch!« Hektisch öffne ich den Pflegestift und gönne zuerst Ober- und dann Unterlippe eine Schnellbehandlung damit. Drei letzte Bürstenstriche, dann bin ich bereit.

Ich biege um die Ecke, und obwohl ich ja wusste, dass er dort stehen würde, lässt mich Jonas Erscheinung innehalten.

Eine dunkelgrüne Mütze drückt ihm die braunen Strähnen in die Stirn, und zusammen mit dem Da-ist-sie-ja!-Gesicht ist das einfach ein bisschen überwältigend. Er hat den Reißverschluss seiner Jacke aufgezogen, weil es bei uns selbst im Hausflur tropisch warm ist – meine Mutter ist eine totale Frostbeule –, und nach einem kurzen Zögern nutze ich die Chance, ihn zur Begrüßung zu umarmen und dabei meine Hände unter der Jacke auf seinen Rücken zu schieben. Himmel, das fühlt sich *so* gut an.

»Hi«, murmelt er. »Ich tu es nur sehr ungern, aber ich muss dich dran erinnern, dass der Bus … oh, okay, ich glaub, den kriegen wir eh nicht mehr.«

Ich lasse ihn los und folge seinem Blick zur Kuckucksuhr neben der Garderobe.

»Ups. Na ja, macht auch nur zehn Minuten Unterschied ...« Ich grinse ihn entschuldigend an, ziehe die lilafarbenen Beinstulpen bis über meine Knie und zwänge meine Füße dann in meine Boots mit Fellrand.

Auf dem Weg zur Bushaltestelle herrscht Schweigen zwischen uns. Jona scheint über irgendwas nachzugrübeln, und genau das mache ich auch. Soll ich die Dinge einfach laufen lassen oder ihn fragen, wo wir beide stehen? Was, wenn ich sonst dieses Jahr nicht mehr erfahre, ob er mein Freund ist beziehungsweise sein will?

»Ki!«, schallt es die Straße entlang.

Daphne kommt uns nachgerannt, eine Papiertüte in der Hand, die im Takt ihrer Schritte hin- und herschwingt und mir eine böse Vorahnung beschert.

Kurz spiele ich mit dem Gedanken, meine Schwester einfach zu ignorieren, aber da Jona neben mir bereits stehen geblieben ist, ist das leider keine Option.

»Oh, hallo, Jona! Ich wusste gar nicht, dass ihr zwei jetzt öfter zusammen abhängt«, stößt Daphne atemlos hervor, als sie uns erreicht, und deutet auf ihn, auf mich und dann wieder auf ihn.

»Wir müssen weiter, was willst du?«, frage ich, obwohl meine innere Stimme mich warnt, sie nicht noch zu reizen. Diese Tüte da ...

»Dir das geben. Hatte ich voll vergessen, die war schon gestern im Briefkasten. Vielleicht ist es was Wichtiges?«

Daphne drückt mir die Tüte gegen den Bauch, und ich packe reflexartig zu.

»Dann viel Spaß euch heute.« Daphne winkt uns kurz zu und dreht dann wieder ab.

Ich spähe zwischen den Trägern der Tüte ins Innere und seufze tief.

»Was ist denn so Dringendes da drin?«, fragt Jona.

Ich ziehe die Zähne über meine Lippe und halte ihm die Tüte vors Gesicht. »Dir kommt die nicht zufällig bekannt vor?« Nach seiner Reaktion ist das eigentlich dumm, aber spontan spüre ich einen unbegründeten Funken Hoffnung.

»Mir? Nein, sorry. Sollte sie?«

»Nee ... Hätte ja sein können.« Ich öffne das Hauptfach meiner Tasche und verstaue die Tüte darin. Weil ich es so eilig habe, sie verschwinden zu lassen, verhakt sich beim Schließen der Reißverschluss mit einem der Henkel. Egal. Ich hänge die Tasche halb offen wieder über meine Schulter.

Ist es doch eine Daphne-Aktion? Aber wieso? Dass sie mir das extra hinterherbringt, war ja wohl unnötig. Als wollte sie, dass Jona von meinen anonymen Sendungen erfährt.

»Ich glaube, es ist der nächste dumme Streich von ihr und Paola«, äußere ich meinen Verdacht. »Sie schicken mir Mini-Liebesbriefe und so Eisbärfiguren.« Beim Sprechen habe ich mich wieder in Bewegung gesetzt – sonst verpassen wir den nächsten Bus am Ende auch, und dann wird's eng, aber Jona steht immer noch wie festgewurzelt an Ort und Stelle.

»*Eisbärfiguren?*«

Er ist plötzlich superblass geworden.

»Und ... was für eine Art Mini-Liebesbriefe sind das?«, fragt er seltsam kühl.

Oh, Daphne, ich werde deine Nagellacksammlung vernichten oder Schlimmeres! Wie soll ich ihm klarmachen, dass das Ganze überhaupt nicht der Rede wert ist?

»So ein geschmackloser, definitiv nicht ernst gemeinter Schmalz«, beschreibe ich. »Fast ein bisschen psycho.« Es fühlt sich nur leider falsch an, das so zu sagen – die Worte sind in Wahrheit genauso süß wie die kleinen Bären. »Also nein«, versuche ich, die Heftigkeit meiner Worte abzumildern. »Völlig gestört nun auch nicht, aber ... Egal ... Sie würden mir jedenfalls selbst dann nichts bedeuten, wenn sie nicht von Daphne und Paola wären.«

Ich überlege, wie ich das Thema wechseln kann, da deutet Jona auf meine Tasche. »Darf ich mal sehen?«

»Äh ...« Wenn ich Nein sage ... denkt er dann, die Botschaften würden mir insgeheim doch gefallen? Hilflos ziehe ich die Tüte wieder hervor und gebe sie ihm.

Jona zieht mit spitzen Fingern das vierte Bärchen für mich heraus – eins, das sich in eine Decke gehüllt hat und nur noch mit dem Gesicht herauslugt –, und aus einem unerfindlichen Grund habc ich kurz Angst, dass er es auf den Boden werfen wird, so entgeistert guckt er. Er zerrt auch den zugehörigen Zettel aus der Tüte, und seine Züge verhärten sich.

Ich beuge mich vor, um die Nachricht lesen zu können.

Manchmal sperre ich die Welt einfach aus und denke an dich.

»Und das nennst du geschmacklos?« Sein Ton ist schneidend.

Was passiert hier gerade?

»Was, wenn das doch echt ist und die Person sich total Gedanken gemacht hat? Findest du es okay, da einfach so drüber herzuziehen?«

»Mach ich doch gar nicht!«, verteidige ich mich und nehme ihm Bärchen, Botschaft und Tüte wieder weg.

»Das hätte ich nie von dir gedacht«, zischt er, und dann

läuft er so schnell von mir weg, dass ich rennen müsste, um wieder zu ihm aufzuschließen – was er aber ganz offensichtlich nicht will.

Ich folge ihm in normalem Tempo, völlig durcheinander. Als ich den Bus die Straße heraufkommen sehe, muss ich doch noch rennen und schaffe es gerade noch rein, bevor die Türen sich wieder schließen. Jona hat sich auf den Einzelplatz hinterm Fahrer gesetzt und würdigt mich keines Blickes. Also setze ich mich allein nach hinten und verbringe die Fahrt zur Eishalle damit, betreten auf mein neustes Bärchen zu starren. Ein Teil von mir weiß, es wäre schlau, Jona auf der Stelle zu fragen, warum ihn die Sache so aufgebracht hat. Habe ich wirklich gehässig geklungen? Sollte ich richtigstellen, warum? Ich wollte doch nur, dass er nicht denkt, es gäbe jemand anderen.

Verzweifelt zerbreche ich mir den Kopf über eine Lösung. Aber alles, was darin zu hören ist, ist das Platzen meiner Wintermärchenträume.

Kapitel 26

»Können Sie mir die gegen 33er umtauschen?« Ich halte dem Typen an der Ausgabe die Schlittschuhe hin, die Elisa nicht passen.

Er sucht mir die gewünschte Größe heraus, und ich tigere zurück zu Oskar und den Kindern, die noch beim Schuhe-Umziehen sind. Der Rest der Gruppe tummelt sich bereits auf der spiegelglatten weißen Fläche. Die Halle ist von Rufen, Gelächter und den typischen Schleifgeräuschen der Kufen auf dem Eis erfüllt.

»Geht es dir nicht gut?« Elisa nimmt mir den linken Schlittschuh ab, schiebt ihren Fuß hinein und prüft dann, ob er gut sitzt.

»Mir? Doch, alles okay, wieso?«

»Weil du nicht mehr mit Jona redest«, sagt sie mit kurzem Blick aufs Eis, wo der gerade einem Jungen zeigt, wie man eine gute Bremsung hinbekommt.

»*Er* redet nicht mehr mit *mir.*«

»Und warum nicht?« Sie zieht den zweiten Schlittschuh an und hält sich an meinem Arm fest, um sich auf die Beine zu hieven.

»Weil er sauer auf mich ist. Und frag mich jetzt bitte nicht, wieso.«

»Hast du denn was gemacht?«

Ich sehe sie nur vorwurfsvoll an.

»Was? Ich habe nicht ›Wieso?‹ gefragt!«

»Bist du sicher auf dem Eis?«

Natürlich durchschaut sie mein Ablenkungsmanöver, das erkenne ich an ihrem skeptischen Blick. »Jep«, sagt sie aber bloß und lässt sich von mir zur Bahn helfen.

Ich schaue zu, wie sie sich in Bewegung setzt und leichtfüßig in ihre erste Runde startet. Dann sehe ich nach, wer mich als Nächstes braucht. Es ist Henri. Dem Kleinen ist erst jetzt, wo er seinen Schneeanzug und die Schlittschuhe anhat, aufgefallen, dass er dringend zur Toilette muss. Also helfe ich ihm wieder aus dem Anzug heraus und begleite ihn bis zur Kabinentür.

Obwohl ich versuche, es hinauszuzögern, und Henri sich ewig lang die Hände wäscht, schlüpfe ich wenig später in mein eigenes geborgtes Paar Schlittschuhe. Obwohl mir die Lust aufs Eislaufen total vergangen ist.

Da winkt mir Elisa vom Rand aufgeregt zu. Sie möchte unbedingt mit mir zusammen laufen und holt mich damit ein bisschen aus meinem Stimmungstief raus.

Außer uns sind neben einer Gruppe junger Frauen, einem überforderten Vater, der sich bemüht, alle seine drei Kinder gleichzeitig im Auge zu behalten, und vereinzelten Sportlern auch eine Handvoll Paare auf dem Eis. Die blende ich aus, so gut es geht, weil sie so beschissen glücklich wirken. Trotzdem erinnern sie mich daran, was ich mir eigentlich für heute gewünscht hatte.

Ich beobachte, wie Jona Henri Mut zu machen versucht – scheint fast so, als hätte der Kleine vorhin nur Zeit schinden wollen, weil er sich die Sache noch nicht so richtig zutraut. Hätte Jona nicht eine Eiszeit zwischen uns ausgerufen, würde ich jetzt zu den beiden hinübergleiten und Henri meine zweite Hand anbieten, ganz so, wie ich es mir heute Morgen in meiner viel zu optimistischen Stimmung zusammengesponnen habe. Wenn ich wenigstens wütend auf ihn sein könnte. Wieso hat er ein so schlechtes Bild von mir? Das geht gar nicht!

Alles drängt mich dazu, sofort mit ihm darüber zu sprechen, aber jetzt ist kein guter Zeitpunkt. Wir sind nicht für klärende Gespräche, sondern wegen der Kinder hier. Außerdem würde er womöglich abblocken, und das könnte ich nicht ertragen.

Ich laufe ein paar Runden neben drei der noch nicht so geübten Mädels und ziehe Selma hinter mir her, während sie sich an meiner Taille festhält. Beim Sternebasteln hatte ich noch den Eindruck, sie könnte mich nicht besonders gut leiden, aber heute verstehen wir zwei uns super.

Zwanzig Minuten haben wir noch. Oskar führt gerade einige leichtere Figuren vor, die ein paar der Kids nachzuahmen versuchen. Ich blicke mich nach Jona um – es ist wie ein Reflex, ich kann einfach nicht damit aufhören.

War er nicht eben noch dahint-?

»Achtung, weg da!«, kreischt eine Frauenstimme.

Ein Körper schmettert mit voller Wucht in meine Seite. Ich höre meinen eigenen Schrei, sehe die Halle kippen. Zu zweit stürzen wir, rutschen im Fallen noch weiter, prallen mit einem harten Schlag aufs Eis.

Mein Kopf.

In meinen Ohren rauscht es. Ein bohrender Schmerz breitet sich oberhalb meiner Hüfte aus, als hätte jemand ein Loch in mich hineingerissen.

Da hat dich eine Kufe getroffen, informiert mich mein Verstand nüchtern.

Meine Gedanken zerfasern.

Ich blinzle, aber meine Lider fühlen sich seltsam schwer an. Etwas Warmes läuft über meine Stirn, tropft auf meine Wange. Das Bild vor meinen Augen will nicht wieder klar werden. Ich sehe nur Rot auf Weiß.

»Ki! Hey, Ki, hörst du mich? Kannst du dich aufsetzen? Tut dir was weh? Ich mein, blöde Frage. Hast du …« Die Stimme bricht weg.

Jona.

»Vorsicht, wir bringen sie hier runter!«

Weitere Worte, aufgeregte Kinder, Blut. Ich kann mich nicht konzentrieren.

Jemand setzt mich irgendwohin. Wurde ich hergetragen? Die Sitzfläche ist eher unbequem. Etwas Weiches wird gegen meine Schläfe gepresst.

Als ich die Augen öffne, erkenne ich Oskar, der meine Füße von den Schlittschuhen befreit und mir meine Stiefel wieder anzieht.

»Das Loch ist nicht so tief«, sagt Jona neben mir. *Er* drückt mir die Kompresse seitlich gegen die Stirn. »Sollte mit einem Klammerpflaster gehen. Wäre besser, wenn da ein Arzt draufschaut. Unser Hausarzt ist ganz in der Nähe, da können wir schnell vorbei.«

»Klingt, als würdest du dich mit Platzwunden auskennen?!«, meint Oskar.

»Ja, dank Linn. Leider. Sie ist der stürmische Zwilling. Ich kann mich nicht erinnern, wann zuletzt irgendwas mit Leonie war, aber *sie* …«

»Oh weh. Sobald Kimara gehen kann, könnt ihr los – ich krieg das schon hin, alle Kinder wieder den richtigen Eltern mitzugeben.« Oskar tätschelt mein Knie. »Oder wie fühlst du dich? Meinst du, du kannst laufen?«

»Glaub schon«, murmele ich.

»Ist dir schlecht?«

»Nein, es geht.«

»Wir machen ganz langsam«, verspricht Jona.

»Okay.« Oskar erhebt sich, und erst jetzt bemerke ich, dass alle Kinder aus unserer Gruppe sich hinter ihm versammelt haben und teils ziemlich erschrocken aussehen. Hoffentlich vermiest ihnen das hier das Schlittschuhlaufen nicht für den Rest ihres Lebens!

Während Jona mich sanft anweist, die Kompresse festzuhalten, entsperre ich mit der anderen Hand mein Handy für ihn, damit er meine Mutter anrufen kann. Er erreicht sie direkt und sagt ihr, zu welcher Arztpraxis sie kommen soll.

Schließlich hilft er mir vorsichtig auf. Er legt die Hand an meine Wange und sieht mich eindringlich an. »Sag sofort Bescheid, wenn du nicht weiterkannst, dir übel wird oder sonst irgendwas ist, okay?«

Am liebsten würde ich mich einfach in seine Arme sinken lassen.

Halb auf ihn gestützt schaffe ich den Weg zum Arzt. Jona lenkt mich die ganze Zeit ab und versichert mir, dass meine Unfallpartnerin mit ein paar blauen Flecken davongekommen ist.

Irgendwo unter dem ganzen Adrenalin habe ich das ungute Gefühl, dass er sich nur so lieb um mich kümmert, weil ich verletzt bin. Andererseits hätte er es auch auf jemand anderen abwälzen können, mich zur Praxis zu bringen. Vielleicht hilft es sogar, wenn er sich Sorgen um mich machen muss? Nicht, dass ich das ausnutzen will, aber dann hätte mein Sturz wenigstens etwas Positives ...

Mission Wintermärchen: »Der Weihnachtskartenmarathon«

Verfasst am: 17. November
Gehört zu: Projektziel B
Couple Goal: zusammen Weihnachtskarten basteln und schreiben
Beteiligte: Jona und ich
Erfüllungsort: bei ihm oder bei mir

Anmerkungen:
Jedes Jahr schreibe ich rund zwanzig Weihnachtskarten, die ich natürlich vorher alle selbst bastle – Ehrensache. Online nach schönen Gestaltungsideen zu suchen und in meiner schönsten Schreibschrift liebe Worte an all die Menschen festzuhalten, die mir wichtig sind, gehört zu meinen absoluten Lieblingsbeschäftigungen in der Adventszeit. Und da ich noch nicht viel über Jonas Lieblingsbeschäftigungen weiß – die natürlich sicher auch Couple-Goal-Material hergeben werden –, möchte ich zunächst meine Favoriten in den Plan aufnehmen.

Falls er nicht gern bastelt, werde ich ihn ganz bestimmt nicht dazu zwingen, aber Karten *schreiben* können wir auf jeden Fall zusammen. Ich sehe es wie in einem Zeitraffer vor mir: Dieses Jahr schreiben wir noch ganz unterschiedlichen Leuten, aber in zwanzig, dreißig, vierzig Jahren werden alle

Karten mit unser beider Namen unterschrieben sein, weil wir dann ein glückliches Ehepaar sind und wir Familien und Freunde teilen. Ich weiß, alle sagen, mit der ersten Liebe bleibt man sowieso nicht zusammen. Aber so bin ich eben: Ich träume groß. Wieso sollte ich nicht Glück haben und eine von den wenigen sein, die ein frühes Happily Ever After bekommen? Ganz ehrlich, ich kann und will mir sowieso nicht vorstellen, jemals einen anderen zu lieben als Jona. Oder auch nur mit einem anderen mein Weihnachtskartenritual zu teilen.

Kapitel 27

Frustriert schlage ich meine Projektmappe zu. Anlässlich des Kartenbastelns heute musste ich mir noch mal durchlesen, welchen Schwachsinn ich mir dazu erträumt hatte. Leider weiß ich jetzt schon, dass es anders kommen wird. Ganz anders. Denn auch wenn Jona nach dem Unfall so rührend besorgt um mich war, war es am Ende wahrscheinlich doch bloß das: Besorgnis. Etwas hat sich zwischen uns verändert, und mein Projektziel A, das so lange unerreichbar und dann zum Greifen nah schien, ist dank Daphne und diesen blöden Bärchen fürs Erste wieder Geschichte.

Mit sehr durchwachsenen Gefühlen mache ich mich mit meiner Mutter auf den Weg zum Jugendzentrum. Wegen meiner Verletzung hat sie drauf bestanden, mich zu fahren, und dafür bin ich ihr echt dankbar. Im Großen und Ganzen geht es mir nach der ruhigen Nacht wesentlich besser, und der Schreck ist überwunden, aber der fiese Bluterguss über meinem Hüftknochen pocht bei jedem Schritt. Na ja, und hoffnungsvoller war ich auch schon mal.

Ob Jona überhaupt mit seinen Fotos dazukommen wird? Abgesagt hat er bisher nicht.

Ich würde mir ja gern einreden, dass ihm der kleine Zwischenfall vielleicht vor Augen geführt hat, wie viel ich ihm bedeute. Aber hätte er dann nicht wenigstens meine Hand genommen? Und mich ins Behandlungszimmer begleitet, statt mich praktisch in der Praxis abzugeben und zu verschwinden, damit meine Mutter ab da übernimmt?

»Ruf sofort an, wenn du dich nicht gut fühlst, ja?« Meine Mutter hält in der Bushaltebucht und lässt mich raus.

Ich verspreche es ihr und winke zum Abschied.

Obwohl ich früh dran bin, ist der Raum schon offen. Drinnen springen Linn und Leonie herum und werfen sich einen kleinen Gummiball zu. Jona steht am Tisch und verteilt Scheren und Kleber.

Sobald die Zwillinge mich bemerken, kommen sie zu mir gehüpft und jede schnappt sich eine meiner Hände.

»Jona sagt, du hattest einen Unfall?«, fragt Linn mit großen Augen. Heute ist sie unschwer von ihrer Schwester zu unterscheiden, da sie ein blaues Fleece-Stirnband mit ihrem Namen darauf trägt.

»Hat es sehr wehgetan?«, will jetzt auch Leonie wissen.

»Es ist nicht so wild«, beruhige ich die beiden. »Der Sturz hat zwar wehgetan, und ich habe einen Tritt mit 'nem Schlittschuh abgekriegt, aber ich hätte mich viel schlimmer verletzen können.«

»Fühlst du dich wirklich fit genug für den Workshop?«, fragt Jona über die Schulter, ohne mich dabei richtig anzusehen.

»Sonst wäre ich nicht hier.«

Und bei diesem tollen Wortwechsel bleibt es erst mal.

Die anderen Kinder treffen ein, ich zeige meine Musterkarten und welche Materialien alle zur Verfügung stehen – von Stempeln und Glitzerstiften über Sticker und Motivlocher hin zu Tonkarton in allen Farben des Regenbogens, Goldfolie, Krepp- und weihnachtlichem Bastelpapier.

Wir haben bereits einen Haufen vorgeschnittener und gefalteter Karten, sodass die Endprodukte in jedem Fall nicht krumm und schief sein werden.

Jona findet schnell heraus, welche unserer Teilnehmer akkurat kleben können, und zieht sie zur Unterstützung mit seinen Fotokarten heran.

Ein paarmal glaube ich, seinen Blick auf mir zu spüren, aber immer, wenn ich in seine Richtung sehe, arbeitet Jona ganz vertieft.

Fast bin ich schon so weit, Linn und Leonie auszufragen, ob ihr Bruder zufällig irgendwas über mich gesagt hat.

Fotos aufkleben geht natürlich schneller als basteln, und daher ist noch über eine halbe Stunde Zeit übrig, als Jona die Bilder ausgehen und er zu mir herüberkommt.

Ich zeichne gerade auf Wunsch von Milena – einer süßen Neunjährigen, die aussieht, wie ich mir Schneewittchen immer vorgestellt habe – mit Goldstift die Flamme auf ihre aufgeklebte Kerze aus rotem Papier auf dunkelgrünem Kartengrund.

»Kann ich irgendwo helfen?«, fragt Jona, und ich frage mich, warum er nicht einfach die Kinder fragt. Sucht er einen Vorwand, um mit mir zu reden? Nein, keine falschen Schlüsse ziehen, nur weil ich gern hätte, dass es so ist.

»Wenn gerade niemand schreit, könntest du anfangen, die Karten zu schreiben. Sofern deine Schrift leserlich ist.«

»Schreiben?«

Er klingt so entsetzt, dass ich meine Aufmerksamkeit nun doch von der Kerzenkarte losreiße, um zu ihm aufzuschauen. »Ja, das macht man üblicherweise mit Karten. Wir beschriften ein paar mit Weihnachtsgrüßen, die an alleinstehende

Menschen in der Stadt und im Altenheim verteilt werden. Frau Lobwalder hat da Connections.«

»Ah … Schöne Idee. Aber ich weiß nicht … Schreiben liegt mir nicht so.«

Ich zucke mit den Schultern. »Du kannst auch kleine Weihnachtscomics reinzeichnen.« Das war eigentlich nur so ins Blaue gesagt, aber Jona sieht richtig begeistert aus.

Schon hat er seine Zeichenstifte aus seinem Rucksack geholt und sich drei Karten geschnappt.

Kopfschüttelnd widme ich mich wieder Milena und ihrer Karte, zu der sie unbedingt meine Meinung hören will.

Sollte mein Wintermärchen endgültig gestorben sein, kann ich mich ja damit zu trösten versuchen, dass ich sowieso mit niemandem glücklich werden könnte, der nicht gerne Weihnachtskarten schreibt …

* * *

Meine Mutter holt mich auch wieder ab. Jona musste zum Schwimmen und ist nach dem Aufräumen mit einem knappen »Bis dann!« mit seinen viel besser gelaunten Schwestern gegangen.

Das Basteln hat mir wie immer gutgetan, aber jetzt merke ich doch, dass mein kleiner Unfall mich geschafft hat. Ich bin müde und habe Kopfschmerzen – keine besorgniserregenden, sondern eher diese fiesen im Hinterkopf.

Zu Hause räume ich meine Tasche aus. Ich lege den Stapel Musterkarten auf meinen Schreibtisch, und erst da fällt mir auf, dass die zuoberst liegende Karte gar nicht von mir ist. Es handelt sich um eine von Jonas Fotokarten. Sie zeigt unseren

»Ahorn der sehnsuchtsvollen Herzen«. Prompt bin ich hellwach und auf dem höchsten Aufregungslevel.

Den Moment, bevor ich die Karte aufklappe, zögere ich trotzdem noch einige Sekunden lang hinaus. Noch ist alles möglich, und dieses Gefühl ist kostbar.

Doch dann kann ich mich selbst nicht länger zurückhalten.

Liebe Ki,

keine Sorge, ich habe gerade schon zwei Comic-Karten für Unbekannte fertig gemacht. Und jetzt sollst du eine »Vorweihnachtskarte« von mir bekommen.

Es tut mir leid, dass ich gestern vor dem Eislaufen so blöd zu dir war. Ehrlich gesagt war ich etwas überfordert. Die Sache ist: Die Botschaften mit den Bärchen sind kein Fake, da stecken nicht Daphne und Paola dahinter. Aber leider weiß ich, wer sie dir zugesteckt hat, und ... es ist kompliziert. Ich denke, es wäre besser, wenn wir beide ein paar Gänge zurückschalten. In letzter Zeit waren da ein paar verwirrende Momente zwischen uns, aber so was können wir in Zukunft sicher umgehen, ohne dass es zwischen uns komisch werden muss.

Eine schöne Advents- und Weihnachtszeit für dich!
Jona

Und obwohl Tränen das Letzte waren, was ich in meinem Plan vorgesehen hatte, sinke ich mit der Karte in der Hand auf meinen Drehstuhl und fange an zu weinen.

Kapitel 28

Ich hülle mich in meinen flauschigen Bademantel und beschließe, mich nicht zu föhnen. Dafür pocht mein Kopf zu sehr. Für ein paar Momente setze ich mich auf den Rand der Wanne, die ich gerade verlassen habe, und konzentriere mich einfach nur aufs Atmen.

»Ki?«, ruft meine Mutter von unten. »Valeska ist da!«

Der Himmel vor dem Fenster ist nachtschwarz, aber ein Blick auf mein Handy verrät mir, dass es erst 19:20 ist – lange nicht so spät, wie ich dachte. Ich habe Valeska vorhin direkt nach meinem Gefühlsausbruch ein Foto von Jonas Karte geschickt. Wahrscheinlich ist sie zu meiner seelischen Unterstützung hier.

»Moment!«, rufe ich, und selbst das eine Wort findet mein armer Kopf alles andere als toll.

Vorsichtig wickle ich mir einen Handtuchturban um und mache mich dann auf den Weg die Treppe runter – im Moment eine richtige Herausforderung, da mein Körper jeden Schritt mit einem Hämmern hinter meinen Schläfen quittiert.

»Hey«, begrüße ich Valeska matt, die bereits ihre Hausschuhe in Teddyfelloptik anhat und einen braunen Polsterumschlag in der Hand hält. »Sorry, ich brauche erst mal kurz eine Schmerztablette.«

Angesichts meiner Leidensmiene verzichtet sie auf eine Umarmung und drückt zur Begrüßung nur meine Schulter.

Ich schlucke in der Küche die Tablette und schleppe mich dann hinter Valeska her in mein Zimmer.

Sie geht gleich zum Schreibtisch, um sich Jonas Karte im Original anzuschauen, während ich mein Kopfkissen an den Rand der Matratze ziehe, um mich dann vor dem Bett auf den Boden zu setzen und dagegensinken zu lassen.

»Okaaaaaay«, sagt Valeska nach ein paar langen Momenten. »Ich habe Neuigkeiten, aber ich weiß nicht, ob es gute oder schlechte sind. Und ob ich sie dir wirklich erzählen soll.«

»Nach *der* Ankündigung musst du das«, sage ich mit geschlossenen Augen.

Ich höre sie näher tappen und fühle dann den kleinen Windzug, als sie sich neben mich setzt.

»Hier«, sagt sie. »Das habe ich eben aus dem Briefkasten gezogen.«

Ich mache die Augen wieder auf und sehe, dass sie mir den Polsterumschlag hinhält.

»Bitte nicht.« Trotz meiner Worte nehme ich ihn entgegen. Er ist noch ungeöffnet, aber die kleine Ausbeulung sagt alles.

»Nummer fünf«, murmele ich.

Ich reiße den Umschlag auf und lasse das Bärchen in meine geöffnete Hand purzeln.

Es umarmt einen riesigen goldenen Stern, und das macht mich so fertig, dass mir neue Tränen in die Augen schießen. Heftig dagegen anblinzelnd taste ich mit der freien Hand im Umschlag nach der zugehörigen Botschaft und werde auch schnell fündig.

Du bist mein Stern.

Was für ein grausamer, deprimierender Zufall.

Ein kleines Schluchzen drängt sich über meine Lippen.

Valeska streichelt meinen Arm.

Ich hole tief Luft und räuspere mich. »Vielleicht ... vielleicht sollte ich einfach rausfinden, wer die schickt, und meinen Plan dann auf ihn umschreiben.«

Valeska umfasst meinen Ellbogen. »Das wirst du gleich wahrscheinlich anders sehen. Weißt du, ich ... ich habe gesehen, wer das eben in den Briefkasten gesteckt hat.«

Schmerz zuckt durch meinen Hals, so ruckartig drehe ich meinen Kopf zu ihr um. »Und das sagst du mir *jetzt erst*?«

»Na ja, ich musste das selbst erst verarbeiten ... Alles ergibt plötzlich Sinn, aber ... es wird dir nicht gefallen.«

Will ich es wirklich wissen? Doch den nächsten Schock aufzuschieben, wird ihn auch nicht abmildern. Dann vielleicht doch lieber kurz und schmerzlos.

»Sag schon.«

Valeska nickt, schüttelt den Kopf und nickt dann wieder. »Also ... na ja ... Ich würde es nicht glauben, wenn ich ihn nicht gesehen hätte. Es war wie im Film – ich hab mich direkt hinter einen parkenden Wagen geduckt, damit er mich nicht bemerkt.«

»Valeska, jetzt komm zum Punkt!«

Sie nimmt mir den Umschlag ab und beginnt, zur Beruhigung die Luftpolsterblasen in dessen Innerem zwischen den Fingern zu zerdrücken.

Pff. Pff. Pff.

»Es ist Eray.«

Ich kann sie nur anstarren. Eray??? Doch dann fügen sich die Puzzleteile zusammen.

»Deswegen war Jona so entsetzt wegen des Eisbären!«

Sieht so aus, als ob Valeska zu genau denselben Schlussfolgerungen gekommen ist wie ich. »Vielleicht hat er die Figuren mal bei Eray gesehen und den Bären wiedererkannt.«

Was Jona auf seine Vorweihnachtskarte geschrieben hat, passt auch ins Bild.

»Anfangs war ja wirklich noch schwer zu sagen, ob Jona auf dich steht – doch in den letzten Tagen seid ihr euch endlich nähergekommen«, fasst Valeska weiter zusammen. »Entweder Eray und er reden nicht über so was und er hatte deswegen keine Ahnung. Oder Eray hat früher schon für dich geschwärmt, und Jona war deshalb erst so zögerlich, dachte aber, das wäre inzwischen Geschichte – oder hat sich das zumindest eingeredet, bis er den Bären und die Nachricht gesehen hat.«

Ich fluche.

»Aber weißt du, was das Gute ist?«, schlägt Valeska ihren Mutmachtonfall an. »Wenn das der Fall ist, dann sind nicht Jonas Gefühle das Problem.«

Ich lasse verschiedene Momente Revue passieren und betrachte einen nach dem anderen im Licht der Enthüllung des Abends. Nicht nur Jonas Zurückhaltung passt dazu und sein Erschrecken über meine »Fanpost«, sondern auch seine Wut über meine Worte. Ihm hat nicht gefallen, wie ich über seinen Freund gesprochen habe, der sich doch so um mich bemüht hat.

Aber wie konnte das passieren? Ich hätte doch bemerken müssen, dass Eray mich mag? Oder war ich genauso blind wie Jona anfangs in Bezug auf mich?

Hat Eray manchmal zu mir geschaut, während ich im Unterricht Jona beobachtet habe? Ich könnte es nicht sagen.

Oder war der entscheidende Moment beim Lichterzug? Hat es bei Eray gefunkt, als er mich vorm Verbrennen gerettet hat, so wie bei mir mit Jona an jenem Abend in der Küche?

»Was denkst du?«, fragt Valeska.

Ich versuche, den Kern des Ganzen zu erfassen: »Na ja, Jonas Gefühle sind eben doch das Problem. Er war schließlich sofort bereit, mich wegen seiner Freundschaft mit Eray fallen zu lassen.«

»Woran machst du fest, dass er dazu bereit war? Ich denke, es war eher eine Kurzschlussreaktion.«

»Aber es gibt keinen Ausweg aus der Sache«, sage ich kläglich. »Selbst, wenn ich mit Eray rede und ihm klarmache, dass aus uns nichts wird, kann ich Jona vergessen. Er wird nicht mein Freund werden und Eray damit verletzen.« Ist irgendwie absurd – wirklich, ich hätte nie gedacht, dass Eray in mich verliebt sein könnte.

Da fällt mir noch etwas ein: Gab es vielleicht Streit zwischen den beiden, weil Eray mitgekriegt hat, wie viel Zeit Jona und ich durch die *Aktion Adventsgefühle* zusammen verbringen? Könnte er unseren Sternstunden-Insider kennen und mit dem neusten Bärchen bewusst darauf angespielt haben? Als eine Art Seitenhieb auf Jona? Denn einen Punkt habe ich gar nicht mehr bedacht: dass Daphne mir die vorige Sendung extra hinterhergebracht und vor Jona überreicht hat.

»Warte mal kurz.« Ich ziehe mich an der Bettkante hoch. Endlich ist das Pochen hinter meiner Schläfe gedämpfter – die Tablette wirkt. »Bin gleich wieder da.«

Ich verlasse das Zimmer und reiße die Tür zu Daphnes auf.

Meine Schwester liegt auf dem Rücken im Bett und ist in ihr Handy vertieft.

»Daphne?« Ich warte, bis sie sich dazu herablässt aufzublicken. »Arbeitest du jetzt nicht mehr nur für Charlotte, sondern auch noch für Eray?«

»Werd mal nicht paranoid, Schwesterherz. Ich weiß nicht mal, wer das ist.«

Aber selbst, wenn sie nicht kurz gestutzt hätte und nicht rot werden würde, wüsste ich, dass sie lügt.

Ich lasse sie nur deswegen fürs Erste davonkommen, weil ich für heute echt erledigt bin und einen Zickenkrieg nicht durchhalten würde.

Mission Wintermärchen: »Dresscode: Partnerlook«

Verfasst am: 18. November
Gehört zu: Projektziel B
Couple Goal: das gleiche Outfit anziehen
Beteiligte: Jona und ich
Erfüllungsort: optimalerweise irgendwo in der Öffentlichkeit, damit allen klar ist, dass wir zusammengehören

Anmerkungen:
Es muss ja nichts total Ausgefallenes sein. Jona und ich könnten uns zum Beispiel die gleichen Oversized-Winterpullover kaufen und dazu Jeans im gleichen Farbton tragen. Wobei wir in dem Fall auf Details achten sollten, damit man das Ganze überhaupt als Partnerlook erkennt und es nicht wie zufällig wirkt. Also wären Accessoires wie gleiche Mützen oder Handschuhe gut.

Ich frage mich, warum nicht alle Paare öfter im Partnerlook auftreten. Stärkt bestimmt das Zusammengehörigkeitsgefühl, und es sieht jeder gleich: Die zwei sind ein Herz und eine Seele, wie Milky und Schoki aus der Kinderriegelwerbung. (Ich liebe die zwei, sie sind das beste nichtmenschliche Pärchen ever! Das beste menschliche Pärchen ever werden natürlich Jona und ich sein.)

An dem Tag sind ein paar Jona & Ki-Selfies Pflicht, daran

führt wirklich kein Weg vorbei. Ich seh's schon – wenn wir zusammen alle meine fünfzehn Couple Goals erreicht haben, kann ich unser Wintermärchen in einem ganzen Fotoalbum festhalten. Eigentlich sogar eine ziemlich schöne Idee …

Ob Jona sich überhaupt gern fotografieren lässt? Und was er wohl als Partner-Outfit vorschlägt (auswählen lasse ich zum Ausgleich für mein ganzes Vorausgeplane dann gern ihn)?

Kapitel 29

Leila hat es nur gut gemeint. Das ist höchstwahrscheinlich dasselbe, was Jona gerade durch den Kopf geht. Sie war es nämlich, die uns zusammen am Punschstand eingeteilt hat.

Absurderweise erreichen wir dabei heute ein weiteres meiner herbeigesehnten Couple Goals: Wir tragen dasselbe Arbeitsoutfit, bestehend aus einem dunkelgrauen Hoodie mit dem Logo der *Aktion Adventsgefühle* und dazu diesen typischen roten Weihnachtsmützen mit Bommel und Kunststoffsternen am breiten weißen Saum. Dass unsere Hosen und Schuhe nicht zusammenpassen, sieht keiner, weil wir ja hinter dem Stand stehen. Ein Traum. Nicht.

Wir haben es immerhin schon mal geschafft, unser Verkaufssystem zu entwickeln: Jona hält den Becher, während ich Punsch oder Kinderpunsch hineinschöpfe; dann kassiere ich ab.

Es ist mittlerweile schon nach siebzehn Uhr, und es wird zunehmend voller. Viele Leute nutzen den Abend für einen netten Plausch bei Kuchen und Punsch und decken sich an den Ständen mit schönen Geschenken und Weihnachtsdeko ein. Ich muss mich immer wieder zusammenreißen, um nicht den Inhalt meiner Schöpfkelle neben den Becher zu kippen oder das Wechselgeld zu vergessen. Entgegen Jonas Behauptung ist es jetzt fürchterlich seltsam zwischen ihm und mir. Wenn wir gerade keine Kunden bedienen, ringen wir uns ein paar Sätze Small Talk ab, und das war's. Ich schwanke kontinuierlich zwischen dem Drang, irgendwas zu seiner Karte zu sagen, und dem Wunsch, mich um eine Versetzung an einen anderen Stand zu bemühen. Als Verkaufsberaterin für unsere Bastelwerke wäre ich sowieso viel besser eingesetzt.

Frau Brennbauer kommt zu uns herüber und holt sich auch einen Punsch. Wie versprochen hat sie schon eine Tasche voller Basarkäufe. »Die hier sind wirklich wunderschön geworden«, sagt sie und zeigt uns zu meiner Freude einen der Papiersterne aus meiner Bastelaktion.

Ich erkenne gleich, dass er von Jeremy ist, und deute quer durch den Saal zur Café-Ecke, wo er gerade mit seinen Eltern an einem der Tische sitzt. »Den hat er dahinten gemacht«, erkläre ich, und daraufhin möchte sie unbedingt zu ihm gehen.

Lächelnd beobachte ich aus der Ferne, wie Jeremys Gesicht unter Frau Brennbauers Begeisterung zu strahlen beginnt.

»Kommst du hier kurz allein klar?«, fragt Jona mich. »Müsste mal zur Toilette.«

Ich zucke mit einer Schulter, ohne ihn direkt anzusehen. »Geh ruhig.«

Ich schenke einem alten Ehepaar aus und frage mich, warum überhaupt zwei Personen hier stehen müssen. Vielleicht sollte ich mich gleich auch mal kurz entschuldigen? Ich könnte so tun, als wollte ich dringend mit Valeska reden – die müsste bald hier auftauchen. Oder mit Oma und Opa, falls die zuerst kommen. Und dann lass ich mir einfach ordentlich Zeit, um nicht mehr so lang mit ihm hier stehen zu müssen.

Nein, Unsinn, was soll noch groß passieren? Ich sage Jona einfach, dass ich jetzt wegen Eray Bescheid weiß, und warte ab, was er sagt. Natürlich könnte ich auch zuerst versuchen, das mit Eray zu klären, aber ... das erscheint mir noch schwieriger, als mit Jona zu sprechen. Eray ist ziemlich selbstbewusst, jedenfalls schätze ich ihn so ein, doch das heißt nicht, dass ich seine Gefühle nicht verletzen kann.

Ich sehe Jonas Mutter mit Lutz zur Tür hereinkommen und winke ihr zu. Sie lächelt mich an und zieht ihren Freund hinter sich her zum Punschstand.

»Hallo, Ki, wie schön!« Sie streicht mit einer Hand über ihren Kugelbauch und sieht sich um. »Wirklich toll, was ihr hier auf die Beine gestellt habt.«

»Mögt ihr auch?«, frage ich und deute mit dem Kopf auf meine Punschtöpfe. »Einmal Punsch und einmal Kinderpunsch?«

Zu spät fällt mir ein, dass die zwei vielleicht selbst bei solch kleinen Ausgaben zweimal überlegen müssen, aber Lutz zückt schon das Portemonnaie, und es wirkt nicht, als würde er es nur aus Nettigkeit mir gegenüber tun.

»Jona müsste jeden Moment zurück sein«, sage ich.

»Na, dann gehe ich lieber schon mal weiter«, meint Lutz mit einem schiefen Grinsen und nimmt seinen Becher mit. »Der ist heute ein echter Stimmungskiller. Schatz, ich schau mir mal die Gestecke dahinten an. Vielleicht finde ich ein kleines fürs Wohnzimmer.«

Katja lächelt ihm kopfschüttelnd nach. »Du hast nicht zufällig was mit Jonas Laune zu tun?«, fragt sie dann ziemlich unverblümt.

»Eher er mit meiner.« Das ist mir einfach herausgerutscht.

Katja lacht nur. »Überleg dir lieber gut, ob du ihm noch eine Chance geben willst. Nein, Spaß, bitte gib ihm noch eine!«

Noch eine? Er hat nicht mal die erste wahrgenommen.

Ich sehe Jona durch die Tür zum Gang mit den Toiletten kommen und kurz innehalten, als er seine Mutter bei mir entdeckt. Doch dann hält er mit schnellen Schritten auf den Stand zu.

Katja mustert ihn eingehend. »Ki steht das Outfit besser«, urteilt sie. »Wie wär's – soll ich vielleicht mal ein Erinnerungsfoto von euch und dem Punsch machen?« Schon zieht sie ihr Handy hervor.

Entweder sie hat nicht verstanden, dass zwischen Jona und mir gerade Funkstille herrscht, oder sie nimmt es einfach nicht besonders ernst.

»Los, rückt etwas näher zusammen bitte! Ki, halt doch die Schöpfkelle hoch, ja, super – nein, Jona, so kannst du nicht gucken. Mehr Adventsgefühle. Lächeln bitte!«

Nachdem sie mindestens fünf Bilder gemacht hat, schnaubt er, dass es jetzt aber echt reiche.

Unbeeindruckt zeigt Katja mir die Ergebnisse und bittet mich um meine Nummer, damit sie sie mir schicken kann.

Ich weiß nicht, warum genau, aber ihr Verhalten macht mir irgendwie ein bisschen Mut. Es ist offensichtlich, dass Jona und sie es zurzeit nicht ganz leicht miteinander haben, weil er sich so oft um seine Schwestern kümmern muss, aber wenn ihn irgendjemand richtig gut kennt, dann ja wohl sie.

»Gebt nicht so viel aus«, mahnt Jona, bevor Katja sich ins Basargetümmel stürzt.

Sie verdreht die Augen und erwidert: »Machen wir schon nicht, Herr Kassenwart.«

Als sie weg ist, murmelt er auf meinen wahrscheinlich etwas ungläubigen Blick hin: »Wenn sie erst deine Sterne sieht, wird es ihr schwerfallen, nicht alle zu kaufen, und dann müssen wir die Katze am Ende noch mit meinen Ersparnissen durchbringen.«

Er grinst schwach, und etwas verzögert kapiere ich, dass das eine Art Friedensangebot sein soll.

Ich möchte es als Aufhänger nehmen für eine flapsige Überleitung zu dem, worüber wir dringend reden müssen, aber ich überlege zu lange, und Jona hat sich schon abgewandt. Er rückt ein paar Becher von links nach rechts, als wären sie vorher nicht bereits perfekt angeordnet gewesen.

Oder soll ich es doch noch versuchen? Vielleicht schlage ich einfach einen ganz lockeren Ton an, so wie vorher? Ich könnte ihn fragen, ob wir nicht trotz allem über weitere Sternstunden reden können, weil ich schon Entzugserscheinungen bekomme.

Gerade habe ich mich entschlossen, es drauf ankommen zu lassen, als ausgerechnet Eray auf unseren Stand zusteuert.

Kapitel 30

»Jona, wir müssen reden. Du kannst mich nicht weiter ignorieren!«

Ah, guter Text.

»So was in der Art wollte ich auch gerade sagen«, murmele ich, aber so leise, dass die beiden es nicht hören. Sie sind sowieso gerade sehr mit ihrem Blickduell beschäftigt.

Eray schaut zuerst weg, allerdings nur, um direkt vor mir die Hände auf den Standtisch aufzustützen und mich anzulächeln. »Liebste Ki, ist es in Ordnung, wenn ich deinen Assistenten kurz entführe?«

»Ich bitte sogar darum«, sage ich. »Regelt euer Problem so schnell wie möglich.«

Eray nickt und winkt Jona, ihm zu folgen, aber der verschränkt nur die Arme und bleibt, wo er ist.

»Nicht jetzt«, sagt er.

»Schön, soll ich dir meinen Vortrag lieber gleich hier halten?«

»Du sollst mir überhaupt keine Vorträge halten, Mann.«

»Okay, wer nicht will, der hat schon.« Eray dreht sich wieder zu mir. »Dann sag ich es eben dir. Du musst wissen –«

Weiter kommt er nicht, denn Jona ist schon hinter dem Stand hervorgekommen und zerrt seinen Freund am Arm weg.

Was war denn das jetzt?

Fast bin ich versucht, den beiden hinterherzulaufen, doch da macht eine neue Punschkundin mit einem Räuspern auf sich aufmerksam.

Mein aufgesetztes fröhliches Lächeln fällt sofort in sich zusammen, als ich sehe, um wen es sich handelt. »Charlotte. Wie ... schön.«

»Ich nehm so einen«, sagt sie und deutet auf den Punsch mit Alkohol. Auffordernd hält sie mir ihren Perso unter die Nase.

Ich fülle wortlos einen Becher für sie.

»Respekt«, sagt sie, nachdem sie mir das Geld gegeben hat. »Ich hätte nicht gedacht, dass du für so viel Drama sorgen könntest.«

Verwirrt folge ich ihrem Blick.

Die beiden Jungs stehen im Vorraum, und durch die Glasscheiben sehe ich, wie Eray Jona am *Adventsgefühle*-Pulli packt und eindringlich auf ihn einredet.

Jona schüttelt wieder und wieder den Kopf, wobei der Zipfel seiner rot-weißen Mütze wild hin und her wippt.

Als ich mich abwende, ist Charlotte bereits weggegangen. Ich will schon in den Alarmmodus umschalten, weil ich sie zu Paola und Daphne schlendern sehe – die auch hier? –, doch da lenkt mich Leila ab, die scheinbar mit ihrem Dienst am Kartenstand durch ist.

Sie kommt direkt auf meine Seite des Tischs.

»Du siehst aus, als könntest du selbst mal einen vertragen«, meint sie und schöpft direkt Kinderpunsch in einen Becher – und dann zwei Kellen richtigen Punsch hinterher. »Hier.« Sie drückt mir den Becher in die Hand und legt ein Zwei-Euro-Stück in unsere Kasse.

»Äh … danke?«

Leila wirft einen Blick in Richtung Eray und Jona. »Oha. Man merkt, dass Eray Jona noch nicht so lange kennt wie ich.«

Er redet gerade heftig gestikulierend auf ihn ein und zieht damit schon die Aufmerksamkeit der Passanten auf sich.

»Sonst wüsste er, dass es nichts bringt, ihn unter Druck zu setzen«, erklärt Leila. »Weswegen auch immer.« Sie legt den Kopf schief und betrachtet nun wieder mich. »Vielleicht deinetwegen?«

Ich hebe hilflos die Schultern.

»Okay.« Sie seufzt tief, aber es klingt fast ein bisschen belustigt. »Ich weiß, ich hab gesagt, ich mische mich nicht in Jonas Angelegenheiten ein, aber es tut langsam schon weh, das mit anzusehen …«

Ich nippe an meinem alkoholisch angehauchten Kinderpunsch und sehe sie mit großen Augen wartend an. Sie erzählt mir freiwillig was über ihn? Immer gern, her mit den Infos!

»Also …«, beginnt sie und fährt mit der Hand durch die rosafarbene Hälfte ihrer Haare. »Jona ist nicht so unkompliziert und fröhlich, wie viele denken. Damit will ich nicht sagen, dass er ein super melancholischer Typ ist oder überdurchschnittlich viele Selbstzweifel hat oder so … Aber er behält oft für sich, was er eigentlich will. In den meisten Fällen nicht mal, weil er es selbst nicht so recht weiß oder sich nicht traut, es zu sagen. Es gibt nur einfach sehr, sehr wenige Menschen in seinem Leben, die im Laufe der letzten Jahre nach seinen Gefühlen gefragt haben. Er ist es gewohnt, selbst zurückzustecken. Deshalb ist er nicht sehr offen, was das Thema angeht. Er macht solche Dinge lieber mit sich selbst aus und versucht gleichzeitig noch die Probleme aller Menschen in seinem Umfeld zu lösen.«

Der nächste Schluck Punsch will kaum durch meine Kehle passen. Was sie da gerade gesagt hat, klingt sehr nach Jona und überrascht mich daher nicht wirklich, aber trotzdem trifft es mich ganz tief innen.

»Es kommt mir nur so halb richtig vor, mit dir darüber zu reden«, fährt Leila fort. »Aber ich habe Sorge, dass er sich das mit euch komplett verbaut.«

»Das mit uns?«, frage ich.

»Du erinnerst dich sicher an meine nicht gerade freudige Reaktion, als du wissen wolltest, ob Jona zu haben ist?«

»Ja ...«

»Ich dachte erst, du bist wieder so eine, die Jonas Freundin sein will, weil das ihrem Image guttun würde.«

»*Was?* Denkst du, mein Image hätte das nötig?«

Sie hebt lachend die Hände. »Na, jetzt nicht mehr – aber mein erster Eindruck war: reiches Mädchen, das viel auf ihren Beliebtheitsstatus an der Schule gibt.«

Ich öffne schon den Mund, um empört zu protestieren, aber diesmal kann ich mich rechtzeitig zurückhalten. Es ist nicht besonders schmeichelhaft, wie sie von mir gedacht hat, aber sie kannte mich im Grunde nicht. So wie ich umgekehrt kaum etwas über sie wusste, und vermutlich hatte ich vor lauter Eifersucht das schlimmere Bild von ihr. Also sind wir vielleicht quitt.

»So möchte ich bitte nie wieder wirken«, sage ich nur.

»Tust du auch eigentlich nicht. Sorry, echt! Das lag nur an meinen schlechten Erfahrungen.«

»Schon gut. Sag mir lieber, worauf du hinauswolltest.«

Sie deutet mit dem Kinn in Jonas und Erays Richtung. Wie lange wollen die wohl noch streiten?

»Du glaubst doch nicht, Jona würde zuerst zu Eray gehen, wenn er sich verliebt, oder? Nein, meine Liebe, als Erstes käme er damit zu *mir.*«

Unter ihrem vielsagenden Blick drehe ich halb durch. Soll das heißen, Jona hat ihr gesagt, dass er …?

»Na ja, viele Worte machen passt nicht zu ihm«, beantwortet Leila meine unausgesprochene Frage. »Aber ja, er hat das eine oder andere erwähnt. Nach dem Besuch bei deinen Großeltern zum Beispiel … Warte …« Sie nimmt ihr Handy zur Hand und wischt auf dem Display herum. »Hier.«

Sie hält es mir unter die Nase, ihren Chatverlauf mit Jona geöffnet.

Ich beiße mir auf die Zungenspitze.

Jona: **Ohne Witz, ich glaube, ich liebe sie.**

»Ich habe dir das nie gezeigt, klar?«

Meine Hände zittern, und ich stelle sicherheitshalber meinen Becher ab. »Hat er dir auch von den Eisbären erzählt?«, frage ich, aber sie sieht mich nur verwirrt an, und meine Hoffnung sinkt.

»Von den *was*?«

Also nicht. Das bedeutet, sie checkt auch nicht, dass Eray gerade deshalb so wütend auf Jona ist, weil der ihm – wissentlich oder völlig ahnungslos – fast das Mädchen seiner Träume weggeschnappt hätte. Egal, wie surreal die Vorstellung für mich immer noch ist. Für Leila muss es so aussehen, als würde Eray ihn bloß dazu bringen wollen, mir endlich die Wahrheit über seine Gefühle zu sagen.

Wieso nur muss mir das passieren? Wenn ich nicht todunglücklich enden will, bleibt mir nichts anderes übrig, als Eray zu konfrontieren. Aber ich kann doch nicht die jahrelange Freundschaft von zwei Menschen riskieren, nur weil ich in einen von ihnen verliebt bin?

Statt mich weiter verrückt zu machen, frage ich Leila endlich, wie es ihrem Bruder geht. Zum Glück hat er sich inzwischen Hilfe gesucht. Als dann Valeska zu uns stößt, nehme ich Leilas Angebot an, mich für den Rest meiner Zeit am Stand zu vertreten. Bestimmt wird Jona denken, ich hätte mich seinetwegen verdrückt. Aber so ist es ja auch. Ich weiß einfach nicht, wie ich die ganze Sache noch geradebiegen könnte.

Mission Wintermärchen: »Date unter Juristen«

Verfasst am: 18. November
Gehört zu: Projektziel B
Couple Goal: mit Jona zur Kanzlei-Weihnachtsparty gehen und ein bisschen mit ihm angeben
Beteiligte: Jona und ich
Erfüllungsort: Kanzlei Moorbrink

Anmerkungen:
Ehrlich gesagt habe ich mich in den letzten Jahren auf der Weihnachtsfeier in der Kanzlei meiner Eltern immer ziemlich gelangweilt. Alles ist sehr stilvoll – die Kleidung, das Essen, die Hintergrundmusik, die Sektflöten, mit denen auf die gute Zusammenarbeit im letzten Jahr angestoßen wird. Aber mir fehlen da immer die Farben, die Action, die Lebhaftigkeit. Ich mein, die müssen ja nicht gleich eine Tanzfläche eröffnen und Trinkspiele spielen; nur vielleicht den Small Talk und die Lobesreden auf das ach so tolle Team ein bisschen reduzieren und das Ganze etwas persönlicher gestalten, begonnen bei der Deko. Leider durfte ich mich da auch in diesem Jahr nicht einmischen. Dabei hätten wir uns doch wenigstens mal ein Motto überlegen können. Na ja, jedenfalls werde ich nach den vielen Malen, wo ich auf diesem Event total überflüssig nur als Tochter der Chefs zum Lächeln und Nicken da-

bei war, zum ersten Mal in Begleitung dort aufkreuzen. Mit Jona an meiner Seite kann mir gar nicht langweilig werden. Wir können uns zusammen darüber amüsieren, dass alles etwas zu spießig ist. Und natürlich werde ich ihn allen als meinen Freund vorstellen. Positiver Nebeneffekt: Diejenigen, die mich schon von klein auf kennen, werden dann endlich kapieren, dass aus dem aufgedrehten Mädchen mittlerweile eine ernst zu nehmende Frau geworden ist. Eine, der man – und diese Notiz geht telepathisch an die inzwischen in Rente gegangene Frau Steinmann – keine, ich wiederhole: keine!, Süßigkeiten mitbringt. Ich liebe die natürlich. Aber nicht, wenn ich mich dafür »Ki-Kindchen« nennen lassen muss. Und mit Jona kann sowieso keine Süßigkeit der Welt mithalten.

Kapitel 31

Am Montag geht es zurück in die Schule. Vielleicht hätte mein Unfall als Entschuldigung für einen Fehltag – oder am besten gleich für alle restlichen Tage bis zu den Ferien – herhalten können. Nur war ich dummerweise am Wochenende schon wieder offiziell unterwegs. Und davon abgesehen werde ich nächstes Jahr immer noch mit Eray und Jona in einer Klasse sein.

Den ganzen Montag reden die beiden kein Wort mit mir. Das gleiche Spiel am Dienstag. Dabei war ich mir fast sicher, nach dem Streit auf dem Basar müsste sich irgendetwas tun. Gut, womöglich ist das Ergebnis einfach, dass mir nun beide für immer aus dem Weg gehen wollen. Eray wirkt nicht anders als sonst. Soweit ich das beurteilen kann; ich habe ihn ja nie genauer beobachtet. Jona dagegen erscheint mir deprimiert, aber vermutlich ist das nur Wunschdenken.

Meine Glücksstimmung aus der Projektwoche hat sich endgültig verflüchtigt, und obwohl Valeska und Manuel superlieb sind und versuchen, mich aufzuheitern, bin ich mit meinen Gedanken weit weg. Beim Wichteln wurde ich natürlich auch vergessen.

Als ich am Mittwochmorgen im Bus sitze und mich, nicht zum ersten Mal, frage, wie ich das kommende Wochenende mit der Abschlussfahrt ans Meer überstehen soll, weiß ich, es kann so nicht weitergehen. Ich kann nicht einfach abwarten.

Also werde ich heute endlich mutig sein. Ich frage Jona, ob er mich zu der Kanzleiparty am Freitag begleitet, bevor wir am nächsten Morgen zusammen mit der Aktionstruppe losfahren. Damit zwinge ich ihn, in irgendeiner Weise zu reagieren. Und wenn er zögert, werde ich ihn mit seinen eigenen Waffen schlagen, indem ich ihm sage, dass es kein Date ist, sondern wir als Freunde hingehen. Ganz so, wie er es angeblich haben will. Wenn er lieber gar nichts mehr mit mir zu tun haben will, muss er mir das schon ins Gesicht sagen. Auch wenn seine Nachricht an Leila von vor dem Bärchen-Vorfall stammt, kann ich sie nicht vergessen. Gefühle kann man nicht so schnell abschalten. Ich werde dafür sorgen, dass er an seine für mich so oft wie möglich erinnert wird. So lange, bis alles doch noch ein gutes Ende nimmt oder ich definitiv aufgeben muss.

Ich werde ihn jetzt gleich, noch vor der ersten Stunde, einladen. So.

Der Bus hält, und ich lasse mich mit dem Strom nach draußen schwemmen. Gestern hat es geregnet, und der schöne Schnee hat sich größtenteils in graubraune Matsche verwandelt. Passt perfekt zu meiner Stimmung ... Nein, Schluss damit! Nicht schon wieder so destruktiv denken! Ab jetzt nehme ich die Dinge wieder in die Hand und wende sie zum Besseren!

Fest entschlossen betrete ich keine fünf Minuten später unser Klassenzimmer. Seltsamerweise richten sich sofort fast alle Augen auf mich, und irgendwer stößt sogar einen Pfiff aus.

Mein Blick huscht durch die Reihen. Valeska und Manuel sind noch nicht da, die trödeln bestimmt mal wieder unterwegs. Leider ist Jonas Platz ebenfalls leer.

Wieso starren mich nur alle an? Ich gehe zu unserem Tisch, um mich hinzusetzen. Und da sehe ich, was los ist. An unserem Whiteboard hängt mit Paketband befestigt ein großes Plakat. Der Schriftzug darauf ist aus Tonpapierbuchstaben, jeder in einer anderen Farbe.

Ich liebe dich, Jona! Für immer, deine Kimara.

Darum herum kleben fünf meiner *Jona & Ki*-Herzen, fein säuberlich aus meinem Collegeblock ausgeschnitten, zwei darüber, drei darunter.

Zischend lasse ich meinen angehaltenen Atem entweichen.

What the hell? Das muss sofort weg! Bevor ...

Und natürlich – *natürlich!* – kommt in diesem Moment Jona zur Tür rein. Auch er erntet Blicke und dazu ein lautes »Glückwunsch, Alter!« von Max. Wie ich scannt Jona den Raum ab und findet zuerst nichts, entdeckt dann aber das Plakat. Ungläubig betrachtet er es und runzelt die Stirn. Mit schnellen Schritten eile ich zum Whiteboard.

Mir bleibt nur die Flucht nach vorn. Ich räuspere mich und habe sofort die Aufmerksamkeit aller Anwesenden: »Sorry, Leute, kann ich kurz was sagen? Vielleicht glaubt ihr mir das nicht, aber das hier ist nur ein mieser Scherz. Selbst wenn ich auf die Idee gekommen wäre, so ein Plakat zu basteln, hätte ich es wohl kaum hier aufgehängt. Ich hätte nicht mal die Gelegenheit dazu gehabt.« Wieso verteidige ich mich eigentlich? Ich kürze den Rest ab: »Daher für euch zur Info: Das war *nicht* ich. Der arme Jona muss sich keine Sorgen machen, dass ich zu einer lästigen Verehrerin mutiere und noch mehr solcher peinlichen Dinge passieren. Danke fürs Zuhören.«

Ich schaue zu Jona, aber der hat sich wortlos hingesetzt

und zuckt auf meinen Blick hin mit den Schultern, als wollte er sagen: *Mir doch egal, Ki.*

Getroffener, als ich zeigen will, ziehe ich mir einen Stuhl heran und nehme das Plakat ab, rolle es sorgfältig zusammen und löse drei der Klebestreifen von seinem Rand ab, um es damit zusammenzuhalten.

Wenigstens ist Eray noch nicht da – Glück im Unglück. Außerdem kommen nun endlich Valeska und Manuel Hand in Hand in den Raum spaziert, noch völlig nichtsahnend, dass sie mich gleich trösten müssen.

Obwohl die Lage klar ist, hole ich meinen Block heraus und checke ihn unauffällig. An fünf Stellen finde ich herzförmige Löcher in den Seiten.

* * *

»Entschuldigt mich kurz«, sage ich, als wir in der Pause auf den Schulhof treten und ich die kleine Gruppe von Mädchen vor der Kantine stehen sehe.

Doch Valeska und Manuel begleiten mich mit grimmigen Mienen dorthin, als wären sie meine Bodyguards.

Man könnte meinen, nach einer ganzen Doppelstunde wäre ich nicht nur über den Schreck, sondern auch die erste große Wut hinaus. Bin ich aber nicht. Ich koche.

Die Mädchen weichen überrascht auseinander, als ich herangestürmt komme.

»Daphne«, sage ich und baue mich vor meiner Schwester auf. Ich hatte schon befürchtet, dass ich sie anschreien würde, aber stattdessen ist meine Stimme gefährlich ruhig. »Du bist zu weit gegangen. Ich weiß nicht, was dein verdammtes

Problem ist und warum Paola hier« – ich deute auf die arrogant grinsende Mini-Charlotte neben ihr – »verzweifelt die Aufmerksamkeit ihrer großen Schwester zu bekommen versucht, während du mich anscheinend einfach hasst.«

Daphne schaut mich mit weit aufgerissenen Augen an. Wahrscheinlich fühlt sie sich jetzt vor den Cool Kids bloßgestellt oder so. Ist mir grad so was von egal.

»Geh nie wieder an meine Sachen, verstanden?«, schleudere ich ihr entgegen. »Und wag es nicht, dich wegen Jona noch mal in irgendeiner Weise einzumischen.«

Sie sagt immer noch nichts, Paola grinst mich nach wie vor an, jetzt richtig hämisch, und bevor ich am Ende doch ausraste, wende ich mich zum Gehen. »Das war echt das Letzte!«, schnaube ich noch, was Valeska mit einem »Was läuft falsch bei euch?« und Manuel mit einem »Werdet erwachsen!« untermauern.

Wir gehen auf direktem Weg in die Kantine, weil ich jetzt zwingend ein oder eher zwei Schokobrötchen brauche. Leider fühle ich mich kein Stück erleichtert, weil ich Daphne die Meinung gesagt habe. Denn wie es aussieht, werde ich den Rest des Jahres jetzt nicht nur ohne Jona, sondern auch noch im Schwesternstreit verbringen.

Kapitel 32

Zwei Tage nach dem Daphne-Desaster ist es so weit. Keine Möglichkeit mehr, es aufzuschieben, heute Abend findet die Weihnachtsfeier in der Kanzlei meiner Eltern statt. Es ist Freitagmorgen, fünf Minuten vor Beginn der ersten Stunde, und ich steuere direkt Jonas Platz an. Diesmal schaffe ich es tatsächlich dorthin. Ganz ohne Blamagen, die mich aufhalten. Ist doch schon mal ein Fortschritt, oder?

Jona und leider auch Eray schauen mich überrascht und ein bisschen alarmiert an.

»Jona«, sage ich, weil es in diesem Fall nun wirklich unvermeidlich ist, die Einladung an den Richtigen von beiden zu adressieren, »hast du Lust auf die Kanzlei-Weihnachtsparty meiner Eltern? Die ist heute Abend und ich hab mir überlegt, dass es alleine doch ziemlich langweilig wird.«

Neeeein, wie klang *das* denn?

»Mit dir wäre es bestimmt … spannender.« Ich beiße mir auf die Zunge. Das hat es jetzt nicht gerade besser gemacht, besonders dank der womöglich missverständlichen Pause.

»Ki«, seufzt Jona. Ein tiefes Seufzen, ungefähr das gleiche, das vor einer Sekunde meine innere Stimme von sich gegeben hat.

Oh, ich habe auch noch die wichtigste Info vergessen!

»Es wäre kein Date. Ist ja klar. Nur so ein freundschaftliches … Dings. Treffen.«

Jona schüttelt den Kopf, erst zaghaft, dann entschiedener.

»Jona«, seufzt jetzt Eray in einer perfekten Imitation seines Freunds. Wobei ich nicht weiß, was er ihm damit sagen will. Dass Jona mir vorschlagen soll, doch mit *ihm* hinzugehen?

»Ich denke eher nicht«, sagt Jona. »Sorry.«

Das hat er gerade echt gesagt. So brutal wäre nicht mal meine schlimmste Fantasie gewesen.

»Ich könnte dich begleiten, wenn du magst«, schlägt Eray vor.

Na klar.

Und weil inzwischen zu viele Leute neugierig zu uns schauen, wegen der Bärchen und aus Wut und Verzweiflung und vor allem, weil mein Herz gebrochen ist, haue ich meine Faust auf den Tisch vor Jona, zwinge mir ein Lächeln aufs Gesicht, das ich seinem besten Freund schenke, und sage: »Ach cool, supergern!«

* * *

Ungläubig starre ich auf mein Handy.

Tut mir leid. Das von heute Morgen. Wir sehen uns ja am Wochenende.

Ist das sein Ernst? Ich packe einen meiner Deko-Elche am Hals und möchte ihn gegen die Wand schleudern, aber dann halte ich mitten in der Bewegung inne. Auf keinen Fall mache ich wegen dieses unfassbaren Typen eines meiner geliebten Tierchen kaputt.

Seit fast zwölf Stunden frage ich mich nun bereits, was mit mir oder ihm oder uns nicht stimmt. Und jetzt, kaum fünf

Minuten, bevor Eray mich abholen kommt, schreibt er mir so eine nichtssagend blöde Entschuldigung?

Wie aufs Stichwort klingelt es an der Tür. Ich husche ans Fenster und spähe nach unten, aber meine winzige Hoffnung, Jona könnte doch noch an Erays Stelle kommen, verpufft. Es *ist* Eray.

Na gut, Jona, du hast es nicht anders gewollt!

Ich nehme die kleine silbergraue Clutch, und weil mir im letzten Moment auffällt, dass die im Grunde das einzig weihnachtliche an meinem Outfit – schwarzer Jeans und einem rostroten Wollpulli – ist, schmücke ich noch schnell meine Ohren mit den Schneekristallsteckern von meiner Oma.

Es klingelt noch mal. Alle anderen Moorbrinks sind schon ausgeflogen, zumal meine Eltern als Gastgeber natürlich als Erste da sein müssen und Daphne sich angeboten hat, die Häppchentabletts zu arrangieren. Also eile ich zur Tür. Sonst gibt Eray noch auf, und trotz allem habe ich nicht vor, ihn zu versetzen.

»Krass, Ki«, sagt er, als ich ihm aufmache. »So ein erzwungenes Lächeln habe ich noch nie gesehen.«

»Tut mir leid.« Das meine ich ernst. Schon müde von diesem Abend, der noch gar nicht richtig angefangen hat, ziehe ich Jacke und Schuhe an und trete zu Eray hinaus in die Kälte.

Er misst mich mit seinem Blick. »Ich bin sicher, Jona hasst sich gerade in diesem Moment ziemlich dafür, dir abgesagt zu haben.«

Was soll das? Ist das zu einer Art Wettstreit zwischen den beiden ausgeartet?

»Dir kommt das doch nur gelegen, oder?«, frage ich provokant.

Er hält mir die Vorgartenpforte auf und grinst. »Kann man so sagen.«

Fürs Erste war es das an jonarelevanter Kommunikation zwischen uns. Auf dem Weg zur Bushaltestelle und auf der Fahrt zur Kanzlei führen wir kein richtiges Gespräch. Eray erzählt von einer Doku über das Leben in der Tiefsee, die er scheinbar heute Nachmittag gesehen hat. Ich reagiere mit Ahs und Ohs an den passenden Stellen. Innerlich grüble ich, ob es vielleicht auch in Eray eine Tiefsee gibt – ob hinter seiner direkten Art und dem selbstbewussten Auftreten vielleicht ein Typ steckt, der romantische Botschaften mit niedlichen Bärchen verschicken würde.

Als wir schließlich mit dem Aufzug in die zweite Etage des Geschäftsgebäudes fahren, bereue ich, dass ich mich immer noch nicht dazu aufraffen konnte, ihn darauf anzusprechen.

Schon gleiten die Türen auf, und meine vorerst letzte Chance ist vertan.

Meine Mutter steht persönlich an der Tür, um alle in Empfang zu nehmen. »Hallo, ihr zwei! Ähm, wo ist denn Jona? Ich dachte …« Sie unterbricht sich, wahrscheinlich, weil ihr gerade aufgeht, wie taktlos das meinem Ersatzdate gegenüber sein könnte.

Wiesohooooohooo muss mir das passieren?

»Da hat Ki wohl vergessen, Sie upzudaten. Ich bin Eray.« Er schüttelt meiner Mutter die Hand.

Ich weiche ihrem fragenden Blick aus und ziehe Eray am Arm zum großen Sitzungsraum, in dem die Feier stattfindet.

Dort überfällt uns gleich als Erstes Frau Steinmann, die nicht fassen kann, was für eine »hübsche junge Frau« aus mir geworden ist und wie »adrett« mein »Freund« aussieht.

Und eine Packung Kinderschokolade hat sie mir auch mitgebracht. Ich Glückspilz.

»Ich nehm die gern, wenn du sie nicht willst«, meint Eray, sobald Frau Steinmann weitergezogen ist.

Kopfschüttelnd verstaue ich die Schokolade in meiner Clutch. Als ob ich die ihm überlassen würde. So weit kommt's noch!

»Kimara, ich glaub, es ist an der Zeit, dass ich dir den wahren Grund beichte, warum ich dich hierher begleiten wollte.«

Ich starre ihn an und reiße dann fast panisch meinen Blick los, um ihn über das Büfett an der Wand und die teils herumstehenden, teils bereits an den Tischen sitzenden Weihnachtsfeiergäste schweifen zu lassen. Bloß nicht wieder zu ihm sehen, dann redet er vielleicht nicht weiter.

»Deine Schwester ...«, sagt er. »Denkst du, ich könnte Chancen bei ihr haben?«

Hä – wie bitte?

Eray schaut quer durch den Raum zu Daphne, ein freches Grinsen auf den Lippen.

Bin ich blöd?

»Waren ... die Nachrichten ... waren die etwa für Daphne?«, stammle ich.

Seine Reaktion ist ein Stirnrunzeln. »Hätte dann dein Name draufgestanden?«

»Jetzt hör auf, ja? Sag schon!« Ich merke, dass sich einige Köpfe zu uns umdrehen, also zwinge ich mich, leiser weiterzuwüten: »Was soll das Ganze? Du stehst auf *Daphne*?«

Er drückt warnend den Zeigefinger gegen seine Lippen und sieht sich hastig nach ihr um. Doch meine Schwester in ihrem goldfarbenen Cocktailkleid – vollkommen overdressed – schenkt gerade Sekt aus und hat bis jetzt scheinbar noch nicht mal bemerkt, dass wir überhaupt da sind.

»Sorry«, sagt er dann. »Ich dachte nicht, dass dich das aufregen würde.«

Ich hole tief Luft. »Erstens regt es mich nicht auf. Zweitens kann ich dir nur von ihr abraten. Drittens ist sie wahrscheinlich leicht zu haben, weil sie seit Neustem zu den ganz Coolen gehören will und dazu bekanntlich einen älteren Freund braucht. Und viertens, Eray, geht es hier verdammt noch mal um Jona und nicht um meine hohle Schwester!«

Erst sieht er total perplex aus, doch dann kehrt sein selbstsicheres Lächeln zurück. »Alles klar, dann habe ich folgenden Vorschlag für dich: Du wirst dich gleich, wenn die Feier richtig losgeht, verdrücken und ohne jede weitere Verzögerung direkt zu Jona nach Hause fahren. Da hockt er nämlich deprimiert herum und hat definitiv nichts Besseres zu tun, als von dir verhört zu werden. Also frag ihn doch. Frag ihn, was mit den Nachrichten war. Ich werde in der Zwischenzeit herausfinden, wie hohl deine Schwester wirklich ist.«

Er klopft mir auf die Schulter, als wären wir in derselben Fußballmannschaft und bereit fürs Turnierfinale. Dann lässt er mich stehen, geht zu Daphne hinüber und tippt ihr an den Arm. Als sie ihn erkennt, weicht sie vor Überraschung einen Schritt zurück. Er sagt irgendetwas zu ihr, dass sie binnen Sekunden rosarot anlaufen lässt.

Ich glaub's ja nicht. Es ist verrückt genug, dass es mir im Vergleich gar nicht so wahnsinnig erscheint, Erays Vorschlag in die Tat umzusetzen.

Kurz überlege ich, wenigstens noch die Ansprache meiner Eltern abzuwarten, doch im Grunde genommen sagen sie jedes Jahr das Gleiche. Also entschuldige ich mich bei meinem Vater, der nicht mehr zu wissen braucht, als dass ich etwas Ultrawichtiges klären muss. Er besteht darauf, mir Geld für ein Taxi zu geben, und keine fünf Minuten später bin ich schon auf dem Weg zu Jona.

Mission Wintermärchen: »Stadtromantik bei Nacht«

Verfasst am: 22. November
Gehört zu: Projektziel B
Couple Goal: romantischer Spaziergang nach 22 Uhr
Beteiligte: Jona und ich
Erfüllungsort: Innenstadt

Anmerkungen:
Eigentlich mag ich es nicht, wie kurz die Tage im Winter sind. Wenn es draußen dunkel ist, hat das zwar etwas Gemütliches, aber oft fehlt dann die Energie, die etwas Sonnenschein in einem wachkitzeln kann. Doch wie heißt es so schön: Gibt das Leben dir Zitronen, mach Limonade draus. Heißt für mich: Wenn das Leben dir dunkle Nächte gibt, entzünde romantische Leuchtfeuer.

Ich gebe zu, das klingt, jetzt, wo ich das so geschrieben vor mir sehe, doch eher übertrieben als poetisch. Egal, ich weiß ja, worauf ich hinauswill.

Dieses Couple Goal lässt sich eigentlich in sehr wenigen Worten zusammenfassen: ein Spaziergang durch die nächtlichen, laternenbeschienenen Straßen, wenn kaum mehr jemand unterwegs ist und die Lichter in den Häusern nach und nach ausgehen. Ich möchte in die Stille eintauchen, die sich immer tiefer über unsere kleine Stadt senkt. Atemwölkchen vor uns hertreibend, werden Jona und ich Hand in Hand Fußspuren in frischem Schnee auf den Bürgersteigen hinterlassen. Unsere Schatten werden auf dem funkelnden Weiß miteinander verschmelzen, und wir werden uns mit gedämpften Stimmen über Dinge unterhalten, die uns viel bedeuten. Der Mond wird über uns wachen und … okay, reicht. Ich habe mir selbst gerade zur Genüge bewiesen, dass ich auch poetisch kann, glaube ich. Jetzt muss sich das alles nur noch bewahrheiten. Ich bin mir ziemlich sicher, dass die Wirklichkeit meine Worte noch um ein Vielfaches übertreffen wird …

Kapitel 33

Schon bevor Katja mir aufmacht, höre ich lautes Weinen in der Wohnung. Es wird noch dreimal lauter, als die Tür geöffnet ist.

»Oh, Ki, hallo! Du siehst aber hübsch aus, warst du feiern?« Sie ruft noch im selben Atemzug über die Schulter nach Jona.

»Ja, ich ... Meine Eltern geben eine Kanzlei-Weihnachtsfeier. Ist ... alles in Ordnung?«

Sie hebt einen Mundwinkel, also scheint zumindest nichts akut Schlimmes los zu sein. »Größtenteils. Welcome back im Weinreich-Irrenhaus.«

»Was ist denn jetzt ...?« Der Rest seiner Frage bleibt unausgesprochen, als Jona mich sieht. »Oh. Ähm. Hey.«

»Okay, gut«, sagt Katja. »Jona, du gehst sie jetzt suchen. Deine Freundin kommt bestimmt gern mit.«

»Ki ist nicht ...«

»... nicht deine Freundin. Jo. Erzähl das dem Weihnachtsmann. Und jetzt: Jacke an, Schuhe an und raus mit dir.«

Ich bin mir nicht ganz sicher, ob ich noch folgen kann.

»Wenn wir die Katze nicht finden, haben wir heute keine Ruhe mehr«, ergänzt Katja.

»Nusspli ist weg?«, frage ich entsetzt.

»Nein, nur Nusspli die Zweite, ehemals Maunzi«, erklärt Jona.

Was meine Verwirrung nicht wirklich mindert. »Ihr habt noch eine Katze?«

»Keine echte«, sagt Jona und verdreht die Augen, bevor er sich wieder an seine Mutter wendet. »Ernsthaft, ich werde nicht mitten in der Nacht nach einem verfluchten Stofftier suchen, das irgendwo im Schnee liegt!«

»Sie iiiiiist nicht verflucht!«, heult Linn oder Leonie in dem Zimmer, aus dem Jona eben gekommen ist.

»Wir finden sie bestimmt ganz schnell«, sage ich, obwohl ich eigentlich noch viel zu wenige Fakten kenne, um das behaupten zu können.

Jona jedenfalls stößt die Luft aus, und statt, wie ich kurz befürchte, jetzt mich anzufahren, gibt er nach. Er zerrt seine Winterschuhe unter der Garderobe hervor, zieht sie an und rupft seine Jacke vom Haken.

»Danke. Geht doch.« Katja gibt die Tür frei, damit er zu mir herauskommen kann, und schlägt sie grinsend zu, sobald er neben mir steht. »Ihr seid unsere Rettung!«, ruft sie noch von drinnen.

»Und ihr bringt mich an den Rand des Wahnsinns«, murmelt Jona und sieht dann mich an. »Du mich übrigens auch.«

Meine Schultern sacken nach unten. »Das tut mir aber leid«, sage ich und klinge so bitter-beleidigt, dass Jona mich regelrecht erschrocken ansieht.

»In deinem Fall meinte ich das nicht ... ach Mann.« Er schüttelt den Kopf und macht sich auf den Weg die Treppe hinunter.

Ich glaube nicht, dass es der passende Zeitpunkt ist, jetzt die Fragen zu stellen, wegen denen ich hergekommen bin. Ich beiße die Zähne zusammen und folge Jona nach draußen. »Bekomme ich ein paar Details?«, bitte ich ihn dort. »Was für eine Stoffkatze suchen wir genau – und wo?«

Ich wünschte, er würde nicht so erleichtert wirken. Das wünschte ich wirklich.

»Grau-weiß gestreift, etwa so groß.« Er hält die Hände etwa dreißig Zentimeter auseinander. »Schwarze Augen, Plastikschnurrhaare.« Er seufzt. »Lutz war mit den Zwillingen in der Fußgängerzone unterwegs und Leonie hatte das Viech dabei.«

»Oh. Schön, dass er was mit ihnen unternimmt, oder?«

Kurz blinzelt Jona mich irritiert an, dann nickt er. »Doch, ja. Dachte ich jedenfalls bis eben. Als ich noch nicht wusste, dass er ein Katzenverlierer ist.«

Wir setzen uns in Bewegung und gehen den schmalen Pflasterweg zum Bürgersteig und dann an der Straße entlang Richtung Innenstadt.

Zwischen uns ist fast ein Meter Platz, und dennoch muss ich irgendwie an mein schönes Couple Goal mit dem romantischen Nachtspaziergang denken. In meiner Vorstellung wäre es zwar nicht erst kurz vor halb neun gewesen und besagter Meter Abstand wäre definitiv nicht da, aber ein klein wenig hat es trotzdem davon. Ich meine, immerhin ist die Hauptperson dabei.

»Möchte ich eigentlich wissen, warum du so spät einfach bei uns auftauchst, obwohl du bei der Feier deiner Eltern sein solltest?«, fragt Jona, und es hört sich irgendwie so an, als würde er dazu tendieren, dass er es *nicht* wissen will.

»Es hat sich herausgestellt, dass mein Date bloß wegen meiner Schwester mitkommen wollte.«

»Hätte ich dir gleich sagen können.«

»Hast du aber nicht.« Ich bin kurz davor, ihn zu fragen, warum er mir heute Morgen so schroff abgesagt hat – ja wohl nun doch nicht Eray zuliebe, oder? –, doch ich will nicht rüberkommen, als käme ich nicht mit einer Zurückweisung klar. »Jedenfalls meinte Eray«, sage ich stattdessen, »dass ich dich direkt fragen soll, was es denn jetzt mit diesen Nachrichten auf sich hat.«

Ich denke erst, dass Jona Zeit braucht, um sich seine Antwort zurechtzulegen, aber es vergehen mindestens fünf Minuten, und er schweigt immer noch eisern. Wir haben schon fast die Innenstadt erreicht.

»Wieso meint Eray, dass du was dazu zu sagen hast?«, starte ich einen zweiten Versuch.

Jona gräbt die Hände in die Taschen seiner Jacke und gibt einen frustrierten Laut von sich. »Weil er blöd ist! Es spielt keine Rolle, okay?«

Und bevor ich auch nur die Chance habe zu sagen, dass das ganz und gar nicht okay ist, sagt er: »Also Leonie meinte, im Spielzeugladen hatte sie ihre Katze noch. Lutz war sich auch sicher, dass sie da noch unter ihrem Arm geklemmt hat. Aber sie haben danach auf einer Steinbank vor dem Laden kurz eine Kekspause gemacht, und womöglich hat sie sie da liegen lassen.«

Was habe ich bloß getan, dass er das Thema jedes Mal im Keim erstickt?

Obwohl ein Teil von mir nicht nachgeben will, lasse ich mich auf den Themenwechsel ein. »Das ist doch ein guter erster Anhaltspunkt!« Mir gelingt das mit der gespielten Unbeschwertheit noch viel besser als ihm. Ich bin sozusagen die Freude in Person.

Jona wird ein bisschen schneller, als wäre ihm gerade klar geworden, dass er, je eher wir die Katze finden, umso weniger Zeit mit mir verbringen muss.

Das hier ist ein Albtraum. Vor allem, weil alles außer der Stimmung zwischen uns so perfekt ist. Der Nachthimmel spannt sich in einer ganz eigenen Winterwolkendunkelfärbung über uns, und es fängt gerade an, ganz zart zu schneien, sodass es vor den Straßenlaternen aussieht, als wäre die Luft voll Glitzerstaub. Seit mindestens einem halben Kilometer ist uns niemand mehr begegnet, und wenn nicht was auch immer passiert wäre, könnte das hier die romantischste Stofftiersuche aller Zeiten sein.

Wir kommen in die menschenleere Fußgängerzone. Konzentriert streifen wir an den Schaufenstern entlang, und während Jona in jede dunkle Ecke späht, spiele ich ernsthaft mit dem Gedanken, ihn in einen der überdachten Eingänge zu ziehen, meine Hände an seine Wangen zu legen und ihn ... äh, wo kommt das denn jetzt her? Wahrscheinlich keine gute Idee. Ich kann mir ausrechnen, was passiert, wenn ich ihn nach seiner Lass-mich-in-Ruhe-Karte einfach mit einem Kuss überfalle. Oder nein, ich kann es mir nicht ausrechnen, aber ich weiß, es wäre schlimmer als seine Reaktion auf meine Einladung zur Kanzleifeier. Womöglich würde er nie wieder ein Wort mit mir reden. Seien wir ehrlich: Ich komm voll nicht drauf klar, dass Jona erst weißnichtwie und dann richtig süß zu mir war und jetzt fast so tut, als würde ich ihn anätzen. Vielleicht sollte ich ihm das genau so sagen, damit ich mich nicht länger mit Tagträumen bei Nacht quälen muss?

Er hat es wirklich unübersehbar eilig, doch zu seinem Pech befindet die Katze sich weder auf noch unter der Steinbank vorm Spielzeugladen noch im Mülleimer daneben.

Wir haben schon fast das Ende der Fußgängerzone erreicht, als aus einer Gasse zu unserer Rechten Stimmen an unsere Ohren dringen.

»Zu mir! Flieg, Kätzchen, fliiiiieg!«

»Digga, nein, kill es nicht!«

Jona und ich tauschen einen Blick. Okay, er hat es auch gehört, der erste Typ hat definitiv *Kätzchen* gesagt. Zufall? Wohl kaum.

Entschlossen biege ich in die Gasse ab, bewege mich im Laufschritt bis an ihr Ende und luge um die Ecke. Und da sehe ich sie: Vier junge Männer und eine Frau, alle vielleicht so um die zwanzig, hängen auf dem Platz vor einer Doppelgarage ab. Einer sitzt neben einem Kasten Bier auf dem kleinen Mäuerchen daneben, die anderen spielen eine Art Schweinchen in der Mitte. Das Mädel versucht das Wurfgeschoss in die Finger zu kriegen, das die drei Kerle herumwerfen, und dabei handelt es sich – wie sollte es auch anders sein – um eine Stoffkatze. Auch wenn ich sie im Dunklen und aus der Entfernung nicht genau sehen kann, weiß ich das mit Sicherheit.

»Das hat mir gerade noch gefehlt!«, stöhnt Jona hinter mir. »Komm, lass uns gehen. Ich zettel wegen dem Ding bestimmt keine Schlägerei an.«

Ich verstehe, warum er lieber abhauen würde – ich ja auch. Aber als waschechte Katzenretterin habe ich keine Wahl.

»Das wird ganz easy«, sage ich, mehr, um mir selbst Mut zu machen, und dann laufe ich los, bevor Jona mich aufhalten kann. »Hey!«, rufe ich.

Alle fünf drehen die Köpfe überrascht zu mir, und die Katze landet unsanft vor dem Garagentor. Ich trete näher und lächle in die Runde. »Hey. Würde es euch was ausmachen, mir diese Katze zu geben?«

Ich höre Jonas Schritte hinter mir, drehe mich aber nicht zu ihm um.

Einer der Jungs, ein Typ im Schlabberlook mit schulterlangen Haaren, grinst mich träge an und geht dann mit großen Schritten zur am Boden liegenden Katze, um sie am Schwanz aufzuheben. »Ist das etwa deine, Mäuschen?« Er kommt auf mich zu, bleibt dichter vor mir stehen, als angemessen wäre, und lässt sie vor meinem Gesicht hin und her baumeln.

Sie haben sie übel zugerichtet. Ihr Fell ist schmutzig, am Bauch ist sie aufgerissen, und eins der Augen hängt ihr an einem losen Faden im Gesicht. Ich weiß, es ist nur ein Kuscheltier, aber trotzdem bin ich entsetzt. Und wütend.

»Was bekommen wir denn im Austausch für die Geisel?«, fragt einer der anderen Typen.

»Komm, Ki«, murmelt Jona. »Besser, wir tauchen ohne die wieder bei uns zu Hause auf als mit ihr in diesem Zustand. Glaub mir.«

Ich straffe die Schultern und sehe den Kerl, der die Katze immer noch gepackt hält, direkt an. Worte wollen über meine Lippen – *Was stimmt nicht mit euch? Habt ihr keine Hobbys?* –, aber Provokation ist gerade sicher keine gute Idee. »Dieses Stofftier gehört einem kleinen Mädchen, das seit heute Nachmittag todtraurig ist, weil sie es verloren hat. Wärst du also bitte so nett, es mir einfach zu geben? Wir wollen keinen Ärger. Es geht hier um ein Kind!«

Ich starre ihn an und er starrt zurück.

Schließlich hebt er eine Schulter. »Na ja, alles cool. Nimm sie ruhig.« Er drückt mir die Katze gegen die Brust, und ich schlinge meine Arme fester darum als nötig.

»Tschüss dann«, sage ich und zwinge mich zu einem ganz

normalen Tempo, als ich wieder in die Gasse gehe, Jona wie einen Schutzschild hinter mir.

»'ne heiße Kleine hast du da!«, brüllt einer ihm nach.

»Sehr schmeichelhaft«, sage ich und merke erst jetzt, dass ich am ganzen Körper zittere.

Da spüre ich Jonas Hand auf meiner Schulter. »Danke. Das hätte ich mich sicher nicht getraut.«

Ich möchte, dass er mich in den Arm nimmt, wage es aber nicht, ihn darum zu bitten. Stattdessen bleibe ich stehen und schaue mir die Verletzungen des armen Kätzchens genauer an.

Jona seufzt. »Ich fürchte, wir müssen Leonie trotzdem sagen, dass wir ... okay, lügen ist beschissen, aber vielleicht verstecke ich sie besser vor ihr und erzähle ihr einfach, die Katze erlebt jetzt woanders großartige Abenteuer?«

Ich schüttele nur den Kopf. »Ich kriege das hin. Weißt du, es ist normalerweise besser, dem anderen die ganze Wahrheit zu erzählen und ihn dann gegebenenfalls zu trösten, als ihm einfach komplett das Herz zu brechen.«

Dazu hat Jona nichts mehr zu sagen, aber gerade deshalb weiß ich, dass er mich verstanden hat.

Kapitel 34

Jona schließt extra leise auf, und in der Wohnung ist auf den ersten Blick alles dunkel, doch kaum haben wir auch nur ein paar Schritte in den Flur gemacht, kommt Leonie herbeigerannt und knipst das Licht an. Ihre Wimpern sind tränenverklebt, und sie schaut so unglücklich und gleichzeitig hoffnungsvoll, dass ich am liebsten auch weinen möchte.

»Habt ihr sie?«, fragt sie kläglich.

»Keine Sorge«, sage ich. »Dein Kätzchen muss in die Notaufnahme, weil es verletzt ist, aber es wird alles gut.«

Zum Beweis ziehe ich die Katze aus meiner Jacke hervor, in deren Kragen ich sie gesteckt hatte, und halte sie hoch.

Leonie stößt einen kleinen Jubelschrei aus.

»Psst«, macht Jona. »Linn schläft schon, oder?«

Sie kommt näher, betrachtet ihren Liebling, und ihre Unterlippe beginnt zu beben.

Ich achte darauf, die Katze so zu halten, dass Leonie wenigstens nicht das Auge am Faden sieht – denn zu viel brutale Wahrheit ist für Kinder nun auch wieder nicht gut.

»Wirklich, sie wird ganz gesund werden«, verspreche ich. »Wusstest du, dass manche Leute mich auch Kuscheltierkrankenschwester-Ki nennen?«

Leonie sieht tatsächlich beruhigt aus, aber Jonas hochgezogene Brauen sagen mir, dass zumindest er offenbar immer noch kein Vertrauen in meine Fähigkeiten hat.

»Hol mir Nähzeug«, weise ich ihn an. »Und eine kleine Wanne mit warmem Wasser. Am besten mit ein bisschen Feinwaschmittel drin.«

»Ist Jona dein Assistent?«, fragt Leonie.

»Du hast es erfasst. Und du – du musst dem Kätzchen die Pfote halten, damit es ganz tapfer ist, ja? Aber erst, wenn ich seine Wunden desinfiziert habe. Nimm solange bitte erst noch im Wartezimmer Platz.«

Geistesgegenwärtig führt Jona seine kleine Schwester in die Küche. Ich höre, wie er ihr einen Kakao anbietet und sie damit erfolgreich ablenkt.

Ich gehe derweil mit meiner Patientin ins Bad und wasche im Waschbecken schon mal den gröbsten Schmutz ab. Durch die angelehnte Tür höre ich, wie Katja zu Jona und Leonie in die Küche geht und Jona sie nach ihrem Nähkörbchen fragt.

Kurz darauf steckt er den Kopf zu mir herein. »Ich hab alles.«

Ich folge ihm in den nächsten Raum auf der linken Wohnungsseite und checke erst nach ein paar Momenten, dass es sein Zimmer ist. Es ist nicht besonders groß, aber wahnsinnig gemütlich: Unter dem Hochbett hat er sich eine Computerecke eingerichtet; es gibt ein Regal nur mit Comics, und am Fenster entdecke ich eine gewisse Window-Color-Geschenkepackelfe.

Jona setzt die kleine blaue Wasserwanne auf seinem Drehstuhl ab und schiebt hastig diverse Zeichnungen auf dem Schreibtisch zur Seite, um das Katzenbad dann dort zu platzieren.

Ich setze mich in der Zwischenzeit mit den Nähutensilien

auf eins der Sitzkissen unterm Bett und beginne damit, das Auge wieder anzubringen. Es ist ein bisschen tricky, und auch wenn es albern ist, macht es mir irgendwie was aus, der Katze dabei mit der Nadel durch den Kopf stechen zu müssen, aber die OP glückt.

»Du bist unglaublich«, sagt Jona, als ich aufstehe und ihm mein Werk zeige. »Ehrlich: unglaublich.«

Zum ersten Mal, seit er so komisch zu mir ist, klingt er wieder richtig weich, und ich spüre, dass ich rot werde.

Ich gehe zum Schreibtisch, um mich an den etwas intensiveren zweiten Waschgang zu machen.

Vorsichtig tauche ich das Stofftier von allen Seiten einmal ein, sodass das Fell feucht ist, sich aber nicht die ganze Katze mit Wasser vollsaugt. Jona hat auch an einen kleinen Lappen gedacht, und ich mache ihn immer wieder nass und tupfe damit behutsam das Fell ab.

»Eray hätte dir die Nachrichten nicht bringen dürfen«, sagt Jona unerwartet hinter mir, und ich erstarre in der Bewegung. Mit angehaltenem Atem warte ich darauf, dass er weiterspricht.

»Er hat an einem Nachmittag im Sozialkaufhaus beim Einräumen geholfen, und an dem Tag waren die Eisbärchen abgegeben worden, zusammen mit einer Menge Krimskrams. Ich ... na ja, ich hab sie für dich zurückgelegt. Und mir die Texte dazu überlegt. Es war mehr so ein Was-wäre-wenn-ich-sie-dir-schicke, kein ernst gemeinter ... Plan.«

Ich wage es nicht, mich zu ihm umzusehen, weil ich Angst habe, er könnte jeden Moment wieder verstummen. Sanft zupfe ich an einer kleinen verfilzten Stelle im Katzenfell.

»Eray hat mich dann bequatscht. Er war der Meinung, dass

man sich so was nicht ausdenkt, wenn man es eigentlich gar nicht machen will.«

Jetzt kann ich mir eine Frage doch nicht mehr verkneifen: »Und das kam dir nicht logisch vor?«

Er seufzt. Tief. »Doch, jedenfalls zwischenzeitlich. Ich will nicht, dass du das irgendwie falsch verstehst ... Ich mochte dich. Schon länger.«

Vergangenheitsform. Mein Herz rutscht ab, und es fühlt sich an, als ob dadurch kein Platz mehr in meinem Bauch ist.

»Eray hat angeboten, den Boten zu spielen, weil er nur drei Straßen von euch weg wohnt und öfter mal an eurem Haus vorbeikommt. Ich hab die Nachrichten am Rechner getippt, weil ich mir nicht sicher war, ob ... ist ja auch egal. Am Ende hab ich es mir anders überlegt und die Aktion gestoppt. Dachte ich zumindest. Bis vor dem Eislaufen – als Daphne dir deine Post hinterhergebracht hat.«

Die Blutzufuhr zu meinem Hirn braucht jetzt länger, weil mein Herz zu weit weg ist, und daher sickern die Infos mit Verzögerung ein: Meine süßen Bärchen und die fast noch süßeren Zeilen dazu waren von Jona. VON JONA. Aber er wollte nicht, dass ich sie bekomme. Und er wusste nicht, dass ich sie trotzdem bekommen habe. Das muss ein Schock gewesen sein. Wie das hier gerade.

»Es ist okay, dass du sie scheiße fandst«, sagt er.

Er denkt, ich ... Ach ja – ich habe ein paar wirklich sehr unnette Worte dafür gefunden. Wie soll ich ihm das erklären?

»Fand ich nicht!«, stelle ich erst mal klar. Das ist ja irgendwo die Hauptsache.

Die Zimmertür wird geöffnet, und Leonie kommt sichtlich müde hereingeschlurft. »Kann ich jetzt ihre Pfote halten?«

Ich sehe Jona an und er mich, ein Moment, der so lang ist, als hätte ihn jemand eingefroren.

Ich mochte dich, hallt es in meinem Kopf.

»Ja«, höre ich mich Leonie antworten. »Wir müssen nur noch die offene Stelle am Bauch nähen.« Tatsächlich ist kein Dreck mehr auf dem grauweißen Fell zu entdecken.

Ich bitte um ein Handtuch, und Jona geht eins holen. Damit rubble ich die Katze ab, als wäre sie so lebendig wie Nusspli, die gerade durch den Türspalt schleicht und uns maunzend auf sich aufmerksam macht.

Jona setzt sich auf den Boden und nimmt sie auf den Schoß. Gedankenverloren streichelt er sie, während Leonie die Stofftatze mit ihren kleinen Fingern umfasst und ich mit farblich passendem Garn den Schlitz zunähe.

Als ich schließlich fertig bin, ist es spät, schon nach Mitternacht. Meine Familie sollte aber nach wie vor auf der Feier sein, sodass mich zu Hause keiner vermisst.

Katja ist noch wach, dankt mir überschwänglich und besteht darauf, mich mit Lutz' Auto zu fahren. Vorher bugsiert sie noch Leonie ins Bett.

Jona und ich stehen im Flur, wo ich mir die Schuhe anziehe, und können hören, wie die beiden darüber diskutieren, ob Nusspli die Zweite schon wieder schlafkuschelbereit ist. Katja plädiert dafür, dass sie auf dem Nachtschränkchen fertig trocknen soll. »Sie muss sich noch erholen«, erklärt sie Leonie.

»Jona?«, frage ich leise. »Was hat sich geändert? Habe ich was falsch gemacht?«

Zuerst denke ich, er wird gar nichts darauf erwidern, doch dann zuckt er mit einer Schulter. »Sag du's mir, Ki. Lief doch eigentlich alles mehr oder weniger nach Plan, oder?«

Ein Schauder jagt über meinen Rücken. Die Art, wie er das betont hat ...

Plötzlich wünsche ich mir, dass Katja endlich kommt und das hier unterbricht, diese Katastrophe, dieses absolute Alles-geht-schief.

»Du weißt von meinem Projekt.« Es ist die einzig sinnvolle Erklärung.

Beinahe feindselig schaut er mich an und nickt langsam.

In diesem Augenblick erfüllt mir Katja meinen stillen Wunsch und schnappt sich den Autoschlüssel aus der Schale auf dem Schuhschrank. Dann guckt sie ein wenig verwirrt zwischen uns hin und her. »Ahh! Verstehe, ich geh schon mal raus, damit ihr das mit dem Abschiedskuss noch hinbekommt.«

»Kapier's endlich!«, stöhnt Jona, und ich frage mich unwillkürlich, ob er damit eigentlich mich meint. »Tschüss, Ki«, sagt er knapp und geht dann einfach in sein Zimmer.

Katja schüttelt den Kopf über ihn. »Hab noch ein klein wenig Geduld mit ihm«, sagt sie. »Wäre sehr schade sonst.«

Ich schaffe es nicht, darauf irgendwas zu entgegnen. Denn ja, ich *habe* es kapiert. Geduld ist nicht das Problem. Das Problem ist, dass Jona mich und unser Wintermärchen ein für alle Mal vergessen will.

Mission Wintermärchen: »Der Kuss beim Lichterzauber«

Verfasst am: 16. November
Gehört zu: Projektziel B
Couple Goal: (erster?) Kuss unterm Mistelzweig
Beteiligte: Jona und ich
Erfüllungsort: Lichterzauber im Schlosspark

Anmerkungen:
Den »Lichterzauber im Schlosspark« während der Adventszeit gibt es schon seit meiner Kindheit. Wie der Name schon sagt, geht es vor allem ums Leuchten: Das Schloss wird total schön angestrahlt, die Bäume sind mit Lampions in allen Farben behängt, und das ganze Parkgelände ist voller Laternen. Und, ganz wichtig, es gibt einen Mistelzweigbogen. Darunter haben sich meine Großeltern geküsst, als sie mit mir als Kindergartenkind dort waren, und mir dann gleich erklärt, was es damit auf sich hat. Und während Klein-Ki küssende Großeltern noch okay, aber Küsse ansonsten eher bäh fand, fände ich genau diese Kulisse für Jona und mich perfekt – für den ersten Kuss, oder, falls wir nicht bis zum Lichterzauber-Besuch warten konnten, eben den fünfhundertsten.

Ich werde ihm natürlich von dem Abend mit meinen Großeltern erzählen und dass wir damit irgendwie den Kreis schließen.

Ein bisschen verlegen, aber vor allem glücklich-flattrig werden wir dann also unter den Zweig treten und einen der süßesten Küsse austauschen, die sich ein Paar je gegeben hat (ich weiß, die Messlatte ist hoch, aber es sind schließlich Jona und ich!!!).

Danach wird er mich unglaublich liebevoll ansehen und ich ihn, und er wird mir ein paar zärtliche Worte zuraunen – dass er sich ein Leben ohne mich einfach nicht mehr vorstellen kann oder so was in der Art. Falls er sich nicht traut, könnte ich ja auch den Anfang machen, aber das werde ich spontan entscheiden.

Eins ist sicher: Beim diesjährigen Lichterzauber wird es unsere Liebe zueinander sein, die am hellsten brennt.

Kapitel 35

»Geht es dir gut, Maus?« Meine Mutter legt mir mit Sorgenfalten auf der Stirn einen etwas zu knusprig geratenen Toast auf den Frühstücksteller.

Ich überlege, ob ich darauf anspringen soll. *Nein, Mama, mir geht es furchtbar. Kannst du Frau Lobwalder für mich anrufen und ihr sagen, dass ich leider nicht mit ans Meer kann?*

Doch dann schüttle ich nur den Kopf. Ich ziehe das jetzt durch, allein schon für Elisa, und weil ich mich seit Tagen auf die letzte große Bastelaktion freue. »Alles okay.«

Sie mustert mich noch einen Moment lang prüfend, bevor sie das Thema wechselt. »Kennst du diesen Eray gut? Ich hatte das Gefühl, Daphne ...«

»Ich hoffe, er erkennt schnell, wie verlogen sie ist«, unterbreche ich sie und töte meinen armen Toast fast, so fest ziehe ich das Messer mit der Butter darüber. »Er verschwendet nur seine Zeit mit ihr.«

»Wofür hasst du mich jetzt schon wieder?«, kommt es von der Tür zum Flur.

Ich mache mir nicht mal die Mühe, den Kopf zu drehen. »Also von der Poster-Sache abgesehen, meinst du? Hm, lass mich überlegen ... Vielleicht hat es was mit meiner Projektmappe zu tun? Denk mal scharf nach.«

»Was ist hier los?«, fragt Mama und schaut von mir zu Daphne und wieder zurück.

»Keine Ahnung«, sagt Daphne scheinheilig.

Ich habe sie absichtlich nicht damit überfallen, als sie gestern mit unseren Eltern nach Hause gekommen ist, obwohl ich sie am liebsten direkt umgebracht hätte. Aber auch eine Nacht Schlaf hat nicht das Geringste daran geändert, wie unfassbar wütend ich auf sie bin. Doch das ist eine Sache zwischen ihr und mir, und ich habe bestimmt nicht vor, Mama zu erzählen, was Daphne getan hat. Auch wenn dieses Biest von Schwester meinen Plan verraten hat, ist er immer noch mein Geheimnis.

»Wisst ihr was?« Mit erhobenen Händen stehe ich auf, mache einen großen Schlenker um Daphne und gehe Richtung Treppe. »Ich hab keinen Hunger, ich pack schnell den Rest meiner Sachen. Iss du doch mein Frühstück, Daphne, du magst doch sowieso am meisten, was nicht dir gehört.«

»Wollt ihr das nicht klären, bevor Ki wegfährt?«, höre ich Mama noch sagen, als ich schon aus dem Esszimmer raus bin.

Überraschenderweise kommt Daphne mir daraufhin tatsächlich nachgelaufen. Sie ist noch im Schlafanzug und ihre Haare haben auf einer Seite eine Kopfkissendelle. »Hey, was meinst du mit deiner Projektmappe?«

Ich bleibe stehen und wirble zu ihr herum. »Na, was wohl? Meinen Wintermärchenplan! Den du abfotografiert und an Jona geschickt hast, verflucht!«

Sie beißt die Zähne zusammen und wird blass.

»Hast wohl nicht damit gerechnet, dass ich es je rausfinde, was? Weil er nicht mehr mit mir reden würde. Glückwunsch, Ziel erreicht!«

Ich warte darauf, dass sie irgendwas sagt, aber sie klappt nur stumm den Mund auf und dann wieder zu.

Also gehe ich endgültig und bin froh, sie wenigstens für die nächsten achtundvierzig Stunden nicht sehen zu müssen.

* * *

Der Reisebus hält auf dem Hof vor dem efeubewachsenen Gästehaus. Das Meer liegt nur etwa siebenhundert Meter dahinter, und man kann es von hier rauschen hören. Ich atme die Seeluft tief ein und versuche, die Beklemmung, die ich auf der ganzen Fahrt empfunden habe, abzuschütteln. Jona hat mich bloß mit einem gemurmelten Hallo zur Kenntnis genommen und sich dann in die Nähe der Zwillinge ans andere Busende gesetzt. Leila hat mich entschuldigend angelächelt, sich aber zu ihm gesellt, was ich ihr nicht übel nehmen kann; schließlich ist sie mit ihm schon viel länger und enger befreundet als mit mir. Elisa wollte unbedingt neben mir sitzen, was mich ein bisschen aufgeheitert hat, aber sie war noch hundemüde und ist kurz nach der Abfahrt eingeschlafen.

Das Ehepaar, dem der Gästehof gehört, kommt aus dem Haus und begrüßt uns herzlich.

Zuerst dürfen alle ihre Zimmer beziehen. Auch wenn es nur eine Übernachtung wird, sind die Kinder total aufgeregt. Hoffentlich gibt es keine Heimwehanfälle.

Zuerst helfen Leila und ich tatkräftig den Mädchen beim Bettenbeziehen, bevor wir unsere Sachen in das Zweierzimmer bringen, das wir uns teilen. Außer Jona sind noch Oskar und zwei Väter als Helfer dabei, und Frau Lobwalder hat ein Zimmer für sich.

Unsere Betten stehen links und rechts an den Wänden des schmalen Raums. Hinter den Kopfenden befindet sich ein großes Fenster, durch dessen Scheibe einige urige Bäume zu sehen sind, die im Garten hinter dem Haus wachsen.

»Frau Lobwalder meinte, wir wollen gleich einen ersten Blick aufs Meer werfen«, sagt Leila, während sie den Bezug ihrer Bettdecke ausschüttelt.

»Ich glaube, ich bleibe lieber hier und bereite schon mal das Bastelzeug vor.« Denn *wir* schließt ja wahrscheinlich auch Jona mit ein, und ich kann unmöglich in seiner Nähe am Meer stehen in dem Wissen, dass es zwischen uns aus ist. Nicht, dass wir überhaupt jemals zusammen waren ... Trotzdem fühlt es sich an wie eine Trennung.

Ich schiebe meinen Jutebeutel mit dem Ordner darin unter mein Bett. Wenn ich den Mut dazu finde, werde ich ihn Jona am Ende des Ausflugs übergeben, damit er ihn vernichten kann.

»Es liegt nicht an dir«, sagt Leila und nimmt sich nun ihr Kissen vor.

»Doch, ich denke schon.«

Sie seufzt, setzt sich auf die Matratze, die dabei ein bedenkliches knarrendes Federgeräusch von sich gibt, und sieht mich an. »Jona hat eine superungünstige Kombination aus zwei Charaktereigenschaften«, sagt sie. »Er ist schüchtern und starrköpfig.«

»Kam mir nie so vor, ehrlich gesagt.« Ich ziehe meinen Kuschelpyjama aus meinem Rucksack und sehe sie aus dem Augenwinkel nicken.

»Weil er beides nur in bestimmten Situationen ist. Zurzeit vor allem immer, wenn es um dich geht.«

»Leila ... Ich weiß es echt zu schätzen, dass du mir helfen willst, aber ich glaube, da ist nichts mehr zu machen. Er hat dir wahrscheinlich nicht alles erzählt.«

Sie sagt nichts mehr dazu, und ich merke ihr deutlich an, dass sie die Sache anders sieht. Ich versuche, nichts darauf zu geben. Noch mehr Niederlagen kann ich einfach nicht ertragen.

* * *

Nach dem Pizza-selbst-Belegen fürs Mittagessen haben Leila, Raphael – einer der beiden Väter – und ich das Basteln geleitet, während Oskar und Jona gemeinsam mit Frau Lobwalder und dem zweiten Vater ein paar Outdoor-Spiele angeboten haben. Die Kinder haben sich recht gleichmäßig aufgeteilt, und alle waren lieb.

Wir haben Figuren und kleine Tannenbäumchen an viele, viele Marmeladendeckel geklebt und die zugehörigen Gläser dann mit destilliertem Wasser und ein paar Tropfen Babyöl gefüllt, bevor noch Glitter reinkam – nun reiht sich auf den Fensterbänken des Tagungsraums eine hübsche Schneekugel an die andere. Nicht weniger hübsch sind die Einweckgläser, in die wir innen mit Farbe, die im Dunkeln leuchtet, Punkte und Schnörkel gepinselt haben. Außerdem sind im Laufe des Nachmittags bestimmt fast hundert Lichtertüten entstanden – manche mit buntem Transparentpapier beklebt, andere mit ausgeschnittenen Mustern, durch die das Licht Schattenspiele an die Wand werfen kann, wieder andere bemalt mit weihnachtlichen Motiven. Mein Favorit ist die kleine, auf Zweigen sitzende Eule mit der Nikolausmütze, die eins der älteren Mädchen gezeichnet hat.

Ich habe immer wieder versucht, nicht daran zu denken, was Jona sich wohl für die Tüten ausgedacht hätte, wäre er dabei gewesen.

Nach dem Abendessen ziehen alle ihre dicken Wintersachen an. Es soll zum krönenden Abschluss des Tages eine Laternenwanderung am Strand geben, bevor vor dem Schlafengehen noch ein Film geschaut wird.

Leider kann ich mich nicht schon wieder weigern mitzukommen. Außerdem will ich nicht wegen Jona am Ende kein einziges Mal das Meer gesehen haben.

Oskar drückt mir den Griff einer mit Mond und Sternen bedruckten Kinderlaterne in die Hand. Ich bedanke mich und seufze erst, als er weitergegangen ist. Wieso ausgerechnet eine mit Sternen?

Draußen ist es kalt und windig. Die Kinder stellen sich in einer Zweierreihe auf und folgen Frau Lobwalder, die vorangeht, Richtung Wasser. Elisa plaudert fröhlich mit Linn, Leonie hat sich bei Selma untergehakt, und Jona und Leila sind irgendwo weiter vorne. Ich laufe zuerst neben Jeremy und einem Freund von ihm und lasse mich, als wir den Strand erreichen, ein wenig zurückfallen, um einen Moment für mich zu haben.

Es ist wirklich keine weite Fahrt von zu Hause aus hierher, und doch kann ich mich nicht daran erinnern, jemals im Winter am Meer gewesen zu sein. Einen eingeschneiten Strand habe ich auf jeden Fall noch nie zuvor gesehen. Es ist eigenartig und wunderschön. Dort, wo wir die weiße Decke eintreten, sieht es aus, als hätte man Zimt mit Zucker vermengt.

Ich schaue, wie die Schlange aus dunklen Gestalten mit ihren warm leuchtenden Laternen über den feuchten Sand spaziert, und lasse dann den Anblick der nachtdunklen Wellen auf mich wirken. Gerade habe ich die Augen geschlossen und tief durchgeatmet, da höre ich Schritte näher kommen und öffne sie wieder.

»Würdest du eine weitere Entschuldigung von mir annehmen?«

Jona hat eine Laterne in Form eines orangefarbenen Fisches abbekommen, an dessen Flossen der Wind zerrt.

»Ich wollte nicht so mies zu dir sein«, fährt er fort.

»Schon gut«, sage ich, weil das wohl ist, was ich jetzt sagen sollte. Gerade will ich die Flucht ergreifen und den anderen, die sich immer weiter von uns entfernen, nacheilen, doch Jona hält mich am Arm zurück. Nicht fest, aber dennoch bleibe ich sofort stehen.

Er schaut zu Boden. »Ich würde dich nur enttäuschen. Mein Leben ist so chaotisch, und egal, wie ich es drehe und wende, darin ist einfach kein Platz für ... dich.«

Als er den Kopf hebt, treffen sich unsere Blicke. Ich weiß nicht, was ich sagen soll. Nicht mal, was ich fühlen soll. Seine Worte klingen nicht gut, aber aus irgendeinem Grund stimmt mich etwas daran fast zuversichtlich.

»Das glaube ich nicht«, sage ich, gerade laut genug, um das Brausen zu übertönen.

Jona beugt sich näher, und ich denke erst, er hat mich doch nicht verstanden, aber dann denke ich nichts mehr. Weil er mich küsst. Die Brandung und das Windrauschen in meinen

Ohren, der Duft von Sand und Meer in meiner Nase und Jonas Lippen auf meinen – er direkt in meinem Herzen.

Der Kuss ist warm und ein bisschen salzig, und ich erwidere ihn mit der Macht wochenlangen Hoffens.

Jona legt die Arme um mich, seine Laterne schwingt leicht gegen meinen Rücken, und ich fühle mich wie in einem Kokon aus Jacken und Lichtschein, Wärme und ... Liebe.

Als Jona sich von mir löst, sieht er fast erschrocken aus.

»Tut mir leid«, bringt er zwischen kurzen, schnellen Atemzügen hervor.

Aber das kann mich nicht aus der Bahn werfen, weil mich das gerade so, so mutig gemacht hat.

»Keine Chance«, sage ich, strecke die Hand aus und streiche über seine Wange. »*Diese* Entschuldigung werde ich ganz bestimmt nicht annehmen.«

Kapitel 36

»Und was hat er dann gesagt?« Valeska wartet mit großen Augen auf meine Antwort, während Manuel, den Arm um ihre Schultern gelegt, breit in die Handykamera grinst.

Unten im Haus versammeln sich schon alle zum Filmschauen, aber ich musste mich kurz hoch aufs Zimmer stehlen und diesen dringenden Videocall machen.

»Er hat nicht mehr wirklich darauf reagiert«, seufze ich. »Und dann mussten wir die anderen wieder einholen, wir konnten uns ja schlecht einfach absetzen.«

»Wie vernünftig«, sagt Valeska und verdreht die Augen.

»Ich weiß nicht, was das jetzt zu bedeuten hat.« Ich zwirbele eine meiner windzerzausten Haarsträhnen.

Manuel lacht. »Ist das dein Ernst? Jona hat dich *geküsst.* Wie viel deutlicher brauchst du es denn noch?«

»Aber davor hat er gesagt …«, will Valeska ihn erinnern, aber er winkt schon ab, bevor sie den Satz beenden kann.

»Spielt keine Rolle, was er gesagt hat. Das wurde durch den Kuss praktisch revidiert.«

»Ich weiß nicht«, meine ich. »Vielleicht war es eigentlich nicht seine Absicht, und er hat mich nur geküsst, weil ich so traurig aussah.«

Wieder lacht mein bester Freund. »Das ist deine Erklärung? Dass er es aus Mitleid getan hat? Komm schon!«

»Warum sonst?«, frage ich ihn. »Er weiß genau, dass ich

mit ihn zusammen sein möchte – spätestens jetzt, wo er den Plan kennt. Und ihm geht es umgekehrt nicht so, das hat er klar genug gemacht.«

»Unterdrückte Gefühle«, diagnostiziert Manuel. »Es gibt genug Beweise: die Nachricht an Leila, von der du uns erzählt hast. Die ganzen Momente zwischen euch, in denen es geknistert hat. Und jetzt das heute Abend.«

»Und wieso unterdrückt er sie, Herr Psychologe?«, frage ich.

Valeska hat nachdenklich die Lippen geschürzt und kommt ihrem Freund zuvor: »Geh zu Jona und frag ihn genau das.«

Manuel schüttelt den Kopf. »Er hat ihr die Antwort doch schon gegeben. Hast du nicht zugehört? Jona denkt, in seinem Leben ist kein Platz für eine Beziehung. Was auch erklärt, warum er überhaupt Single ist. Ich hab ja nie kapiert, warum so viele was an ihm finden, aber womöglich ist es genau das: dieses Schwer-zu-Knackende.«

»Willst du damit etwa andeuten, er wäre nur eine Herausforderung für mich?«, frage ich scharf.

»Nein, Herzchen, aber ich wette, das denkt er.«

»Das ist Schwachsinn!«, meint Valeska sofort.

»Vertraut mir, ich habe recht. Natürlich weiß er es eigentlich besser, aber es ist einfacher, wenn er sich selbst einredet, dass Ki es nicht ernst mit ihm meint.«

Valeska sieht immer noch wenig überzeugt aus, und auch ich habe so meine Zweifel an seiner Theorie.

»Ich ändere meinen Vorschlag noch mal ab«, sagt sie. »Geh zu Jona und frag ihn, wie er das meint, dass in seinem Leben kein Platz für dich ist.«

Das ist leichter gesagt als getan, aber vermutlich wirklich das Beste.

Ich danke den beiden und verabschiede mich fürs Erste.

Gerade will ich das Zimmer verlassen, da klingelt mein Handy. Hatte Valeska oder Manuel noch einen Geistesblitz?

Doch als ich aufs Display schaue, sinkt meine Laune schlagartig in den Keller. *Daphne.*

Fast drücke ich sie weg, überlege es mir im letzten Moment aber doch noch anders. Ich kann immer noch auflegen, wenn sie mir blöd kommt.

»Was willst du?«, fauche ich, noch ehe sie auch nur einen Ton von sich geben kann.

»Dir helfen.« Sie zögert. »Und mich entschuldigen?!«

»Ersteres kannst du nicht und Letzteres interessiert mich gerade nicht. Ich hab jetzt sowieso keine Zeit, wir machen einen Filmabend und ...«

»Bitte, Ki, hör mir zu! Die Sache mit dem Plakat war kacke, das weiß ich. Es tut mir leid, ich hab mich mitziehen lassen. Aber deinen Plan habe ich nicht angerührt. Ich hab ihn nicht mal gesehen.«

Ich stutze. »Von wem sollte Jona ihn bitte sonst haben?«

Sie atmet hörbar ein und aus. »Paola hat zugegeben, dass sie es war. Als wir bei uns gechillt haben und ich im Bad war, hat sie sich in dein Zimmer geschlichen und diesen Plan scheinbar abfotografiert.«

Das ergibt Sinn. Jonas Nummer konnte sie sicher leicht über Charlotte bekommen. Daphne würde ja wohl nicht ihre beste Freundin belasten, nur damit ich nicht mehr sauer auf sie bin, oder?

»Sie hat dazugeschrieben, dass du dich mit Charlotte angelegt hast, weil du sie noch nie leiden konntest. Du sollst zu ihr gesagt haben, du würdest ihr Jona wegschnappen.«

Was für ein krankes Kindergartendrama ist das denn?

»Das kann ja wohl nicht wahr sein!«

»So weit hätte sie nie gehen dürfen. Überhaupt hattest du recht – ich weiß auch nicht, warum ich Paola so um ihre coole Schwester beneidet habe. Du … du bist tausendmal toller, Ki.«

Wow … entweder sie hat ein wirklich sehr schlechtes Gewissen, oder ich bin in der Tat ein bisschen toller als Charlotte. Okay, ich will mal nicht so sein, die Gute müsste nur mal ein bisschen an ihrem Charakter arbeiten. Allerdings nicht so sehr wie diese scheinbar komplett hirnlose Paola.

»Aber nicht, dass sie anfängt, *dich* fertigzumachen, wenn du ihr die Freundschaft kündigst«, sage ich.

»Ach, ich komm schon klar. Vielleicht ändert sie sich ja sogar. Sie ist nicht nur daneben. Was unternimmst du jetzt wegen Jona? Du kannst dir das nicht von ihr kaputtmachen lassen.«

»Ich dachte, du willst nicht, dass er mein Freund wird?«

»Sagen wir, ich habe die Lager gewechselt.«

Gegen meinen Willen muss ich lächeln und bin froh, dass sie es nicht sieht. Es wird noch eine Weile dauern, bis ich ihr voll und ganz verzeihe, jedenfalls offiziell. Es kann nicht schaden, wenn ich erst mal was bei ihr guthabe.

»Weißt du was?«, fragt sie und klingt auf einmal richtig hibbelig. »Eray hat mich gefragt, ob ich sein Date für die Winterhochzeit seiner Cousine bin.«

»Soooo, hat er das?«

»Das heißt was, oder? Ich meine, dass er ausgerechnet mich dabeihaben will? Aber … glaubst du wirklich, dass er mich nicht mögen wird, wenn er mich näher kennenlernt?«

Nach allem, was ich über Eray weiß, ist er ein guter Kerl,

und ich schätze, Daphne kann ein bisschen Rückendeckung gebrauchen, wenn sie Paola wirklich die Meinung sagt.

»Das habe ich nur gesagt, weil du mich verletzt hast, Daphne.«

»Ich mach es wieder gut! Versprochen! Soll ich Jona vielleicht erklären …?«

»Nein, danke, das übernehme ich selbst.« Und zwar noch heute. Ich knie mich vors Bett, um den Beutel mit meiner Projektmappe darunter hervorzuziehen.

»Du schaffst das! Vielleicht musst du einfach diese Überzeugungstechnik anwenden, mit der du Mama immer dazu bringst, doch mal wieder Pizza zu bestellen oder dir Pyjama-Partys mit Valeska zu erlauben.«

Ich lache. »Na, das ist nicht so wirklich dasselbe …«

»Damit meine ich nur, dass du ihm gar keine Wahl lassen sollst. Zu seinem eigenen Besten natürlich. Sein Leben kann nur schöner werden mit dir.«

Ihr letzter Satz trifft mich ins Herz, gerade nach dem, was Jona gesagt hat.

»Danke, Daphne, das Zitat merke ich mir für ihn.«

»Tu das, es ist die volle Wahrheit …«

»Wenn du das sagst … Du, ich muss langsam los. Bis morgen, ja?«

»Bis morgen. Und Ki … ich hab dich lieb.«

Mission Wintermärchen: »Zukunftsträume bei Kerzenschein«

Verfasst am: 20. November
Gehört zu: Projektziel B
Couple Goal: zusammen ins träumerische Planen geraten
Beteiligte: Jona und ich
Erfüllungsort: irgendwo, wo es richtig gemütlich und romantisch ist

Anmerkungen:
Dieses Couple Goal wird in der Reihenfolge wahrscheinlich irgendwo weit hinten landen – denn um gemeinsam Zukunftsträume zu spinnen, sollte man sich ja schon gut aufeinander eingespielt haben. Sonst lässt in so einer Situation einer von beiden eine Bombe platzen, die alles ruiniert, so was wie »Ich wünsche mir, dass wir ins gruselige, abgeschiedene Waldhaus meiner Urgroßeltern ziehen« oder »Wir sollten uns unbedingt zusammen ein paar Vogelspinnen anschaffen«. Also nein, mal ernsthaft, was könnte schöner sein, als sich frischverliebt gemeinsam auszumalen, wohin der Weg führen könnte? Sich zu überlegen, was man alles zusammen erleben, an welche Orte man reisen und welche Ziele man erreichen will. Apropos: Da mir an dieser Stelle des Plans langsam die Couple Goals ausgehen werden, können wir gleich zu zweit eine neue Liste anlegen!

Auch wenn meine Gedanken schon jetzt ständig um meine Zukunft mit Jona kreisen und ich praktisch gar nicht *nicht* davon träumen kann, werde ich mich zusammenreißen. Ich werde unsere erste Zeit als Pärchen genießen, und wenn die Zeit für diesen Teil unseres Wintermärchens gekommen ist, kann ich mich dann richtig austoben.

Wovon Jona wohl träumt? Werden unsere Wünsche zusammenpassen? Ich freue mich schon wahnsinnig darauf, es herauszufinden. Und das Beste ist: Für dieses Couple Goal braucht es im Grunde nur uns. Na ja, und ein bisschen Kerzenschein wäre schön, denn ich wette, warme rotgelbe Flammen befeuern Zukunftsträume wie kaum etwas anderes …

Kapitel 37

Auf der Treppe kommt mir Leila entgegen. Ich will mich schon entschuldigen, dass ich so lange weggeblieben bin, da bemerke ich ihr Grinsen.

»Jona sucht nach dir«, sagt sie. »Wenn ich dich sehe, soll ich dir ausrichten, du bist auf ein Date im Speisesaal eingeladen.«

Ich drücke den Beutel mit meiner Mappe an meine Brust und blinzle sie an. »Das … trifft sich ja gut. Aber wir müssen doch zum Filmabend?«

»Keine Sorge, fünf Aufsichtspersonen inklusive vier Erwachsener sollten völlig ausreichen, um die Kinder beim Leinwand-Anglotzen zu hüten. Ihr zwei seid entschuldigt.«

Auf einmal klopft mein Herz so richtig schnell. Ich hatte ja vor, mit Jona zu reden, aber unterbewusst habe ich wohl gedacht, er würde mich erst mal abwimmeln.

»Na los!«, ermutigt Leila mich und deutet in Richtung Speisesaaltür.

Die Lampen im Saal sind aus; stattdessen wird er von all den Lichtertüten und Leuchtgläsern erhellt, die heute entstanden sind. Bevor ich mir einen Reim drauf machen kann, hüpft mir Elisa entgegen. »Super, du bist da!«

Jona steht mitten im Saal und hält, genau wie ich, irgendetwas in einem Beutel vor sich.

Als Nächstes höre ich, wie hinter mir die Tür zugezogen und ein Schlüssel im Schloss umgedreht wird.

»Ähhh?«, frage ich äußerst intelligent.

Jona starrt ungläubig zur Tür. »Hat sie uns gerade eingeschlossen?«

»Sag du's mir. Du hast mich herbestellt.«

»Nein, du mich ... Hat jedenfalls Elisa behauptet.« Er nimmt eine Hand von seinem Beutel, um sich damit über die Stirn zu fahren. »Okay, wir wurden ausgetrickst.«

Ich sehe mich um. So viele Kerzen auf einmal habe ich noch nie gesehen. Es muss ganz schön gedauert haben, die alle anzuzünden.

»Macht nichts«, beschließe ich. »Ich wollte sowieso mit dir reden.«

Er lässt die Schultern sinken. »Ich auch mit dir.«

»Gut. Perfekt. Dann ...« Hallo, Nervosität, wie du siehst, bin ich gerade beschäftigt, magst du ein anderes Mal wiederkommen? »Ist hier freie Platzwahl?«

Jona deutet auf einen Tisch am Fenster, das auf den im Dunkeln liegenden Garten hinausgeht. »Wie wär's da? Oder warte ... Ich glaube, sie haben uns ... ein Nest gebaut.«

Ich folge seinem Blick. Tatsächlich, nicht weit von dem Tisch, den wir uns gerade ausgeguckt hatten, liegen direkt an der Heizung zwei dicke Kissen am Boden und darunter eine Decke aus Kuschelstoff, die theoretisch groß genug wäre, dass wir uns zusammen darin einwickeln könnten.

»Ihnen ist aber schon klar, dass wir über die Terrasse entkommen können?« Entgegen seinen Worten geht Jona nicht zu der Glastür, sondern zu der vorbereiteten Ecke und lässt sich mit einem wohligen Laut auf das Kissen sinken, den Rücken an der Heizung. Den Beutel legt er neben sich ab und klopft dann auf das andere Kissen.

Ich lasse mich nicht zweimal bitten.

»Hoffentlich magst du Lebkuchen«, sagt er.

»Ich liebe Lebkuchen! Wer nicht?«

Jona zieht eine runde, dunkelblaue Dose mit Schneeflockenmuster aus seinem Beutel. »Also ... ich dachte, ich bräuchte ein kleines Ersatzgeschenk. Weil ich dich beim Wichteln gezogen hatte und dir dein ursprüngliches Geschenk nicht geben konnte. Aber es war nicht okay, dass ich dir deswegen gar nichts gegeben habe. Also habe ich Lebkuchenmännchen gebacken.«

Er öffnet die Dose, und herzallerliebste Lebkuchenmännchen lächeln mir entgegen.

»Du hattest mich beim Wichteln?« Ich komme mit der Informationsverarbeitung gerade nicht mehr hinterher.

»Nein, eigentlich Eray, aber er hat sofort mit mir getau... Wieso lachst du?«

»Weil ich versucht habe zu tricksen, damit ich dich bekomme, und mir dann der blöde Zettel runtergefallen ist.«

Da zupft an seinen Mundwinkeln ein kleines Lächeln. »Oh.«

Ich würde gern mit dem Kissen näher zu ihm rutschen, traue mich aber nicht.

»Hier«, sagt er und übergibt mir die Lebkuchenmännchen. »Die Dose gehört auch zum Geschenk.«

Ich halte meine Nase an den Rand und es riecht nach Weihnachten pur, nach Honig und Lebkuchengewürz.

»Kommen wir zu meinem eigentlichen Geschenk«, sagt er und zieht ein in Packpapier verpacktes und mit einer roten Schleife verziertes Etwas hervor. »Die Sache ist, wenn du dir das anschaust, weißt du alles.«

Auch wenn ich nicht wirklich begreife, was er da andeutet, ist mir klar, ein besseres Stichwort kann es für mich nicht geben.

»Genau so was hab ich auch für dich.« Ich enthülle die Projektmappe. Schon beim bloßen Gedanken daran, dass er sie gleich durchblättern wird, ist mir wahnsinnig flau im Magen, aber es muss sein. Es ist an der Zeit, alle Karten auf den Tisch zu legen.

»Du weißt ja bereits von meinem Plan, und ich habe kapiert, dass du alles andere als begeistert davon bist. Deshalb ... Ich übergebe ihn dir, du kannst ihn wegschmeißen.«

Jona starrt die Mappe an. »Äh, na ja, nein. Ich kenne ihn nicht. Nur das Deckblatt. Das, wo die Projektziele draufstehen.«

Mein Hirn sendet aus seiner Kommandozentrale pure Verwirrung. Jona hat schon die Hand ausgestreckt, aber meine zuckt jetzt samt Mappe zurück. Wenn er das alles gar nicht gelesen hat ... Sollte das nicht besser so bleiben?

»Und du fandst diese Ziele schon so schrecklich, dass du beschlossen hast, niemals mein Freund zu werden?«, ziehe ich die naheliegendste Frage aus meinem Gedankenwirrwarr heraus.

Jona ringt merklich mit sich. »Ja und nein.« Er legt mir sein Geschenk in den Schoß. »Hier. Auch das erschließt sich dadurch.« Er legt den Kopf schief und schaut mit seinen so braunen, so schönen Augen so tief in meine, dass ich die Projektmappe freigebe, als er leicht daran zieht. »Die würde ich mir in der Zwischenzeit dann doch gern ansehen«, sagt er.

»Ich weiß nicht, ob ich das aushalte.«

Er nickt zu seinem Geschenk. »Same here.« Nach kurzem Überlegen meint er: »Rücken an Rücken?«

»Okay. Na gut.« Das sage ich hauptsächlich deswegen, weil die Vorstellung von Jonas Rücken an meinem Rücken meine Bedenken für kurze Zeit verdrängt.

Wir rutschen also auf den Kissen in Position und lehnen uns aneinander. Es dauert nur Sekunden, bis Jonas Körperwärme durch die zwei Schichten Pullover zu meinem Rücken vordringt. Nicht hundertprozentig konzentrationsfähig öffne ich das Packpapier meines zweiten Wichtelgeschenks Klebestreifen für Klebestreifen. Zum Vorschein kommt ein Skizzenbuch. Auf dem tannengrünen Einband prangt ein Klebeetikett: *Mein Advent mit Ki.*

Jona gibt ein kleines Glucksen von sich, und das fände ich unendlich süß, wüsste ich nicht, dass er gerade in meiner Projektmappe liest. Schnell ablenken! Vorsichtig schlage ich das Buch auf. Es ist mit selbst gezeichneten Comics gefüllt.

Das erste trägt die Überschrift *Ki, mein Elchpulli und ich.*

In den einzelnen Panels sieht man uns beide. Ich, wie ich an meinem Tisch im Klassenraum sitze, bin unschwer an meinen langen Haaren zu erkennen. Ich habe riesige Augen und gucke ein bisschen verträumt. Wüsste ich nicht, wen Jona da dargestellt hat, würde ich die Figur unglaublich knuffig finden.

Jona selbst steht in seinem Elchpulli vor mir. Die ersten drei Bildchen geben unseren Dialog von jenem Tag wieder. Im letzten steht in meiner Sprechblase: *Außerdem mag ich Elche.*

Über Jonas Kopf schwebt eine Gedankenblase.

Mein Herz macht während des Lesens einen Hüpfer: *Und*

ich mag dich, Ki. Ziemlich doll sogar. Ich schaff es nur irgendwie nicht, es dir zu sagen.

Es folgt die Nikolausaktion. Im letzten Bild geht die großäugige Engel-Ki davon, und Jona mustert den Nikolaus mit Fliege nachdenklich: *Er kann unmöglich von ihr sein, oder? Dann hätte sie sich durch irgendwas verraten.*

Als Nächstes komme ich zum Aktionsmeeting. Zu Beginn sitzt Jona neben Leila und schaut zur Tür. *Das hier ist ganz cool, aber ... Ich wünschte, Ki wäre hier.*

Daneben sieht man, wie ich in den Raum komme und mich suchend umsehe. Der Text in Jonas Denkblase: *Äääääääähm. Ich hab sie mit der Kraft meiner Gedanken hergeholt?!*

Es ist unglaublich. Das Buch enthält fast zwei Dutzend Momente zwischen ihm und mir, und alle sind mit seinen Gedanken versehen. Niemals hätte ich in einer dieser Situationen geahnt, dass er so über mich denkt. Oder dass ihm entgehen könnte, wie verliebt ich in ihn bin.

Bei manchen Szenen muss ich schlucken, besonders bei jener, in der ich seine Bärchenbotschaften »geschmacklos« nenne und er denkt: *Ich wollte nicht, dass sie die bekommt, aber muss sie so krass darüber herziehen? Ahnt sie vielleicht, dass sie von mir sind? Gut zu wissen, dass sie meine Gefühle so scheiße findet.*

Es gibt auch einen Comic ohne mich, in dem die Zwillinge Jona bearbeiten, dass er mich irgendwann heiraten soll, damit sie mich öfter sehen und ich zur Familie gehöre.

Alles ist da: die Lebkuchenherzen, das Wohnzimmertanzen, der Schlittschuhunfall. Und zum Schluss kommt der Moment nach der Stoffkatzenrettung, als wir in der Gasse angehalten haben und ich mich so nach einer Umarmung von ihm gesehnt habe. In seinen Gedanken tun unsere Comicversionen das – sich umarmen, und darunter steht: *Im Ernst, Ki, du bist meine Heldin.*

Ich blättere noch einmal von vorne durch und lausche darauf, wann Jona die Mappe zuschlägt.

»Hinten ist ja noch was frei«, sage ich, als er es schließlich tut.

»Du weißt, welche Szene als Nächstes dran ist«, murmelt er, und ich weiß, er meint heute. Den Kuss.

»Aber nicht, was in der Gedankenblase stehen wird«, gebe ich leise zurück. Weil ich nicht will, dass er sich zu einer Antwort gezwungen fühlt, schiebe ich schnell hinterher: »Ich würde sagen, das war jetzt ein fairer Tausch, oder? Bist du noch sauer?«

Seine Hand tastet nach meiner, und in mir jubelt alles, ganz ohne Ton, nur mit Gefühlen. Unsere Finger verschränken sich.

»Ich war nie sauer«, sagt er. »Ich wollte es nur sein. Und praktischerweise wirkte es so, als hättest du eben bloß *geplant,* mich zu ... lieben. Eher zufällig, weißt du, wie ich meine? Weil deine Wahl spontan auf mich gefallen war.«

Ich unterdrücke den Drang zu protestieren. Das ist jetzt auch nicht mehr nötig.

»Aber ich verzeih dir«, sagt er, und dabei schleicht sich der berühmte *Jona & Ki*-Humor in seine Stimme. »Weil du hier und da erwähnt hast, dass ich auch was zum Wintermärchen beitragen darf und nicht alles nur du entscheidest.«

Er löst seine Finger aus meinen, nur um meinen Handrücken streicheln zu können.

»Der Nikolaus war übrigens von mir«, lasse ich ihn wissen. »Aber an wen ging deiner?«

Er umfasst meine Schultern und dreht mich zu sich, sodass ich gerade noch das Glücksfunkeln in seinen Augen sehen kann, bevor es einem neckenden Blick weicht. »An einen aus der Oberstufe, der mit mir für Englisch gelernt hat.«

»Was? Warst du etwa nur so geheimniskrämerisch, um zu sehen, ob ich eifersüchtig reagiere???«

»Wie kommst du denn darauf?«, fragt er gespielt schockiert. »Aber wo wir grad drüber reden ... Hat es funktioniert?«

Ich beantworte das nur mit einem Stoß gegen seine Schulter, und er greift wieder nach meiner Hand.

»Die Nachrichten waren der Wahnsinn«, sage ich leise. »Und die Bärchen erst. Ich liebe sie.«

Verwirrt schaut er mich an und runzelt die Stirn ganz furchtbar niedlich.

»Ich hatte ausgeschlossen, dass sie von dir sein können, deshalb meine ... Frustration. Und ich wollte nicht, dass du denkst, es gäbe jemand anderen. Später dachte ich aus naheliegenden Gründen, sie wären von Eray.«

»Was? Ehrlich?«

Ich nicke heftig.

Das Runzeln ist schon fast verschwunden und dafür das Glücksfunkeln wieder da.

»Ich habe nicht mal Projektziel A erreicht«, sage ich nach ein paar Momenten des Schweigens. »Jedenfalls noch nicht. Meinst du, ich darf noch hoffen?«

Ich zucke zusammen, als er mich loslässt und tief einatmet, so wie jemand, der sich für etwas Schwieriges wappnet. Nein. Diesmal werde ich ihm nicht die Gelegenheit geben, irgendwelche Argumente gegen uns zu finden.

»Ich hab schon verstanden, was du vorhin zu mir gesagt hast«, komme ich ihm zuvor. »Aber ich akzeptiere es nicht. *Natürlich* gibt es in deinem Leben Platz für mich. Ich werde bei euch abhängen, wenn Katja und Lutz unterwegs sind, dann können wir zusammen auf die Zwillinge aufpassen. Ich werde dich beim Schwimmen vom Beckenrand aus anfeuern. Dir im Sozialkaufhaus beim Einräumen helfen. Alessio mit dir babysitten, wenn er erst da ist. Du kannst mich nicht davon abbringen.«

In seinen Augen tobt es. Er will nachgeben, ich weiß es, aber er zweifelt noch immer.

»Warum?«, fahre ich ihn geradezu an. »Warum sagst du nicht einfach Ja?«

Er schüttelt den Kopf. »Weil du viel mehr verdienst, als ich dir geben kann.«

»Ich hoffe, das meinst du nicht ernst. Fang jetzt bloß nicht damit an, dass du nicht gut genug für mich bist, ich warne dich!«

»Ach, Ki«, seufzt er, als wäre er es, der mich von etwas überzeugen muss und nicht ich ihn. »Ich möchte einfach, dass alles wahr wird, was du dir wünschst.«

»Ach, Jona«, seufze ich. »Wenn das so ist, führt gar kein Weg daran vorbei, dass du mein Freund wirst.«

Ehe er reagieren kann, habe ich mich auf seinen Schoß geschoben, mit der festen Absicht, alle Zweifel einfach wegzuküssen, doch diesmal ist er schneller.

»Okay«, murmelt er. »Wenn das so ist ...«

Und dann zieht er mich noch näher, sodass Herz an Herz klopft, bevor Lippen auf Lippen treffen.

Kapitel 38

Ich hätte es nicht planen können. Nichts hiervon. Weder dass andere für uns Dutzende von Kerzen entzünden würden noch wie Jona mich gerade ansieht oder wie eine Geschichte voller Kleinkatastrophen, Missverständnisse und Gefühlsachterbahnfahrten plötzlich komplett Sinn ergibt. Wären meine Pläne nicht allesamt völlig anders verlaufen, wären wir jetzt nicht hier. Und ich will nirgendwo anders sein.

»Mir ist aufgefallen«, sagt Jona und stupst mich an, um mir zu verstehen zu geben, dass ich von seinem Schoß runterrutschen soll, »dass wir schon mehr oder weniger alle Goals erreicht haben. Eher versehentlich, aber macht ja nichts.«

Ich ziehe wieder mein eigenes Kissen heran, setze mich aber so dicht neben ihn, dass unsere Schultern sich berühren.

Jona nimmt wieder meine Mappe zur Hand und scheint eine bestimmte Seite zu suchen. »Hier«, sagt er nach einigem Blättern. »Nur das fehlt noch.« Doch als ich auf die Seite schauen will, klappt er die Mappe zu und lässt seine andere Hand als Lesezeichen zwischen den Seiten liegen. »Ich überarbeite das gerade mal«, sagt er. »Kannst du schon mal die Kerzen auspusten? Aber noch nicht die hier direkt bei uns, ich brauch noch Licht.« Er angelt einen Stift aus seinem Stoffbeutel.

Nur, weil ich neugierig bin, was er vorhat, und mich gerade nicht erinnern kann, welches Couple Goal noch offen ist, stelle ich keine Fragen.

Ich habe gut zwei Drittel der Lichter gelöscht, als Jona fertig ist. Er hat die Seite aus der Mappe genommen – nun winkt er mich zu sich. Ich setze mich auf den Stuhl ihm gegenüber, und er schiebt das Blatt zu mir.

Mission Wintermärchen: »Unter dem Wintersternenhimmel«

Verfasst am: 19. November (aktualisiert am 17. Dezember)
Gehört zu: Projektziel B
Couple Goal: gemeinsam die Sterne am Nachthimmel zählen und träumen – und unsere Namen mit Wunderkerzen ins Dunkel schreiben!!! Wie konntest du das vergessen?
Beteiligte: Jona und ich
Erfüllungsort: ein ruhiges Fleckchen im Freien (definitiv am Strand, bietet sich also heute an)

Anmerkungen:
Ich weiß, der Sternenhimmel wird echt oft für romantische Szenen bemüht – aber wahrscheinlich deutlich häufiger der im Sommer, wo die Nächte lau und die Chancen auf Sternschnuppen viel höher sind. In bauschige, mondbeschienene Schneewolken hinaufzuschauen, ist natürlich was anderes. Aber die hängen ja auch im Dezember nicht die ganze Zeit da oben. Mit etwas Glück werden Jona und ich eine klare Nacht erwischen, in der es einen richtig schönen Winterhimmel gibt, mit Abertausenden weiß funkelnden Lichtpunkten, die wir zusammen bestaunen können. Es stimmt absolut, dass man sich bei diesem Anblick irgendwie ganz klein fühlt – aber gleichzeitig als Teil einer großen Geschichte. Jedenfalls geht mir das so. Und ich bin sicher, auch Jonas und meine

ganz persönliche Lovestory wird sich vor dieser Kulisse ganz klar wie der Beginn von etwas kleinem Großen anfühlen.

Ich möchte noch hinzufügen, dass es sicher gut wäre, wenn wir uns nah aneinanderkuscheln. Ist ja immerhin ziemlich kalt. Mehr Küsse helfen dagegen garantiert auch. Und nachdem wir eine Weile schweigend gestaunt haben, könnten wir vielleicht anfangen, uns weitere Couple Goals zu überlegen. Wir brauchen ja Nachschub ...

»Und?«, fragt Jona, als ich aufblicke. »Setzen wir's gleich in die Tat um?«

Ich kann nicht aufhören zu lächeln, aber wieso sollte ich auch?

»Unbedingt.«

* * *

Rauschend begrüßt das Meer uns als einzige Wanderer am einsamen Strand. Es ist atemberaubend: die Wellen und der glitzernde Schnee, der Mond und die Sterne, der warme Schein der Laternen, die wir dabeihaben, Jonas Hand in meiner und die Gewissheit, dass das hier nicht unser Happy End ist, sondern unser Happy Beginning.

»Schon sehr, sehr kalt«, sagt Jona und bibbert demonstrativ.

»Hmm«, mache ich. »Hattest du da nicht so ein nettes Rezept gegen Kälte notiert?«

Er legt seine Laterne in den Schnee, und unser Kuss schmeckt nach Lebkuchen, der Erfüllung von Träumen und wahrer Liebe. Das Erste kommt daher, dass wir mein Ausweichwichtelgeschenk als Wegzehrung mitgenommen haben.

Nach einigen langen Momenten lösen wir uns wieder voneinander, bleiben aber noch in der Umarmung stehen. Gleichzeitig legen wir den Kopf in den Nacken und blinzeln hinauf ins All.

»Wirst du das hier auch in unser Comicbuch aufnehmen?«, frage ich.

»Wenn du das möchtest, gern.« Er stupst mein Ohr mit seiner Nase an. »Sag mal ... Wessen Name stand jetzt eigentlich in deinen Collegeblockherzen? Das lässt mir einfach keine Ruhe.«

»Hast du doch gesehen?! Das Plakat – du erinnerst dich?«

»Ich war zu weit weg«, flunkert er. »Konnte es nicht lesen.«

»Tja, ich bin sicher, du kommst eines Tages von ganz allein auf die Lösung. Ich weiß, es ist richtig knifflig, aber ich glaub an dich.«

Jonas leises Lachen wärmt mich von innen, fast genauso sehr wie seine Küsse.

»Ich werde genau hinschauen, was du gleich schreibst«, droht er und lacht gleich noch einmal für mich. Er holt welche von den Wunderkerzen hervor, die eigentlich bei dem Laternenspaziergang mit den Kids zum Einsatz kommen sollten, aber vergessen wurden. Ein Stabfeuerzeug hat er auch mitgenommen. Wir knipsen unsere Laternen aus, genießen einige Augenblicke lang einfach nur die Schönheit des Sternenmeers und die Gegenwart des jeweils anderen, und ich glaube, gerade bin ich einer der überglücklichsten Menschen auf der Welt.

»Ich freu mich schon total drauf, neue Pläne mit dir zu schmieden«, sagt Jona.

»Etwas Schöneres könntest du kaum zu mir sagen.«

»Oh, ich bin mir sicher, dass doch. Ich hab da noch so einiges auf Lager.« Im Licht des aufflammenden Feuerzeugs sehe ich ihn grinsen.

»Klingt gut.« Und er hat mir schon so viel unfassbar Schönes gesagt mit seinen Comics. So viel, was mich im Innersten berührt hat. Er und ich – das war nie nur ein Plan. Es ist etwas ganz Besonderes, und nichts, was ich mir je hätte erträumen können, wäre auch nur halbwegs an unser echtes Wintermärchen herangekommen. Daran, wie ich mich fühle, hier mit ihm.

Ich gebe ihm noch einen Kuss, er küsst mich zurück, und das macht mein Leben gerade so, so großartig – absolut sternstundenmäßig sozusagen. Dann nehme ich mir eine der Wunderkerzen und halte sie an die Flamme. Es ist nicht mehr so windig wie heute Nachmittag, und auch wenn sie trotzdem ziemlich flackert, sprühen ziemlich schnell Funken. Jona entzündet seine Wunderkerze an meiner.

Ich strecke den Arm und schreibe in orange glühender Schrift *Jona & Ki* in den sternenübersäten Himmel über dem Meer. Schnell ziehe ich noch ein Herz darum, bevor ich zu Jona schaue.

Ki & Jona, schreibt er, malt ebenfalls ein schwungvolles Herz darum, und wir lächeln um die Wette.

BAUCHKRIBBELN UM MITTERNACHT
IM VERSCHNEITEN VERMONT

Lee Matthews
NEW YEAR'S KISS
Klappenbroschur
256 Seiten
ISBN 978-3-551-32065-0
Auch als E-Book erhältlich

O DU FRÖHLICHE? VON WEGEN! Die 16-jährige Tess muss die Tage nach Weihnachten im Hotel ihrer Großmutter verbringen. Und die will ihrer Enkelin genau vorschreiben, wie sie die Ferien verbringen soll. Doch Tess hat andere Pläne: endlich die Dinge zu tun, die sie schon immer machen wollte. Karaoke singen, Sushi essen, knutschen – insgesamt zehn Punkte bis zum Jahresende. Ermutigt wird sie dabei von Christopher, ihrer Urlaubsbekanntschaft mit den strahlend grünen Augen. Er führt Tess sachte aus der Komfortzone und verdreht ihr dabei zunehmend den Kopf. Bis ein Geheimnis das Happy End in der Silvesternacht zu verhindern droht ...

WWW.CARLSEN.DE

CARLSEN

EIN RESTAURANT
ZUM VERLIEBEN

Mascha Matysiak
GEHEIMREZEPTE FÜR DIE LIEBE
Taschenbuch
224 Seiten
ISBN 978-3-551-32023-0
Auch als E-Book erhältlich

LUZIE IST BEGEISTERT: Sie hat ein Praktikum im angesagten Restaurant Roll In ergattert! So kurz vor Weihnachten ist die Arbeit hier allerdings eine echte Herausforderung. Doch dann lernt sie Nick kennen, den Sohn der Chefin – und ist gleich hin und weg. Mit ihm an ihrer Seite macht es sogar Spaß, im albernen Schneeflockenkostüm Flyer zu verteilen. Und als die beiden wenig später zusammen im Kühlraum eingeschlossen werden, wird es nicht nur Luzie ziemlich heiß ...

WWW.CARLSEN.DE

CARLSEN

ZUCKERSÜSS UND HERZERWÄRMEND

Laura Silverman
EMPFEHLUNG FÜR DICH
Taschenbuch
336 Seiten
ISBN 978-3-551-32027-8
Auch als E-Book erhältlich

SHOSHANNA LIEBT IHREN JOB IN DER BUCHHANDLUNG. Was ist schöner, als anderen die passende Lektüre zu empfehlen? Und Shoshanna hat fast immer den richtigen Tipp. Darum ist sie siegessicher, als ihre Chefin eine Feiertags-Challenge ausruft: Wer bis Weihnachten die meisten Bücher verkauft, dem winkt ein Bonus. Doch Shoshanna bekommt unerwartet Konkurrenz. Ausgerechnet Neuzugang Jake erweist sich als geschickter Verkäufer – dabei liest er nicht mal! Jake mag süß sein (sehr süß), trotzdem ist Shoshanna wild entschlossen, ihn zu übertrumpfen. Und kommt ihm im Laufe des Wettbewerbs immer näher ... Eine turbulente Liebesgeschichte für Bücherfans und Kuscheljunkies.

WWW.CARLSEN.DE

CARLSEN